KB178431

아내와 여자

아내와 여자

나태주 산문집

푸른사상

아내와 여자

　아내와 여자는 다르다. 아내는 여자이면서 여자가 아니다. 여자 이상
의 의미를 지닌 사람이다. 나의 아내도 처음엔 한 사람 여자로 내게 왔
다. 당시만 해도 결혼 적령으로는 좀은 늦은 나이 스물아홉에 만난 스
물다섯의 어여쁘고 귀여운 여자. 그렇지만 여자는 낯설고 서먹하고 불
편하다. 살아온 내력이 서로 다르고 생활방법도 많이 달라서 그렇다.
그건 나 또한 아내에게 그런 남자로 비쳐졌을 터. 그렇게 만난 두 사람
이 꽤나 오랜 날들을 비비대며 살아왔다. 살아온 세월의 부피만큼 어려
움도 없지 않았다. 어푸러지고 자빠지고 일어서고 또 일어서면서 비척
비척 살아온 오랜 날들이 있었다. 처음 아내는 조그만 사람이었고 어린
사람이었고 미숙한 사람, 여러 모로 서툴고 나약한 사람이었다. 그러나
점점 아내는 커다란 사람으로 바뀌어 갔고 성숙한 사람, 노련한 사람,
강인한 사람으로 변해 갔다.

애당초 아내는 집안 한 귀퉁이를 차지하는 조용한 정물 같은 존재였다. 그런 아내가 세월이 지남에 따라 어느 샌가 행동반경을 늘리고 영향력을 키워 집안을 가득 채우는 사람이 되었다. 이제는 아내 자체가 집이다. 집이 그대로 아내다. 나는 이제 아내 없는 집을 상상하기 어렵다. 이렇게 얘기하면 제 마누라 자랑하는 꼴이 되나? 제 무능을 고백하는 결과가 되나? 얘기가 그쪽으로 흐른다 해도 어쩔 수 없는 일. 하여튼 아내는 여자와는 다른 그 어떤 사람이다. 함께 오랫동안 한 길을 걸어온 만큼 남다른 동지애가 거기에는 있다. 차라리 아내는 친구에 가깝고 도반道伴에 가깝다.

멍하니 해 저물녘의 빈 하늘을 함께 바라보아도 느낌과 마음이 절로 통하는 사람이 아내다. 작은 키 길게 늘인 그림자를 서로 밟으며 빈 방에 돌아와 나란히 누워도 편안한, 오직 한 사람이 아내란 사람이다. 이 책은 그런 아내를 위해서 만드는 조그만 기념물이다. 허나 이 책에 실린 글들이 모두 아내에 관한 글이란 말은 아니다. 몇 편의 글만이 아내에 대한 것인데 다만 책의 표제를 그리 정했을 뿐이다. 가능하다면 시인은 산문집을 내지 말아야 하는 건데 이렇게 하여 또 한 권의 산문집을 보태게 되었다. 가끔씩 나는 "시는 불행하게 산 인간에 대한 신의 보상행위다"란 말을 해 왔는데 산문을 두고서는 또 무슨 말을 준비해야 할 것인가? 두고 보아야 할 일이겠다.

2005년 새봄에
나 태 주 씀

제2부 노는 것도 공부다

차 례

2005. 2. 13

제1부

영춘화에서 백목련 사이

두레박 샘물과 나무 아궁이

오래전 구정 날에 있었던 일이다. 지금도 그렇지만 구정이 오면 객지에 나가 사는 가족들까지 고향집으로 모여들게 마련이다. 한 해를 보내고 다시 한 해를 맞이하면서 차례도 지내고 성묘도 하고 어른들께 세배도 드리기 위해서다. 그 해에도 우리 가족은 구정 전날 시골집에 모여 설날을 맞이할 준비를 하고 있었다. 헌데, 새벽녘에 그만 정전이 되어버린 것이다. 우리 집만 그런 것이 아니라 온 동네, 아니 우리 집이 있는 서천군 일대 보령시 일대가 모조리 전기가 나가버린 것이다. 나중에 들어서 알 일이지만 며칠을 두고 눈이 내린 것이 원인이 되었다 한다. 눈은 많이도 내리기도 했지만 가끔 비까지 섞여서 내리는 바람에 진눈깨비가 되었고 그 진눈깨비가 전신주 위에 쌓여 전신주와 전신주

사이 전깃줄을 연결해 주는 애자란 것에 스며들어 곳곳에서 누전과 합선이 한꺼번에 일어나서 그렇게 되었다는 것이다. 그러니 끊겨버린 전기가 쉽사리 들어올 리가 만무하였다.

정전사태는 밤이 가고 날이 밝은 아침까지 이어졌다. 사정이 이렇고 보니 집집마다 난리가 나버린 것이다. 집안의 여러 가지 전기를 사용하는 모든 기계며 시설들이 멈춰버린 판국이니 편리하게 살던 사람들로서는 두 손이 묶여버린 형국이 되어버린 셈이다. 그러나 그보다 더 큰 일은 날이 밝았는데도 차례를 지낼 수 없게 된 것이다. 우선 당장 먹을 물도 없고 몸을 씻을 허드레 물조차 없다는 것이 문제였다. 예전엔 집집마다 두레박으로 길어 올리는 두레박 샘물이 있었고, 더 예전엔 마을에 공동샘물이 있었다. 그러나 사람들이 살기가 편리해지면서 마을의 공동샘물은 내박친 상태여서 물이 더러워져서 쓸모가 없게 되었고 집집마다 있는 두레박 샘물은 전기펌프가 들어오면서 뚜껑을 봉한 상태여서 전기가 끊긴 판에 아무런 쓸모도 없게 되어버린 것이다.

하지만 우리 집만은 이런 난리 통에도 별로 걱정할 일이 없었다. 왜냐하면 우리 집 마당엔 전기 펌프를 설치한 뒤에도 여전히 뚜껑을 봉하지 않은 두레박 샘물이 있었기 때문이다. 우리 집도 내부를 양식으로 고치면서 아버지는 샘물의 뚜껑을 막아버리겠다고 하셨다. 그런데 내가 반대였다. 아무리 펌프시설을 하지만 사람이 살아가면서 무슨 일이 있을지 어떻게 아느냐고, 샘물의 뚜껑을 그대로 두는 것이 좋겠노라는 의견을 강력하게 내세웠던 것이다. 날이 밝아오자 아버지는 여유있게 헛기침을 하면서 헛광의 시렁 위에 얹어두었던 낡은 두레박을 꺼내 가지고 와 커다란 플라스틱 함지에 물을 길어 담으시는 것이었다. 우리 식구들은 그 물을 가져다 덥혀서 세수도 하고 또 밥이며 반찬을 만들어 차례를 무사히 제시간에 맞춰 지낼 수 있었던 것은 물론이다.

헌데 우리가 차례를 지내고 아침 식사를 하려고 할 즈음, 이웃집 사람들이 물그릇을 들고 우리 집으로 물을 얻으러 온 것이다. 그 사람들의 집에도 우물은 있었지만 펌프를 놓으면서 뚜껑을 이미 봉해 버렸기 때문에 정전이 된 설날 아침인데도 어디서 먹을 만한 물 한 방울도 얻을 수 없었던 것이다. 그러나 오늘날에도 시골에서는 명절날 아침이면 남의 집 차례 지내기 전에는 찾아가서는 안 된다는 묵은 풍습이 살아있어서 우리 집에서 차례 지내기를 기다렸다가 늦게사 우리 집으로 물을 얻으러 온 것이었다. 그러니 그 불편함과 지루함이 오죽했겠는가? 언뜻 보기로 전혀 쓸모가 없어 보이는 낡은 것일 따름인 두레박 샘물이 크게 한 번 설득력을 얻고 존재가치를 확인했던 때의 일이다.

우리 시골집에는 아직도 이 두레박 샘물과 함께 나무를 태우는 아궁이가 하나 있다. 그것은 사랑방에 딸린 아궁이이다. 이 또한 집을 고칠 때 하마터면 사라질 뻔했던 것인데 내가 없어서는 안 된다고 고집을 부려서 간신히 살아남게 된 것이다. 나무 아궁이. 예전엔 집집마다 나무 아궁이에 불을 지펴서 난방을 하고 음식을 끓이기도 했다. 그러나 기름 보일러가 나오고서부터 시골집들이 모두 편리한 기름보일러로 교체되었다. 시골에서도 나무 아궁이가 깡그리 사라져버린 것이다. 거기까지는 좋다고 하자. 그런데 기름보일러에 비싼 기름이 들어가고 지금까지 땔나무로 사용되던 것들, 일테면 벌목한 나무라든가 농작물 찌꺼기들이 쓰레기로 방치되고 버려지는 것이 문제다.

우리 집은 다른 부분은 모두 기름보일러 식으로 난방이 되고 양식으로 고쳐졌지만 사랑방과 나무 아궁이만은 옛날 그대로의 모습이다. 우리 집에서 가장 오래된 부분이고 어린 우리들의 추억이 고스란히 스며 있는 정겨운 유물이라 할 것이다. 이 아궁이에 불을 때서 덥힌 방에서 우리 육 남매는 자랐으며, 나 또한 신혼시절 몇 년 동안 그 방을 사용했고 동생 내외도 그 방에서 한동안 산 일이 있다. 요즘도 가끔 시골집에 전화를 드리면 연로하신 아버지는 네 덕분에 추운 날에도 춥지 않게 따뜻한 방에서 지낸다는 말씀을 농담 삼아 하시곤 한다. 이 또한 크게 쓸모없는 것이 한 번은 크게 쓸모가 있다는 옛날 어른들의 말씀을 증명한 한 경우가 아닌가 싶다.

(04.01.08)

1973. 10. 22, 결혼식 다음날 아침 막동리 고향집 마당에서 초가집 부엌을 배경으로 누이들
과 함께 선 아내. 왼쪽부터 큰누이 희주, 둘째 누이 연주, 그리고 아내.

과분한 사람

어떤 혼례식에 참석한 일이 있었다. 대개 혼례식이 있으면 축의금만 보내거나 혼례식에 참석하더라도 봉투만 내고 식당으로 직행하는 것이 요즘의 세태다. 하지만 그날의 나는 그 혼례식의 혼주婚主가 시 쓰는 후배이고 또 첫딸의 개혼開婚이고 그래서 시종 혼례식 자리에 축하객의 한 사람으로 앉아있었다. 주례자로 나온 분은 신랑 되는 사람의 대학교 은사라고 했다. 음성이 작고 분명치 않을 뿐더러 장내가 소란스러워 무슨 말을 하는지 잘 들을 수가 없었다. 그러나 중간 부분에서 내 귀가 번쩍 열리는 몇 마디 많이 나왔다. 신랑 신부에게 이것저것 당부하는 말을 한 다음 주례자는 자기 스승의 이야기를 하기 시작했다.

자기가 가장 존경하는 스승이 한 분 계시는데 그분은 90이 넘은 분으로 사모님이랑 해로偕老를 하면서 건강하게 지금까지 살고 계시다는 것이다. 그런데 그 분은 이때껏 사모님과 부부 싸움 한 번 하지 않고 결혼 생활을 해 온 것으로, 또 자식들을 사랑으로 키우고 가르치기로 제자들 사이에 널리 알려져 있다는 것이다. 이야기 내용으로 짐작해 볼 때 주인공은 수필가이며 시인인 피천득 선생을 가리키는 것 같았다. 그래, 어느 날 제자들 몇이서 스승을 찾아뵙고 조금쯤은 우스게소리 삼아 여쭈어 보았다는 것이다. "선생님께서는 어떻게 그렇게 평생을 사시면서 사모님이랑 부부싸움 한 번 하지 않고 사실 수 있으신지요? 또 자식들은 그렇게 사랑으로만 키울 수 있으셨는지요?"

제자들의 엉뚱한 물음에 스승의 대답은 의외로 간단명료했다고 한다. "그야 아내가 내게 과분한 사람이라는 생각 때문에 그렇지. 그리고 자식들도 내게는 과분한 자식들이라고 여겼기 때문에 그렇지." 아내를 과분한 사람이라고, 내게 넘치는 사람이라고 생각하면서 살았더니 아내 쪽에서도 남편을 과분한 남편이라고, 넘치는 남편이라고 생각해 주더라는 것이다. 자식들도 아버지가 자기들을 과분한 자식, 넘치는 자식이라고 여겨주니까 말도 잘 듣고 공부도 저절로 잘 하는 자식들이 되더라는 것이다.

그런데 오늘날 우리들은 어떠한가? 언제나 나는 옳고 좋고 괜찮고 가득 차고 넘치는데, 저쪽에서 그르고 좋지 않으며 괜찮지 않고 형편없이 모자라서 모든 일이 잘못되어 간다고 생각하고 있지 않는가. 오늘날 우리가 가진 불행의 씨앗은 애당초 여기에 있다. 내 탓이 아니라 네 탓으로만 돌리는 데에 있다. 아, 나도 진즉 아내를 내게는 지나친 사람, 넘치는 사람, 과분한 사람으로 알았더라면 얼마나 좋았을까. 아내와 더불어 살아온 기나긴 날들이 더 가득 차고 아름다울 수 있었을 텐데……. 아, 아쉬운 일이다. 아이들 또한 내게는 지나친 자식, 과분한 자식, 넘치는 자식으로 알았더라면 보다 더 그 아이들을 사랑해 주면서 따뜻하게 보듬어 안아 키우고 가르쳤을 텐데…….

지나간 날들은 모두가 이렇게 아름답기는 하지만 후회스럽고 안타깝고 아쉽다. 우리네 삶은 언제나 다투고 화내고 속상해 하는 것보다도 사랑하고 따뜻하게 보듬어 안고 아름답게 생각하기에도 시간이 너무도 부족하고 짧은 게 아니겠는가! 그런데 과연 나는 그동안 좋은 남편으로서, 좋은 아버지로서 잘 살아왔다고 말할 수 있을까? 그동안 몇 차례 혼례식 주례의 자리에 서 보기도 했지만 과연 나는 다른 사람의 혼례식 주례자가 될 만큼 충분한 자격이 있는 사람이었던가? 하객의 자리에 깊숙이 눌러 앉아서 그날은 그렇게 스스로를 돌아보고 다잡아보기에 좋은 시간이었다.

(02.05.11)

2005. 2. 8, 구정을 맞아 고향을 찾아가는 길에 한산의 목은 선생 사당 앞에서. 어떤 때는 아내가 나보다 더 키가 큰 사람처럼 보이기도 한다. 이 사진은 자동차 없는 우리를 위해 고향집까지 운전해 준 유계자 씨가 찍어준 것이다.

근본으로 돌아가자

새천년이 오면 세상이 온통 천지개벽이라도 되는 것처럼 난리 법석을 떨었던 게 엊그제 같은데 어느새 삼 년이 훌쩍 넘어가 버렸다. 세월이란, 세월의 마술이란 참 덧없고 무서운 것이다. 그동안 우리는 IMF를 조기 졸업했노라 건방을 떨었고, 남북한이 두어 번 왔다 갔다 하고 나서는 통일이 금방이라도 이루어지는 양 온통 흥분을 했고, 월드 컵이다 뭐다 해서 똑같은 옷 입고 똑같은 소리로 고함 몇 번 지르고 세 계에서 최고가 된 사람들인 양 거드름을 피우고 다녔다. 생각해 보면 자다가도 부끄러운 일이고 마당 앞 강아지도 웃을 우리들 모습이다. 언 제고 잔치 뒷마당이 위태롭고 허전하고 을씨년스런 법이다. 이런 저런 찌꺼기가 남을 수 있고 잘못하다간 빚더미에 덜미를 잡힐 수도 있는 일이다.

    요즘 우리들을 제일로 화나게 하는 것은 정치꾼, 내지는 자칭 타칭 지도자들입네 거들먹거리는 인간들의 몰염치한 행투머리다. 이제는 정말로 신문을 펼치기조차 두렵고 TV 뉴스 앞에 앉아있기조차 겁이 난다. 누가 몇억을 잡수셨고 몇십억을 꿀꺽했네 하는 뉴스거리들은 정말로 넌덜머리가 난 지 이미 오래다. 유치환 선생 시를 빌어 말하면 "파도야 어쩌란 말이냐/…… 임은 뭍같이 까딱 않는데/ 파도야 날 어쩌란 말이냐……"는 식의 탄식이 절로 나온다. 하루 몇만 원을 위해 아등바등 진땀 흘리며 살아가는 대다수 선량한 국민들은 이런 현실 앞에서 지레 맥이 풀리고 그나마 남았던 쥐꼬리만 한 삶의 의욕마저도 땅에 부려버리고 싶을 것이다. 그 다음으로 우리들을 실망스럽게 하는 건 마땅히 법을 지켜야 하고 모범을 보여야 할 사람들이 법을 지키지 않고 모범을 보이지 않는 현실이다. 더 나아가 스스로 만든 법을 짓밟고 다른 사람들한테도 그렇게 하라고 부추기고 권장하는 행위이다. 도대체 지금 우리는 아무것도 믿을 만한 것이 없는 세상을 살아가고 있는 것이다. 그 누구도 존경하고 믿고 뒤따를 만한 지도자가 없는 시대를 건너가고 있는 것이다.

    얼마 전 나는 고맙게도 미주크리스찬문인협회 초청으로 미국 LA를 다녀온 일이 있다. 거기서 나는 많은 재미 문인들을 만나고 그들과 여러 가지 이야기를 나누고 또 많은 것을 보고 듣고 느끼고 배우는 기회를 가졌다. 주목적이 문학강연이었음에도 불구하고 한국의 현실문제에 대해서 많은 이야기를 주고받았다. 나는 주로 그들의 이야기를 경청하는 쪽이었는데 그들은 무척이나 오늘날 한국의 현실을 부정적인 쪽으로 보면서 걱정하는 말들을 많이 해주었다. 한글판 신문이 여러 개 나오고 한국의 TV 방송이 거름장치 없이 방송되고 있음을 보면서 놀라기도 했지만 그들이 너무나 한국의 실정을 속속들이 잘 알고 있는 데에 대해서 더욱 놀라는 마음이었다. 일단 떠나온 나라인데 뭘 그리 걱정이냐 싶어 그들의 노심초사가 지나치다 싶기도 했지만 그들의 깊은 속내는 한국이 잘 되어야 나와서 사는 자기네들도 당당하고 좋다는 것이었다. 한국 사람은 조국을 떠나 미국 땅에서 살면서 시민권을 얻고 영주권을 받아도 어쩔 수 없이 한국인임을 벗어나지 못하는구나 싶어 눈물겨운 바가 없지 않았다.

미국에서 머무는 짧은 일정동안 내가 제일로 부러웠던 것은 그들의 질서의식이었다. 밤중에는 혼자서 도보로 길거리를 활보할 수 없을 만치 위험한 구석도 있었지만 그들에겐 차례 지키기, 줄서서 기다리기, 타인 배려하기, 타인에게 폐 안 끼치려는 노력 등이 너무나 자연스럽게 생활화되어 있음을 보았다. 오늘날 세계 초대강국 미국을 유지하는 건 법과 세금이라고 한다. 법이든 세금이든 예외가 있을 수 없고 칼날같이 원칙이 지켜진다는 것이다. 그래서 누구든 처음부터 어기려 들 엄두도 내지 못한다고 한다. 자주 만났던 문인은 그래서 미국을 '재미없는 천국'이라고 말해 준다. 그럼 한국은 무어냐고 물었더니 '재미있는 지옥'이란다. '재미있는 지옥'이라? 우리에게 원칙이 제대로 지켜지지 않고 질서가 없음을 두고 비꼬는 말일 것이다.

이제 우리는 남을 탓해서는 안 된다. 잘못이 있고 불행이 있다면 내 자신의 무능과 과오를 먼저 살피고 탓할 일이다. 제도나 법규나 형식을 들먹거릴 일도 아니다. 언제나 문제는 그것들을 운용하는 사람들에게 있었고 더 큰 문제는 그것들을 악용하는 우리 자신에게 있었다. 이제는 정말 남을 보지말고 나를 보아야 할 때이고 바깥 풍경에만 눈길을 줄 것이 아니라 내면을 더욱 지긋이 들여다볼 일이다. 그리하여 더욱 고요해지고 차분해져야 할 때이다. 이런 문제는 문학의 입장, 시의 입장에서도 마찬가지다. 외화내빈外華內貧이라더니 이제는 시인이든 시 잡지든 또 시집이나 문학상이든 너무 많아서 흔전만전해서 걱정이 아니겠는가. 정작 알맹이가 보이지 않아서 걱정이 아니겠는가.

지금은 촌사람 서울 한복판에서 길을 잃은 때. 다시금 서울역으로 돌아가 거기서부터 방향을 잡고 잃어버린 길을 더듬더듬 되찾아야 할 때. 나는 시인들에게 말하고 싶다. 아니 나 자신에게 타이르고 싶다. 시인아, 너 자신을 좀더 많이 들여다보아라. 그리하여 충분히 혼자서 앓고, 고요해지고 너 자신으로 돌아가고 또 돌아가거라. 너 자신 하나 제대로 알지 못하고 도대체 무엇을 할 수 있다 하겠는가? 근본으로 돌아가자! 이 말은 날마다 날마다 새롭고 힘이 있고 우리에게 강력한 희망을 안겨준다.

(03.11.28)

2004. 8. 1, 2003년 11월의 미주크리스찬문인협회 초청에 이어 두 번째로 미국 LA 해변문학제에 강사로 초청되어 벤츄라해변에서. 거기서 나는 아주 많은, 그리고 좋으신 문인들을 만났다.

아버지의 편지

며칠 전 아버지로부터 편지를 받았다. 아직도 고향 마을에서 어머니와 함께 농사일을 하고 계신 아버지. 이제는 연세가 80 가까운 아버지로부터 편지가 온 것이다. 참 오래간만에 받는 아버지의 편지글이다. 누구는 그럴 것이다. 지금 나이가 몇인데 아직도 아버지로부터 편지를 다 받느냐고. 그렇다. 나도 이제 60이 가까워지는 나이이다. 이런 나이에 아버지로부터 편지를 받는다는 것은 참으로 그것 하나만으로도 놀라운 일이요, 횡재에 가까운 일이라 하겠다. 우선 편지를 쓰실 만큼 아버지가 강건하시다는 것을 단적으로 말해 주는 증거라서 그렇다.

'태주 보아라.' 아버지의 편지는 늘 이렇게 시작이 된다. '내가 너에게 편지 쓴 지가 오래된 것 같구나. 요즘은 초등학교 최고 책임자로서 그리고 문예활동 하느라 얼마나 바쁜 나날을 보내고 있느냐.' 아버지는 이렇게 무뚝뚝하지만 근엄하게 그리고 본질적인 내용으로 첫인사 말씀을 여신다. 내가 초등학교 교장인 것과 시인인 것을 자랑으로 생각하시는 마음이 역력히 나타나 있다. '벌써 우리 내외 나이 팔순이 거의 다 되어가고 우리 큰아들 나이 육순이 가까워지는 나이 되었으니 우리들은 그동안 이루지 못한 일들을 후회한들 무슨 소용이 있겠느냐. 오직 잘 자라주고 끊임없이 노력하고 좋은 일, 착한 일 하려고 애쓰는 자손들 고맙기만 하단다.' 아버지의 편지는 또 이렇게 나에게 여러 가지를 각성시키고 상기시키는 내용이 들어있다. 그렇구나. 아버지가 80이 가까우시면 나도 정말로 60이 가까운 나이구나. 내가 벌써 60이 가까운 나이라니! 아버지의 편지에서 새삼 나이를 확인하는 나는 정신이 번쩍 들기도 하고 또 아뜩한 생각이 들기도 한다. 아! 정말로 그게 그렇게 되었나 보구나……

'너는 우리 집안뿐 아니라 우리나라의 인물로 우리 집안에서뿐 아니라 타인들도 칭찬들을 하고 있으니 그 책임 더욱 중히 느껴질 것이라고 생각된다. 어느 곳이든 사람이 모이는 데를 가면 "나태주가 아들이지요?", "텔레비 나왔어요", "신문에서 봤어요", "에~ 그 사람 글은 참 읽기도 시원스럽고 읽으면 이해가 잘 가서 좋아" 이런 말을 들으면 세상에서 내가 제일 자식 잘 두었구나 하고 "무얼요, 칭찬해 주셔서 참으로 고맙습니다"하고 답례할 때 참으로 기분이 좋기만 하단다.' 약간은 과장이 들어있는 이러한 대목에 이르러서 나는 아연 경악해지는 느낌이 들면서 두 눈에 눈물이 핑 돌기도 한다. 나이 들어 아버지한테 이렇게 칭찬을 받다니…… 나의 어린 시절, 글 쓰는 사람이 되겠다고 했을 때 무척 못마땅하게 생각했던 아버지시다. 제발 글 같은 건 쓰지 말고 봉급 타서 돈을 모으며 사는 생활인이 되어야 한다고 역설하신 아버지시다. 그러한 아버지가 이제 아들이 글을 쓰는 사람 된 것을 기쁘게 자랑으로 여기신다니 나이 들어서야 아버지로부터 인정받는 아들이 된 것만 같아 그저 가슴이 콱 메어올 따름이다.

아버지는 내가 아주 어렸을 때부터 편지를 자주 보내주셨다. 열다섯 살 공주에 와 학교를 다닐 때부터 아버지의 편지 쓰기는 시작되었다. 그 뒤 햇병아리 선생 시절, 그리고 3년간 군대생활 동안 아버지의 편지는 계속되었고 특히 1년 동안 월남에서 비둘기부대 사병으로 근무할 때 아버지의 편지는 집중적으로 많이 보내져 왔다. 그러나 나는 아버지의 편지를 받을 때마다 가슴이 철렁 내려앉곤 했다. 이번엔 무슨 말씀이 쓰여져 있고 무슨 꾸중이 들어있을까……. 어떤 때는 아버지의 편지를 개봉하기조차 두렵기까지 했다. 하지만 아버지의 편지는 나에게 훌륭한 선생님 역할을 했고 충분할 만큼 삶의 길잡이가 되어 나를 이끌어 주었다. 그러니까 나는 아버지의 편지글과 함께 성장했고 또 오늘의 내가 되었다고 말할 수 있을 것이다. 이제 아버지의 편지글은 나에게 가장 소중한 추억의 기념물이고 마음의 재산이다. 앞으로 나는 몇 번이나 더 아버지의 편지를 받게 될 것이며 또 편지를 드리게 될 것인가……. 60 가까운 나이에 80 가까우신 아버지로부터 보내오는 편지를 받는 나는 분명 오늘 행복한 아들, 축복 받은 인간이라 말할 수 있을 것이다.

(01.12.29)

1990. 5. 6, 고향에 들러 아버지와 함께 활짝 핀 마당의 철쭉꽃을 앞에 두고, 젊어서부터 사람들은 우리 부자를 보면 형제간이 아니냐는 말을 자주 했다.

빨리빨리 천천히

또다시 새해가 찾아온다. 새해란 말 속에서는 밤사이 몰래 내린 눈의 향기가 번져나는 것 같다. 깊은 산골에 숨어서 혼자 솟았다가 혼자서 잦아드는 샘물의 고적함도 숨쉬고 있는 것 같다. 새해란 말을 들으면 옷깃이 저절로 여며진다. 무엇인가 새로운 일을 계획해야만 할 것 같고 지금까지 살아온 것과는 달라도 많이 다르게 살아야 할 것만 같은 마음이 들기도 한다. 언제든 우리는 새해만 되면 무언가 새로운 각오를 가져보게 되고 새로운 다짐을 가져보게 마련이다.

어떻게 살 것인가? 이것은 목숨 가진 인간으로서 가장 시급하면서 중요한 문제이다. 그러나 지금껏 우리가 이러한 질문에 진득하게 생각을 모아보고 좋은 대답을 마련해 봤던 적은 별로 없었던 것 같다. 하지만 언젠가 한 번쯤은 이런 문제를 차분하게 생각해 볼 필요가 있다고 여겨진다. 어떻게 살 것인가? 어떻게 사는 것이 참으로 좋은 삶인가? 오늘날 우리가 살아가는 세상은 날마다 바쁘고 힘겹고 벅차다. 여러 가지 번다한 일들로 얽혀 있고 설켜 있다. 그래서 우리의 하루하루는 배고픈 사람이 허겁지겁 밥을 먹는 꼴과 같다. 그동안 무슨 일이든 빨리빨리 하기만 하면 좋았고 더 많기만 하면 좋은 세상을 우리들은 살아왔다. 그러니까 효율성과 효과성만이 삶의 유일한 지표였던 것이다. 물론 '빨리빨리' 와 '더 많게' 도 중요한 것이다. 적어도 궁핍한 시대엔 충분히 그럴 수도 있었다. 그러나 이제는 시대가 달라졌다. 삶의 방식이 달라졌고 가치관이 달라졌다. 모든 일에는 여러 가지 기준이 있을 수 있다. 중요한 일, 중요하지 않은 일, 급한 일, 급하지 않은 일이 그것이다. 그러니까 일의 경중과 완급을 말하는 것이다.

당연히 첫 번째 순위는 중요하면서도 급한 일이다. 고향에서 부모님이 위독하다는 연락을 받았다면 그러한 일이 바로 중요하면서도 급한 일일 것이다. 그 다음은 중요하지는 않지만 시급한 일이 있을 수 있다. 시간이나 날짜 약속이 되어있는 일들이 그것일 것이다. 서울 잡지사에서 원고 청탁이 왔다든지 사회적인 여러 가지 만남 같은 것들을 꼼꼼히 챙기는 일들이 그럴 것이다. 세 번째로는 급하지는 않지만 중요한 일이 있다. 무언가 목표를 세워 취미활동을 꾸준히 한다든가 전공분야의 연구에 몰두한다든가 종교활동에 열심을 내는 일들이 그것일 것이다. 어쩌면 이 세 번째의 일이 가장 실천하기 어렵고 보통 사람들이 놓치기 쉬운 일일 것이다. 허나 이것이 바로 한 인간을 성공으로 이끄느냐, 그렇지 않느냐를 결정짓는 열쇠가 될 것이다. 네 번째로는 급하지도 않고 중요하지도 않은 일이 있다. 친구들과 모여 밤을 새워 술을 마신다든가 화투놀이를 한다든가 아는 사람들끼리 모여 남의 흉을 본다든가 수다를 떤다든가 하는 일들이 그것이다. 그러니까 지극히 소모적이고 비생산적이지만 잔재미가 있는 일들이라 할 것이다. 지금까지 우리는 어떤 부류의 일에 가장 많은 시간을 주면서 살아왔는가? 혹시 네 번째 일에 열중하며 살았던 건 아닐까?

새로운 날을 맞으면서 우리는 한 번쯤 자신의 모습을 찬찬히 돌아보고 다가오는 날에는 어떻게 살아야 할 것인가 생각해 볼 필요가 있겠다. 물론 앞에서 이야기한 대로 첫 번째, 두 번째 일은 누구나 중요하게 생각하며 그 일을 해야만 할 일이다. 문제는 세 번째와 네 번째 일 가운데에서 어떤 부류의 일을 보다 더 잘 하느냐에 있겠다. 분명 앞으로 우리가 살아가는 세상은 더욱 바쁘고 혼란스럽고 빠르게 흘러가는 세상이 될 것이다. 어떻게 살아갈 것인가? 중요한 일이라고 해서 온전히 그 일에만 온전히 매달리며 살아갈 수만은 없는 게 우리들의 처지요 형편이다. 그래서 나는 여기서 '빨리빨리, 천천히' 라는 절충안을 말하고 싶다. 일을 가리고 살펴서 빨리빨리 해야 할 일은 빨리빨리 하고 천천히

해야 할 일은 천천히 해보자는 것이다. 그렇게 살아갈 때 다가오는 날
들의 우리들 삶이 후회되지 않는 그러한 삶이 되리라 여겨진다.

(02.01.01)

1999.4.18, 안동의 하회마을에서 일박하고 난 아침, 햇살을 받으며 고풍스런 옛날의 담장에
기대어. 이 사진은 동행했던 김순선 시인이 찍어준 것이다.

지금은 참 좋은 때

　어쩔 수 없이 올해도 겨울이 찾아왔다. 가을이 슬픈 전설을 상기시킨다면 겨울은 누군가의 지엄한 명령을 떠올리게 한다. 그렇다. 가을이 청유형의 문장이라면 겨울은 명령형의 문장이다. 어느 계절이든 나름대로의 특색이 있을 수 있겠지만 겨울은 단호함과 간결함이 그 매력이다. 우선 지상에서 많은 것들이 사라진다. 봄부터 가을까지 천천히 바뀌어 왔던 풍경을 한순간 확 바꾸어버리는 것이 겨울이다. 복잡한 색깔을 간결한 색깔로 줄인다. 때로는 눈을 내려 백색으로 세상을 덧칠하기도 한다. 그러므로 겨울에는 사람의 생각이나 느낌도 간결해지고 단호해지기 마련이다. 지금까지가 천연색 사진이었다면 겨울은 흑백 사진이고 지금까지가 현실의 세계였다면 겨울은 몽상의 세계요 과거의 세계요 추억의 세계다. 이게 모두 날씨가 가져다주는 요술이다. 해마다 이렇게 우리는 요술에 걸려 겨울 한철을 맞이하게 되는 것이다.

언제부터였을까. 나는 겨울의 한 고비를 무척이나 사랑하는 사람이 되었다. 겨울 가운데에서도 초겨울 무렵을 매우 사랑한다. 가을로 친다면 늦가을이요 겨울로 친다면 초겨울인 11월 하순부터 12월 중순까지의 그 한동안의 어정쩡함과 썰렁함을 사랑한다. 추수 끝낸 들판에 노리끼리한 햇살이 빗금으로 떨어져 굼실거리고 있다. 아직도 무엇인가 미진한 듯한 느낌이 거기 머물러 꾸물거리고 있는 것이다. 멀고 가까운 산의 능선이 선명하게 드러나 보이기 시작한다. 이 즈음이면 우리나라의 산들이 그럴 수없이 부드러운 곡선으로 출렁이고 있음을 다시 한 번 건너다보면서 나 또한 부드러운 눈빛과 숨결을 되찾아본다.

내가 아내랑 함께 짧은 산행을 즐기는 때도 바로 이런 때다. 아내는 대수술을 네 번이나 받았을 뿐더러 체중이 많이 나가고 또 관절이 좋지 않아서 가파른 산길을 오르지 못하고 또 장시간 걷지도 못하는 사람이다. 그런 아내와 함께 나는 두어 시간 거리의 산행을 즐긴다. 토요일 오후나 일요일 같은 때 시간을 내어 아내와 함께 머물러 살고 있는 금학동의 골목길을 걷고 때로는 야트막한 산을 골라 오르기도 한다. 금학동 골짜기 개울 길을 따라 올라가다 보면 오른쪽으로 옛날 수원지로 썼던 저수지가 나오고 그 건너편 산골짜기에 조그만 암자가 하나 보인다. 금학동 사람들이 '남산절'이라고 부르는 절이다. 이 절은 봄부터 가을까지 수풀에 가려 보이지 않다가 낙엽이 지고 난 다음에야 이렇게 사람들 눈에 뜨이기 시작한다.

그날도 나는 아내와 함께 개울 길을 따라 걷다가 남산절을 찾아 올랐다. 가파른 길을 올라 절은 좁은 터에 까치집처럼 자리잡고 있다. 예전에는 그런 대로 이 절에도 스님들이 살았을 것이다. 그러나 지금은 늙은 무당 내외가 들어와 살고 있다. 무당 내외는 조그만 한 칸짜리 법당 뜨락에서 콩 타작을 하고 있었다. 힘에 부치기도 하고 가을일이 바쁘기도 하여 이제까지 미루었다가 오늘에사 타작을 하는 것이리라. 무당 내외는 생김이나 차림으로 보아 80어림의 노인들로 보인다. 우리는 그들이 일하는 것을 방해하지 않으려고 마당의 변두리 쪽으로 조심스럽게 걸어서 지나간다. 물론 "안녕하세요!"라고 공손히 인사말을 건네는 것도 잊지 않는다.

낯선 사람의 출현에 저으기 놀란 두 노인은 일손을 멈추고 우리를 유심히 건너다본다. 한참을 그렇게 우리를 바라보던 안 노인네의 입에서 예상 밖의 말이 튀어나온다. "참 좋은 때들이시구려……." 참 좋은 때들이라니! 지금 우리 나이가 몇인데 우리더러 참 좋은 때들이라고 말하는 것인가. 한 사람은 60이 가까워지는 사람이고 또 한 사람은 그보다 네 살이 아래인, 해가 기울었어도 한참 기운 나이의 우리더러 참 좋은 때들이라니! 하지만 80 가까운 저 노인들 눈으로 보기엔 우리가 분명 참 좋은 때로 보였을 것이다. 세상의 모든 일들이란 이렇게 그 보는 사람의 입장과 안목에 따라 얼마든지 달라 보일 수도 있는 일이 아니겠는가. 나뭇잎 져 산 속의 좁은 절간 마당까지 깊숙이 비쳐 들어온 따스한 초겨울 햇살이 콩꼬투리에서 방금 튀어나와 맨땅에 뒹굴고 있는 콩알들을 다정하게 싸안아 쓰다듬어주고 있는 게 환하게 눈에 들어온다. 그렇다. 그날은 그렇게 분명 참 좋은 날이었고 참 좋은 때였나 보다. 아니, 지금 이때가 언제나 참 좋은 때인가 보다.

(01.12.01)

2000. 5. 21, 공주문인협회 야유회에 나가서, 아내와 함께. 아내는 이렇게 등을 기대고 앉아도 따스한 정이 말없이 통하는 사람이다.

영춘화에서 백목련 사이

요즘은 시詩를 대하기가 훨씬 편안하고 수월하다. 피차 구속을 풀고 자유를 주었기 때문이다. 그렇다고 해서 시를 아무렇게나 함부로 쓴다는 말은 아니다. 이것은 시하고 나하고의 관계 개선을 말하는 것이다. 지금까지의 대결적, 일방적 관계를 호혜적이고 쌍방적인 관계로 바꾸었다는 말이다. 젊어 한때는 쌈박질하듯 시를 썼던 시절이 있었다. 시가 한 마리 고집 센 송아지라면 코뚜레를 바투 쥐고 이리저리 끌고 다니곤 했었다. 때로는 시의 송아지가 끈을 풀고 멀리 달아나 애를 먹기도 했다. 그러나 지금은 아니다. 차라리 시의 코뚜레를 풀어놓아 주어버린다. "이젠 가고 싶은 데로 가 보아." 궁둥이를 쳐 멀리 보내기도 한다. 이적지 그토록 많은 날들을 두고 시하고 씨름을 했는데 이제

그만 시의 고삐를 놓아준들 어쩌랴. 헌데 여기서 예상치 못했던 일이 일어난다. 멀리 가라고, 나를 떠나도 좋다고 말해준 시의 송아지가 가끔, 어쩌면 예전보다 더 자주 나를 찾아준다는 사실이다. 멍하니 앉아 있을 때에도 시는 나를 찾아와 제 주둥이를 비비며 흔들어댄다. 참 이건 이상스럽기도 한 일이다. 왜 떠나보냈는데 한사코 돌아오는 것인가……. 이건 하나의 이율배반과 같은 일이다.

  새봄을 맞아 아내와 함께 미루고 미루었던 병원 나들이를 감행했다. 아내는 심장 쪽이 안 좋아서 그랬고 나는 콩팥에 생긴 아주 오래 묵은 돌을 깨기 위해 나선 병원 길이었다. 둘이 환자다 보니 하루씩 아내와 내가 환자와 보호자 역할을 번갈아가며 해야만 했다. 자연스레 회심回心한 생각이 들었다. 우리가 어쩌다 이런 처지가 되었나? 듣고 보는 것들 모두 새삼스러웠다. 매서운 가운데서도 봄기운을 은근히 숨기고 있는 알싸한 봄바람 끝에도 울컥 유정한 느낌이 솟았다. 아, 또다시 이렇게 지향 없이 봄은 다시 시작되고 세상은 다시금 새로워지기 마련이구나. 병원에서 돌아오는 직행버스 차창 가로 아직은 앙상한 나뭇가지들이 어른거렸다. "어머나, 저게 산수유 아냐? 어느새 산수유 꽃이 저렇게 폈네." 차창 가로 스치는 노오란 산수유 꽃에 눈길을 주며 무심히 중얼거리는 아내의 목소리가 무척이나 애잔한 느낌으로 젖어있었다. 자기 몸이 안 좋은 데다가 남편 몸까지 성치 못하니 여러 모로 착잡한 마음이 들었으리라. 중얼거리는 아내의 말에 귀기울이며 나는 시 한 편을 설핏 떠올렸다.

너무 일찍 왔다고

너무 일찍 와

아는 사람 만나는 사람도

없었노라고

울먹이며 돌아서는

가여운 어깨

갈래머리여

올해도 봄은 와

먼지 바람만 날린다.

— 「영춘화」 전문

　영춘화는 산수유 꽃보다 더 일찍 피는 봄꽃이다. 키도 크지 않고 꽃 송이 또한 화려하지 않을 뿐더러 빛깔까지 노랑색이라 사람들 눈에 잘 띄지 않는다. 그러다 보니 영춘화가 영춘화인 줄 아는 사람도 없고 눈여겨 바라보아 주는 이도 많지 않다. 나 한 사람 세상에서 사라진다 해도 그걸 알고 애통해 할 사람, 오랫동안 마음에 담아두고 기억해 줄 사람 몇이나 될까? 몸이 안 좋다 보니 별스런 생각이 다 들었다. 그런 서글픈 생각이 봄에 피어나는 보잘것없는 산수유 꽃을 유심히 바라보게 하고, 더 나아가 산수유 꽃보다도 더 보잘것없는 영춘화를 연상하게 해내고 이런 시를 중얼거리게 했나 보다.

그러고 나서 얼마 후, 둘이서 다시 병원을 찾는 날이었다. 그날은 내가 환자가 되고 아내가 보호자 역할을 맡은 날이었다. 이른 아침, 직행 버스 차창 가에 먼젓번보다 더 많은 봄꽃들이 보였다. 개나리는 벌써 지고 있었고 산기슭으론 진달래가 한창이고 마을 쪽으로 자두꽃이며 벚꽃들이 내려와 피어나고 있었다. 이제부터는 더 많은 꽃들이 물결을 이루며 다투어 피어나리라. 특히, 백목련은 새하얗고 소담스런 꽃송이를 한껏 뽐내며 피어나고 있었다. "올해는 날씨가 좋고 황사도 심하지 않아 백목련이 참 보기 좋네." 아내가 하늘을 향해 몸매 자랑이라도 하듯 새하얀 가슴을 내밀며 피어있는 백목련을 바라보며 한마디 했다. "개나리 피고 진달래 피어나고 백목련까지 막 봉오리 터뜨리려 할 때는 가슴이 따라서 두근거려져." 내친 김에 아내의 중얼거림은 이어졌다. "해마다 백목련은 우리 아들을 위해 피어나는 꽃이야. 우리 아들 낳을 때 백목련이 폈거든. 우리 아들을 위해 올 봄에도 저렇게 백목련이 아주 예쁘게 폈네 그려." 아내는 동의어반복을 하듯 한 말을 다시 하면서 뒤죽박죽 말을 이었다. "봄이 와 꽃이 피는 걸 보면 가슴이 두근거려지고 마음도 따라서 바빠져. 저기는 자목련도 폈네. 에라 모르겠다. 꽃들이 피어나니까 나도 피어나야지. 쟤들이 저러니까 가만히 있을 수가 없지. 나도 어디론가 서둘러 가야 할 것만 같아. 나도 쟤들과 함께 터뜨릴 수밖에 없어. 그리고선 내가 먼저 지쳐버리지." 아내의 말은 이제 흐느낌에 가깝게 들려왔다. 그녀의 말을 귀담아 들으며 나는 제 버릇 개 주지 못한다고 또다시 부질없는 시 한 편을 건져 올리고 있었다.

해마다 백목련은

우리 아들을 위해 피는 꽃이에요

우리 아들 낳을 때 백목련이 폈거든요

백목련이 피면 가슴이 두근거리고

마음만 바빠져요

애 낳으러 가야지

애 낳으러 갈 채비를 서둘러야지

올해도 그렇게 백목련은 피어나고

다시 한 번 나는 불끈

우리 아들을 낳았어요.

　　　　　　　　　　　　　　　— 「백목련」 전문

　여기까지 오고 보면 나는 이미 아내의 말을 받아서 시랍시고 쓰는 사람이 되고 만다. 아내가 내 대신으로 시인이 되고 나는 아내의 대필자가 되는 것이다. 아무러면 어떠랴. 이적지 내가 시인이었으니 지금부터는 아내가 내 대신으로 시인이 된들 어떠랴. 그러하다. 이제부터는 아내가 나보다 더 시인이다.

(03.04.06)

2000년 어느 가을날, 근무하고 있던 상서초등학교 교장실을 찾은 아내. 아내는 더러 대책 없이 철없는 아이 같은 표정을 짓기도 한다. 이런 때 아내의 순결한 내면이 표출되기도 한다.

젊은 아내를 기념하기 위하여

1

아스라히 청보리 푸른 숨소리 스민 청자靑瓷의 하늘,

눈물 고인 눈으로 바라보지 마셔요.

눈물 고인 눈으로 바라보지 마셔요.

보리밭 이랑 이랑마다 솟는 종다리.

2

얼굴 붉힌 비둘기 발목같이 발목같이

하늘로 뽑아 올린 복숭아나무 새순들.

하늘로 팔을 벌린 봄 과원의 말씀들.

그같이 잠든 여자, 고운 눈썹 잠든 여자.

3

내버려 두라. 햇볕 드는 대로 바람 부는 대로

때가 되면 사과나무에 사과 꽃 피고

누이의 앵두나무에 누이의 앵두가 익듯

네 가슴의 포도는 단 물이 들 대로 들을 것이다.

4

모음母音으로 짜개지는 옥빛 하늘의 틈서리로

우우우우, 사랑의 내력來歷 보 터져오는 솔바람 소리.

제가 지껄인 소리 제가 들으려고

오오오오, 입을 벌리는 실개천 개울물 소리.

5

겨우내 비워둔 나의 술잔에

밤새워 조곤조곤 봄비 속살거리고

사운사운 살을 씻는 댓잎의 노래,

비워도 비워도 넘치네. 자꾸 술이 넘치네.

6

물안개에 슬리는 차운 산허리

뻐꾸기 울음소리 감돌아 가고

가난하고 가난하고 또 가난하여라.

아침마다 골짝 물소리에 씻는 나의 귀.

7

감나무 나무 속잎 나고

버드나무 실가지에 연두빛 칠해지는 거.

아, 물찬 포강배미 햇살이 허물 벗는 거.

보리밭에 바람이 맨살로 드러눕는 거.

8

그 계집애, 가물가물 아지랑이 허리를 가진.

눈썹이 포로소롬 풋보리 같은.

그 계집애, 새봄맞이 비를 맞은 마늘촉 같은.

안개 지핀 대숲에 달덩이 같은.

9

유채꽃밭 노오란 꽃 핀 것만 봐도 눈물 고였다.

너무나 순정적인 너무나 맹목적인

아, 열여섯 살짜리 달빛의 이슬의

안쓰러운 발목이여. 모가지여. 가슴이여.

10

덤으로 사는 목숨 그림자로 앉아서

반야심경般若心經을 펴 든 날 맑게 눈튼 날

수풀 속을 헤쳐온 바람이 책장을 넘겨주데.

꾀꼬리 울음소리가 대신해서 경을 읽데.

—「막동리 소묘」일부

그동안 내가 써서 발표한 시들은 참 많다. 그렇게 많은 시들 가운데에서 사람들은 어떤 시를 기억해 줄까? 더러는 데뷔작인 「대숲 아래서」를 이야기하고 중년을 맞으면서 쓴 「비단강」이라든지 「사랑하는 마음 내게 있어도」를 기억해 준다. 또 간혹은 「시」라는 이름의 짧은 글이나 「기쁨」 같은 시를 이야기하기도 한다. 그러나 뭐니뭐니 해도 나로서 특별히 기억에 남는 시는 「막동리 소묘」다. '막동리'는 내 고향 마을의 이름이다. 충남 서천군 기산면 그 가운데에서 산골에 자리잡은 마을이 '막동리'이다. 등 너머 한산모시와 소곡주로 알려진 한산韓山이 있다. 이 한산은 목은牧隱 이색李穡 선생이라든지 월남月南 이상재李商宰 선생, 또는 시인 신석초申石艸 선생과 연고가 깊은 곳이다. 하지만 여전히 막동리는 보잘것없는 시골마을이고, 피폐해졌다면 또 그렇다고 고개 끄덕일 수밖에 없는 마을이다. 그런데 나는 이러한 무명의 마을 이름을 따서 시를 썼다. 그것도 동일 제목으로 185편이나 되는 연작시를 써서 한 권의 시집으로 묶어내기도 했다.

내가 이렇게 고향 마을 이름을 따서 시집을 낸 데에는 나름대로 사연이 있다. 첫 번째는 지금은 고인이 되어버린 시인 이성선李聖善 씨에 대한 것이다. 1976년 1월, 나는 강원도 속초에 살고 있던 시인을 찾아간 적이 있다. 그때만 해도 서른 살 남짓, 젊은 나이였던 나는 시골에 묻혀 사는 무명 시인으로서 많이 외롭고 힘들었다(외롭기 힘들기는 요즘도 마찬가지이지만). 그래, 비슷한 처지로 보였던 이성선 씨를 떠올리고 그를 찾았던 모양이다. 가는 날이 장날이라고 속초에는 바람이 많이 불고 있었고 또, 눈까지 많이 내렸다. 허름한 단독 주택에서 이성선 씨는 부인과 아이들, 그리고 노모를 모시고 살고 있었는데 집안이 무척이나 썰렁했다는 기억이다. 냉기가 도는 방안에서 이성선 씨는 멀리서 찾아온 벗을 위하여 피리도 한 곡조 불어주고 또 그 즈음 쓰고 있던 신작 시집 『하늘문을 두드리며』 원고를 읽어주었다. 무척이나 맑고 경건하며 정신주의적 아름다움이 빛나는 시들로 가득 차 있었다. 조금은 개념적이고 사변적이다 싶기는 했지만 그 시편들은 나에게 무척이나 신선한 것들이었고 보석처럼 반짝이는 느낌을 주었다. 커다란 시의 에너지랄까, 마음 깊숙이로부터 터져 나오는 힘이 느껴졌다. 이틀인가 이성선 씨와의 만남을 끝내고 집으로 돌아와 나는 커다란 혼란에 빠졌다. 이성선 씨를 두고 생각할 때, 위대한 자연에 위대한 시였다. 그런데 나는 무언가? 시도 졸렬하고 자연도 졸렬하지 않은가 말이다.

그때 나는 문단에 나온 지 6년째. 마침 1973년에 첫 시집 『대숲 아래서』를 내놓고 같은 해 10월에 박목월 선생 주례로 결혼식을 올렸는데 아내 되는 사람이 얼마 안 있어 임신을 하고 그게 잘못되어 수술을 하고 또 재수술에 들어가고 하여 몇 년을 두고 병치레를 하고 있었다. 신혼의 꿈이 깨기도 전에 삶의 위기가 닥친 것이다. 그렇다고 시가 제대로 씩씩하게 쓰여지는 것도 아니었다. 모든 일이 제자리걸음 상태였고 무언가 다시금 시작해야만 되겠다는 절박한 마음의 압력이 싹트고 있었다. 아마도 이성선 씨를 만나러 속초행을 결행한 것도 그런 답답함에서 벗어나기 위한 돌출 행동이었지 싶다. 나는 아직도 몸 상태가 좋지 못해 시름시름 앓고 있는 아내 옆에서 무릎을 꿇고 싶은 마음으로 나의 삶과 시를 뒤돌아보았다. 그래, 나의 모든 것들은 졸렬하다. 시도 졸렬하고 자연도 졸렬하고, 인간까지도 졸렬하다. 그러니 어쩌란 말이냐! 나는 여기서 오기가 생겼다. 졸렬한 것이 나의 특성이고 재산이고 또 진면목이 아니겠는가……. 그렇다. 졸렬함에서부터 출발하기로 하자.

나의 모든 것을 드러내 놓고 솔직하게 쓰기로 하자. 나의 고향마을에 대해서 쓰고 내가 사랑하는 사람들에 대해서 쓰기로 하자. 나의 절망, 나의 슬픔, 그리고 기쁨에 대해서 쓰고 내게 있어 소중했던 기억들을 가감 없이 쏟아놓기로 하자. 제일 먼저 나는 2년 전, 두 번째 수술을 받고 병실에 누워있던 아내의 모습을 떠올렸다. 장소는 군산시외에 자리 잡은 개정병원이란 곳. 병실은 4층이던가 5층이던가 높은 층이었고 바깥 풍경이 잘 보이는 창가에 아내의 베드가 있었다. 줄창 옆에서 아내만 간호할 수 없는 입장이었던 나는 학교 근무와 아내 병간호를 번갈아가며 하고 있었다. 게다가 학교와 병원을 오가는 길이 금강을 건너야 하는 먼 길이었기에 아내 옆을 지키는 시간이 언제나 짧고 아쉬웠다. 그제나 이제나 아내는 참 순하고 마음씨가 고운 사람이다. 중매로 만나 잔정도 제대로 들지 않은 사이. 그 반년 동안에 두 번이나 수술을 받고 상처받은 짐승처럼 무찔리어 병원 침대에 누워 앓고 있다고 생각하니 아내가 무척이나 안쓰러웠다. 우리는 서로 할 얘기도 그리 많지 않아 멍하니 창 밖을 내다보는 때가 많았다. 때는 이른 봄. 드넓게 펼쳐진 옥구평야의 한 자락. 그 앞으로 전군가도(전주·군산간 도로)가 보이고, 멀리 오고가는 자동차들이 보이고, 그 위로 아지랑이가 아물거리고 또 농부들은 들에 나와 농사일을 서두르고 있었다. 또 새봄을 맞아 새파랗게 푸르러진 보리밭이 보이고, 그 위에 붓재(봄 거름으로 주는 재)를 주고 있는 사람들 모습이 무척이나 평온하게 들어왔다. 병원 침대에 누워 있는 아내를 일으켜세워 손을 잡고 봄의 들판을 마구 달려보고 싶은 충동을 느꼈다. 그때 나의 목구멍으로부터 울컥, 울음 같기도 한 한 덩이 슬픔이 치밀어 올라왔다. 앓는 사람 따로 두고 멀쩡한 내가 왜 이러지…….

아스라히 청보리 푸른 숨소리 스민 청자靑瓷의 하늘,
눈물 고인 눈으로 바라보지 마셔요.
눈물 고인 눈으로 바라보지 마셔요.
보리밭 이랑 이랑마다 솟는 종다리.

이것은 「막동리 소묘」의 첫 번째 시인데 바로 그때 두 번씩이나 수술을 받고 낯선 병원 침대에 누워 있던 아내의 모습을 떠올리며 쓴 것이다. 이 시가 쓰여지자 그 다음의 시들이 저절로 쓰여지기 시작했다. 어쩌면 그것은 막혔던 봇물이 터져 나오는 상태 같은 거였다. 이미 내 마음 속 깊숙이 숨겨져 있었지만 잊었다고 여겼던 추억의 조각들이 하나씩 꼭지를 달고 올라와 싹이 되고 잎새가 되고 또 꽃이 되어주었다. 나는 유년으로부터 지금까지 가장 좋았다고 생각되는 느낌들을 되살려 내는 데 열중했다. 그러나 그 기간은 짧지 않은 세월이었다. 기록으로 보아 첫 번째 시가 쓰여진 것이 1975년 2월 25일이고 마지막 시가 쓰여진 것이 1982년 5월 2일인 걸로 보아 이 시편들은 7년도 넘는 긴 기간 동안 쓰여진 시들이다. 그래 그랬던가. 이 시편들은 1979년 한국문예진흥원의 흙의문학상 공모에서 본상의 영예를 나에게 안겨주었다. 뿐더러 이 시편들은 나에게 시인으로서의 길을 흐릿하게나마 제시해 주는 역할을 해주었다. 지금에 와 생각해 보지만 「막동리 소묘」의 시편들이 참 고맙다. 더불어 이 시의 첫 수를 쓰게 해 준 아내, 그것도 앓고 있던 젊은 시절의 아내에게 감사하는 마음이다. 아내란 어덕에(언덕이 아니라 어덕) 기대어 살아온 30년. 그러나 이제는 머리칼이 희끗한 쉰다섯 살 중늙은이 아내. 많이는 늦었지만 「막동리 소묘」의 시편들을 젊은 시절의 아내를 기념하여 아내에게 선물하고 싶다. 아내여. 무던히도 마음결이 곱고도 순한 아내여. 그동안 나와 함께 살아줘서 참으로 고맙고 감사하오. 앞으로도 내 그대 옆에서 편안한 숨을 골라 쉬면서 천천히 늙어가고 싶소.

(02.12.05)

1975. 10. 19, 외할머니를 뵈러 외갓집 마을을 찾은 날, 가을언덕 풀밭에 한복차림으로 앉은 아내. 그때 나이, 만으로 26세. 지금의 딸아이의 나이와 같다.

결혼 기념일

    나는 지금부터 30년 전, 그러니까 1973년 10월 21일에 결혼을 했다. 우리 두 사람은 중매로 만나 결혼을 했고 주례는 내가 〈서울신문〉 신춘문예에 당선을 했을 때 심사를 맡아주셨던 박목월 선생이 맡아주셨다. 내 나이 스물아홉. 신부의 나이 스물다섯. 신부의 나이는 적당한데 내 나이가 당시로서는 조금은 늦은 나이였다. 헌데도 나는 그때 결혼이라는 것에 대해서 도통 자신이 서지 않았고 어색하고 서툴기만 했다. 하기사 결혼이라는 것이 그 누구에게나 처음 해보는 것이고 보니 낯선 것이고 서툴고 어색하기는 마찬가지일 것이다.

    그렇게 결혼을 해서 우리 부부는 참 어렵게 어렵게 고비를 넘기며 살았다. 넘어지고 어푸러지고 무릎 깨치면서 건너온 아슬아슬 길고 긴 징 검다리라 할 것이다. 4년 만에 겨우 아들아이를 힘겹게 낳고 그 뒤 2년 만에 딸아이를 낳고 이사를 다닌 것도 한두 번이 아니라 일곱 번이나 다녔고 공주에 자리잡고 겨우 현재 살고 있는 아파트에서 그런 대로 10년 넘게 안정된 분위기 속에서 살고 있는 형편이다. 또 그동안 아내는 수술을 네 번이나 했고 나 또한 두 번이나 병원 신세를 져 수술을 했다. 그래서 가끔 나는 아내더러는 네 번 깨진 항아리라고 말하고 나는 두 번 깨진 항아리라고 말하곤 한다.

그러나 이렇게 힘들고 고달픈 일만 우리에게 있었던 것은 아니다. 우선 나는 아내와 살면서 나름대로 열심히 글을 써서 서른 권도 훨씬 넘는 책을 냈고 또 문학상도 여러 개 탔고 또 교직에서는 교감과 장학사를 거쳐 오래전에 교장이 되기도 했다. 집의 아이들도 잘 자라고 공부도 잘해 국립대학을 다같이 나와 아들아이는 국가공무원으로 취직되어 근무하고 있고 딸아이는 대학원에서 국문학을 전공하고 있다. 허긴 이렇게 말하고 나면 자기 자랑이 되는 것인지 모르겠다. 그러나 지금 내가 정작 말하고 싶은 것은 이런 것들이 아니라 결혼 기념일에 대한 것이다. 살아보니 아내야말로 나에게 가장 좋은 여자가 되었고 가장 믿음직한 인생의 동반자가 되었다. 이런 아내가 고마워 얼마 전, 그러니까 결혼 28주년에 시 한 편을 시원찮은 붓글씨로 써서 아내에게 선물한 적이 있다.

이 세상에서
당신을 사랑하는 사람이 백 사람 있다면
그 중의 한 명은 나입니다.

이 세상에서
당신을 사랑하는 사람이 열 사람 있다면
그 중의 한 명은 나입니다.

이 세상에서
당신을 사랑하는 사람이 한 사람 밖에 없다면
그건 바로 나입니다.

이 세상에서
당신을 사랑하는 사람이 한 사람도 없다면
그건 내가 이 세상에 없기 때문입니다.

　그러나 이것은 내 시가 아니라 이승만 박사 부인인 프란체스카 여사
가 젊은 시절 이 박사와 연애하면서 주고받은 연애편지 속에 써 넣은
시 비슷한 글이다. 처음 얼마 동안 아내는 내 선물을 받고 좋아하는 눈
치였다. 표구를 해서 방에 걸어놓기도 하였다. 그러나 시간이 지나자
그 글이 다른 사람이 지은 글이란 것을 알고 나서는 투정을 하면서 만

족해하지 않는 것이었다. 그래서 나는 결혼 기념 29주년에 다음과 같은 글을 쓰고 그 위에 아내의 젊었을 시절 얼굴을 그림으로 그려 아내에게 선물했다.

새 각시
새 각시 때
당신에게서는
이름 모를
풀꽃 향기가
번지곤 했습니다
그럴 때마다 나는
당신도 모르게
살그머니 눈을 감곤 했지요

그건 아직도
그렇습니다.
— 「아내」 전문

올해는 아내와 결혼한 지 꼭 30주년이 되는 해이다. 헌데 아내는 보석반지를 사 주마 해도 싫다고 하고 좋은 옷을 한 벌 해주마 해도 싫다고 고개를 젓는다. 그러면서 자기한테 고백告白 시詩를 한 편 써 달라고 조른다. 허, 고백 시라! 이 나이에 어떻게, 그것도 이적지 함께 오랫동안 얼굴 마주하며 살아온 아내한테 면구스럽게스리 어찌 고백 시를 다 쓴담! 작년에도 써주고 재작년에도 써주었는데 올해는 무슨 글을 어떻게 써서 아내의 마음을 달래줄 것인가? 난감한 느낌이지만 가끔씩 어린애처럼 떼를 쓰고 앙탈을 부리는 아내가 참 귀엽다는 생각을 해본다. 무엇인가 자기만을 위한 특별한 이벤트가 있기를 바라는 늙은 아내의 철없는, 어린 마음이 참 사랑스럽다는 생각도 해본다. 다음은 그 뒤에 아내를 위해 써본 어설픈 고백 시이다.

이렇게 말하면 사람들은 웃겠지요

세상에 와서 많은 사람들을 만났지만
당신이 나에겐 가장 좋은 사람이었고
가장 훌륭한 길동무였고 정다운 사람이었다고요

이따금 당신은 말하곤 합니다
나는 당신을 위해서 태어난 사람이에요
이 다음 세상에서도 나는 당신 아내이고 싶어요

세상에 와서 당신을 만난 것은 행운이었고
당신과 산 날들은 행복이었고

당신과 함께 낳아서 기른 아이들은

나에게 자랑이었고 기쁨이었습니다

이렇게 말하면 사람들은 더 웃겠지요.

— 「때늦은 고백」 전문

(03.10.17)

2000. 12. 2, 대전일보사에 주관하는 제2회 박용래문학상 시상식장에서. 아내는 여러 번 이런 자리에 함께 앉아주었다.

펜팔친구

이런 얘기는 요즘 젊은 세대들에겐 잘 이해가 가지 않는 얘기가 될 것이다. 핸드폰이니 이메일이니 아주 빠르고 정확하게, 그리고 직접적으로 소식을 주고받는 시대에 종이편지로 소식을 주고받고 하다니, 그 느리고 더딘 방법을 애당초 선호하려 하지 않을 것이다. 그러나 나 같은 사람은 어디까지나 이메일이나 핸드폰 문자 메시지에 앞서 종이편지에 길들여지고 또 그걸 몹시도 사랑하는 사람이다. 어쩌다 이메일로 온 편지라 해도 일단 종이로 인쇄해서 읽어보아야 그 내용을 제대로 읽은 것 같고 또 그 편지를 잘 간직하고 난 뒤에라야 아, 내가 정말로 편지를 받았구나 그런 느낌에 다다르게 되니 그것은 아무래도 어쩔 수 없는 문화의 차이가 아닌가 싶다.

편지를 보내고 답장을 받으려면 아무리 양쪽에서 성의를 다하고 열심을 낸다 해도 적어도 일 주일의 시간이 필요하다. 어쩌면 그건 짜증 나는 기다림의 시간이요, 낭비의 시간이 될지 모른다. 그러나 공들여 문면文面을 다듬어 편지를 쓰고 또 지긋이 눈길을 내리깔고 상대방의 편지를 기다리는 사이, 사람의 마음이 덩달아 차분해지고 고즈넉해지는 것은 편지란 문화양식이 주는 값진 마음의 선물이 아닐 수 없겠다. 편지란 편지를 주고받고 하는 표면적인 행위 그 이상으로 눈에 보이지 않는 내면적인 미묘한 심리작용까지를 밑바닥에 깔고 있는 게 아닌가 싶다. 어떤 때는 편지를 써서 상대방에게 보내는 것만으로도 이미 목적 달성이 되어버리는 경우가 있고 또 기껏 편지를 써놓고 나서 부치지 않았는데도 마음의 위안을 수월찮게 받을 때도 있으니 말이다. 이런 편지야말로 애당초 편지를 쓰는 것 그 자체가 중요하고 처음부터 답장이 필요치 않았는지도 모를 일이다.

1960년대 중반. 육군에 입대하여 3년이나 되는 기인 사병생활을 하던 나는 무슨 바람이 불었던지 자원하여 1년 동안 주월비둘기부대 병사가 되어 베트남에서 근무한 적이 있다. 일년내내 여름인 나라. 땀과 먼지의 범벅이 되어 보내던 지루하고 따분한 이국에서의 병영생활. 고국에서 오는 편지만이 유일한 마음의 안식이었고 숨통이었고 위안이었다. 군사우편으로 편지가 오고 가려면 반달 정도가 착실히 걸린다. 그래도 편지는 늘 새소식이었고 즐거움이었고 반가움이었다. 야자나무와 선인장 붉은 꽃과 파초나무(바나나나무) 너르고 푸른 이파리 아래서 맞이한 크리스마스와 연말 연시. 고국으로부터 몇 통의 위문편지가 배달되어 왔다. 그 안에는 초등학교 어린이의 편지에서부터 고등학교 여학생의 편지까지가 고르게 섞여 있었고 초등학교 여자 선생님의 편지도 한 통 들어있었다. 아이들더러 편지를 쓰라고 하고 나서 자기도 그 옆에서 누군지도 모를 파월 장병아저씨에게 쓰는 편지라고 했다.

반듯하고 넓적넓적한 글씨로 쓰여진 편지 말미에 박 아무개라는 이름과 함께 '울산의 말썽장이'라 스스로 지은 닉네임까지 붙어있었다. 그때는 학사가수 김상희의 〈울산 큰애기〉란 노래가 유행하던 시절이라서 '울산의 말썽장이'란 표현이 퍽 인상적으로 신선하게 다가왔다. 그날부터 그 편지의 주인공은 나에게 '울산의 말썽장이 아가씨'가 되었고 나는 또 그녀에게 '나병장님'이 되었다. 얼마나 많은 편지가 오고 갔던가……. 꼬박꼬박 일대 일로 편지가 오고 가기를 두서너 달. 나의 편지 내용은 어느새 일방적으로 그녀에게 그리움을 호소하고 이성적인 사랑을 갈구하는 쪽으로 바뀌어가고 있었다. 당황한 '울산의 말썽장이'는 제발 그러지 말라고, 그러면 이제부터는 가벼운 마음으로 편지를 쓸 수 없노라고 달래고 어르는 투로 답장을 보내왔다. 하지만 우리의 편지 연락은 거기서 끝나지 않았다. 한번인가는 야자수 그늘에서 군복을 입은 채 찍은 사진 한 장을 편지에 넣어 보냈다. 그것은 상반신을 끊어서 찍은 사진이었다. 사진을 받고 나서 보내온 그녀의 편지에 '나병장님은 아무래도 키가 작은 사람인 것 같다'고, 교무실에서 여러 여자 선생님들이 사진을 돌려보며 깔깔대며 웃었는데 어떤 여자 선생님이 그렇게 말했노라는 내용도 적혀 있었다. 내가 키가 작은 사람인 것을 어떻게 알았을까. 그럴 줄 미리 알고 일부러 상반신이 끊어진 사진을 보냈는데 참 사람들의 눈썰미가 매섭구나 싶은 생각이 들었다.

얼마 뒤, 나는 여러 가지 까다로운 절차를 걸쳐 월남에서 귀국하여 제대를 하고 학교에 복직하고 또 고향마을로 돌아와 있었다. 수꿩이 꺽꺽 목 울음을 뱉아 놓는 산마루, 멀리 흰 구름이 스쳐 지나가는 하늘가, 그리고 푸르른 보리밭 이랑과 이랑 사이, 바람은 또한 넥타이를 날려주고 있었고 나는 목마른 청년이 되어있었다. 월남에서 나름대로 정감이 오갔던 펜팔친구인 '울산의 말썽쟁이'가 몹시도 보고 싶었다. 내 한 번 찾아가 만나보리라. 울산으로 띄운 편지에 급하게 답장이 왔다. 지금 자기를 찾아오면 안 된다고. 자기는 며칠만 있으면 약혼이란 것을 하게 되어있다고. 그것은 서 있는 사람의 무릎을 팍 꺾어 맨땅바닥에 주저앉게 만들기에 충분한 일격一擊이었다. 사연과 함께 편지 봉투에서 나온 명함판 증명사진 한 장. 왜 그녀는 그때 자신의 사진 한 장을 나에게 보내주었을까……. 가느다란 초승달 눈썹에다가 선량한 눈매, 둥그스름하고 부드러운 턱과 볼의 선이 아무래도 아리따운 조선 처녀의 얼굴이었다.

일단 그녀와의 일은 거기서 더 나아가지 않는다. 그런데 사람의 일이란 알다가도 모를 구석이 많은가 보다. 그로부터 30년도 훨씬 넘는 어느 날(1999년 여름이었지 싶다.), 안면도에서 열린 심상시인학교 20주년 때의 일이다. 시인학교의 학생으로 참석한 중년의 아낙네 한 사람이 뚫어져라 나를 쳐다보더니 망설이는 말투로 말을 걸어왔다. "혹시 울산의 박 아무개라는 여자 이름을 기억하시는지요?" "그럼요. 기억하고 말고요. 내가 월남에서 군대생활할 때 펜팔로 사귀던 친구의 이름인데요." 자신은 지금 대구에서 살고 있으며 초등학교 교직에 있다가 퇴직한 뒤 어느 문학 캠프에서 시 공부를 하는 사람이라고 했다. 거기서 내 이름과 작품을 알게 되었고 또 그걸 예의 그 '울산의 말썽장이'에게 얘기해 주었는데 그녀는 자신의 교육대학교 학생시절의 동급생이라고 했다.

그런 뒤로 '울산의 말썽장이 아가씨'와 나는 급격히 다시 편지로 만나게 되었고 가끔은 전화로 상대방의 안부를 묻는 관계로 복원되어 갔다. 가끔 또 우리는 서로의 이메일로 편지를 주고받기도 한다. 하지만 우리는 아직 한 번도 직접적으로 만나 얼굴을 확인한 바 없는 사이이다. 우리라고 왜 직접 만나서 서로의 얼굴을 보고 싶은 생각이 없겠는가. 그러나 우리는 지금까지도 그러했지만 앞으로도 서로 만나지 않고 펜팔의 친구로만 남아 세상을 살다 가고 싶다. 이것은 내 생각이 그러하고 그녀의 생각 또한 그러하다. 나는 이렇게 아직도 서로 얼굴을 직접 확인하지 않은 채 편지만을 주고받는 펜팔친구가 있다는 사실이 좋다. 이 세상 어딘가에 내가 그토록 오랫동안 마음 속에 간직하며 살아온 이름 하나가 누군가의 아내가 되고 누군가의 엄마가 되어 곱게 늙어 간다는 사실이 좋다. 사람이 살다 보면 참 이렇게 특별하면서도 기이한 만남과 그 사귐이 있을 수 있는가 보다. 우리 스스로 그러한 삶의 당사 자라는 데에 그저 나는 잠시 감사한 마음으로 얼굴 가득 미소를 머금어 보기도 한다. 이렇게 해묵은 이야기를 다 꺼내 보다니 오늘은 느낌이 참 좋은 날이다.

(02.04.28)

1968년, 주월비둘기부대 사병으로 근무할 때 월남의 야자수
나무 그늘 아래서. 고국 그리운 마음에 많이 힘들어 했었다.

사흘만 더

산골마을에 한 소녀가 살고 있었습니다. 그녀가 살고 있는 곳은 아주 깊은 산골이라서 사람들이 그 마을을 '토끼 발 막아 사는 곳'이라고 말하곤 했습니다. 소녀의 아버지는 사람 좋다는 말을 이웃 들로부터 듣는 호인이었고 동네 이장의 일을 오래 보았으며 소녀의 어 머니는 대처, 그러니까 도시에서 시집 온 분인데 두 분이 함께 살면서 아주 많은 애기를 낳아서 길렀습니다. 모두 아홉 명의 아들딸을 낳아서 길렀는데 사람 좋기로 유명한 소녀의 아버지보다는 소녀의 어머니의 수고가 아주아주 많았답니다. 그 많은 애기들을 낳아서 기르면서 농사 일이며 집안 살림살이까지 모두 어머니가 도맡아서 해야 했으니까요. 그야말로 젖은 치마가 마를 새가 없었고 이마 위에 쓰린 땀방울이 마를 새 없는 날들이었지요.

소녀는 세 번째 딸이었습니다. 위로 오빠가 하나, 언니가 두 사람. 셋째 딸은 시집갈 때 선도 볼 것 없이 데려간다는 말처럼 소녀는 마음씨가 참으로 곱고 착한 아이였습니다. 어머니를 도와 아래로 줄줄이 태어나는 동생들을 업어서 기르는 일을 도맡았으니까요. 소녀의 아래로 태어난 동생은 남동생이 넷, 여동생이 하나. 소녀의 등허리도 땀에 젖었고 어떤 때는 어린 동생이 지린 오줌으로 흥건히 젖기도 했지요. 어머니는 소녀에게 동생들을 업히고 동네를 한 바퀴 돌아오라고 시키곤 했습니다. 끙끙 소리를 내면서 동생을 업고 동네를 한 바퀴 돌아오면 어머니는 접시에 꿀 몇 방울을 떨어뜨려주고는 먹으라고 했답니다. 그러면 등에 업힌 동생을 내려놓고 동생과 함께 혓바닥으로 접시에 담긴 꿀을 맛있게 핥아먹곤 했답니다.

그렇게 자라 소녀는 아름다운 처녀가 되었고 시집갈 나이가 되었습니다. 동네 총각들도 그녀가 그렇게 아름답게 자라난 것을 보고 아내로 삼고 싶어했고, 아들 가진 어른들은 모두 그녀를 맏며느리 감이라고 칭찬을 했답니다. 그녀는 둥그스름한 얼굴에 매우 착한 눈빛을 가진 처녀였으니까요. 그렇지만 소녀의 어머니는 좀 더 큰 마을에 가문 좋은 집안의 신랑을 골라 시집을 보내고 싶었습니다. 중매쟁이가 오고 가고, 그러다가 등 너머 마을에 나이 든 총각선생이 한 사람 있다 하여 선을 보았지요. 총각선생은 초등학교 선생이었는데 키가 작은 편이었고 시골사람치고는 얼굴이 하얗고 시를 쓰는 사람이라 했습니다. 소녀는 시 쓰는 사람이 어떤 사람인지도 모르고 어른들이 시집가라고 해서 그냥 시집을 갔지요.

그런데 시집가자마자 첫애기를 임신한 일이 잘못되어 크게 수술을 받게 되었고 첫 수술이 잘못되어 다시 수술을 받게 되었습니다. 그런 뒤, 그녀는 어렵게 어렵게 아들 하나, 딸 하나를 낳아서 길렀습니다. 남편은 학교 선생을 하면서 시를 쓰는 사람이었고 늘 공부를 하는 사람이었으므로 집안 사정은 가난을 면치 못했고 집안 살림살이는 늘 그녀의 몫으로 떨어졌습니다. 그녀는 한 달에 딱 한 번만 돈을 세는 사람이었습니다. 그것은 남편이 봉급을 타오는 날이었지요. 그녀는 한 달 동안 써야 할 돈을 예산에 맞춰 세어서 나눈 다음 깍지를 끼워 지갑에 넣고 그만큼만 돈을 썼지요. 어떤 때는 남편이 타온 봉급이 써야 할 돈하고는 턱없이 모자라 겨우 쌀과 연탄만 우선 사는 때도 있었지요. 그럴 때마다 그녀는 힘들게 살던 어머니를 생각하며 삶의 용기를 잃지 않았지요.

그런 가운데서도 그녀는 몸이 약해서 앓아눕는 날이 많았고, 남편은 남편대로 시 쓰는 일과 공부하는 일과 학교 선생으로서 승진하는 일에 매달려 힘들게 살았지요. 젊은 날이 아름답고 즐겁고 빛나는 날들이라는데 그녀와 그녀의 남편은 하루빨리 젊은 날이 지나가버리고, 두 아이들이나 얼른 자라 어른이 되었으면 하는 것이 바램이었지요. 그러는 동안에 그녀는 다시 또 두 번의 수술을 더하게 되고 그녀의 남편도 한차례 수술을 받게 되었지요. 그러나 노력한 보람이 있어 남편이 초등학교 교장선생님이 되는 연수를 받게 되었습니다. 기쁜 일이지요. 남편은 멀리 떨어진 고장에서 공부를 하고 있었습니다. 그때 그녀의 어머니가 돌아가신 겁니다.

돌아가시던 날 어머니는 그녀에게 마지막 전화를 거셨습니다. 그녀는 그날도 몸이 좋지 않아 자리에 누워 있다가 어머니의 전화를 받았습니다. "애야, 내가 죽은 다음에도 형제들과 화목하게 살려무나. 그게 부디 마지막 소원이란다." 어머니가 유언 비슷한 이야기를 하셨지만 그녀는 그걸 눈치채지 못하고 어머니에게 쓸데없는 이야길 한다고 짜증을 부리고 핀잔 비슷한 말을 했습니다. 그러고 나서 그날 밤에 어머니가 갑자기 돌아가신 겁니다.

어머니 돌아간 뒤로 그녀는 1년 동안 매우 괴로워하며 살았습니다. 마지막 말씀이라도 제대로 따뜻하게 받아드리지 못함을 많이 많이 후회했지요. 고층아파트 건너편 산마루에 뉘엿뉘엿 해가 질 무렵이면 너울너울 춤을 추면서 하얀 옷을 입은 어머니가 그녀를 부르며 손짓하는 것 같은 모습을 여러 번 보기도 했습니다. 내내 그녀는 어머니를 그렇게 섭섭하게 보내드리고 만 자신을 후회하면서 어머니가 만약 사흘만 더 살아 계셨더라면 얼마나 좋았을까 소망해 봅니다. 더도 말고 딱 사흘입니다. 그 사흘 동안 어머니를 위해서 해드릴 일들을 생각해 봅니다.

첫 번째 날의 소망은 용돈을 많이 드려보는 것입니다. 한 백만 원쯤 드려보면 좋겠습니다. 은행에 가서 만 원짜리로 새 돈으로 바꿔다가 드려보고 싶습니다. 두 번째 날의 소망은 맛있는 음식을 맘껏 사 드려보는 것입니다. 맛있게 잡수시는 어머니 옆에서 자기도 맛있게 음식을 먹는다면 더욱 좋겠지요. 세 번째 날은 어머니와 함께 이야기를 많이, 아주 많이 해보는 것입니다. 자기 이야기를 하기보다도 어머니 이야기를 끝없이 들어드리고 싶어요. 그런 다음에는 소망이 별로 없어요. 하지만, 이제 이것은 아무런 쓸모도 없어진 소망이지요. 그것을 너무나도 잘 알기에 그녀는 그냥 슬프기만 할 따름입니다.

이 이야기에 나오는 주인공이 바로 제 아내, 김성례입니다.

(03.12.11)

1996. 3. 31, 장모님을 모시고 다정히 앉은 아내. 서울 사는 여동생의 아기 백일잔치에 가서 찍은 사진이다.

마음의 거품

생각해 보면 아득하고 먼 길. 열아홉 나이 때부터 시작해 온 초등학교 교단생활이다. 올해 햇수로 쳐서 37년이 되는 세월이다. 나라고 왜 그동안 초등학교 교사로서의 서러움이 없었겠고 고달픔과 애달픔이 없었겠는가⋯⋯. 오늘에 이르러 나이도 제법 지긋해졌고 교장을 하고 있으니 울분이라든지 불만 같은 것이 많이 수그러들고 편안해졌지만 그동안 힘들게 넘긴 고비가 많았었다.

실상 초등학교 교사는 사회적으로나 경제적으로 그다지 좋은 자리가 아니다. 높은 자리도 아니다. 특히 젊은 나이, 패기 넘칠 때는 그 자리에 머물기조차 힘들어 당장 자리를 박차고 떨쳐 떠나고 싶기도 했었으리라. 선생 가운데서도 가장 낮은 학교 선생이 초등학교 선생이다. 실상 일반 사회인들도 그렇다고 믿고 있는 게 사실이다. 선생으로서 가장 높은 지위에 있는 사람이 대학교 교수이고 초등학교 교사가 가장 바닥이라고 생각하는 것이 일반적인 추세요 상식이다. 그것은 초등학교 교사 자신들조차도 그렇게 생각하는 경향이 있다. 그래서 초등학교 교사로서 마땅히 가져야 할 자긍심조차 갖지 못하는 경우도 있다.

성급하게 이 대목에서 결론부터 말해 본다면 그건 절대로 그렇지 않다는 생각이다. 대학교 교수에게는 그 나름대로의 자랑과 자부와 본분이 있겠지만 초등학교 교사에게도 또한 그에 못지않은 나름대로의 몫이 충분히 있을 수 있다고 믿기에 그러하다. 그리고 사람이란 그가 어떤 일을 하는 사람이냐 하는 그 '무엇' 만이 중요한 것이 아니라 그 일을 어떻게 하느냐의 '어떻게' 가 더 중요하다고 생각하기에 그러하다.

이건 제법 오래전의 일이다. 가끔 서울 나들이 길에 볼일이 늦어져 밤 버스를 타고 공주로 돌아오는 때가 있었다. 차를 타고 내려오면서 지루한 시간을 메꾸기 위해 옆에 앉은 사람과 이야기를 나누기도 한다. 이것저것 사람 살아가는 이야기, 세상 돌아가는 이야기를 나누다가 자연스럽게 이야기는 문학 이야기나 예술 이야기 쪽으로 번져나간다. 한참동안 이렇게 이야기를 나누던 내 이야기의 파트너는 아무래도 내가 무슨 일을 하는 사람인지 그것이 궁금해지는 모양이다.

잠시 이야기 중간을 비집고 조심스레 나에게 말을 건네온다. "혹시 공주사대 교수님 아니세요?" 문학이 어떻고 세상이 어떻고 제법 때깔 있게 이야기하는 내가 아무래도 또 공주사대 교수로 보였던 모양이다. "아닌데요……" 그런 다음에도 나의 자상하신 파트너는 또 다른 질문을 준비해 온다. "그럼 공주교대 교수님 아니세요?" "아, 그것도 아닌데요……" 지금껏 공손하던 내 이야기의 파트너가 얼굴빛을 달리하고 사뭇 빠른 어조로 또 다른 물음을 던져온다. "그럼 고등학교 국어선생님을 하시나요?" "아, 그것도 아닌데요……" 이야기가 여기까지 진행되어오면 나 스스로 초등학교 교사라는 것을 자백하지 않을 도리가 없게 되어버린다.

그런 다음부터 우리의 대화는 그것으로 딱 멈추어 서버리게 마련이다. 더 이상 대화가 진행되지 않게 되는 것이다. 공주사대 교수님으로부터 초등학교 교사에 이르기까지 나는 몇 개의 계단을 내려와야 했던 것인지……. 휘청, 그 많은 사다리를 내려오면서 현기증마저 느끼게 된다. 도대체 초등학교 교사는 문학에 대해서 예술과 세상살이에 대해서 논의하고 비평해선 안 된다는 법이라도 있단 말인가.

가끔 또 공주 시내 음식점을 들를 때 음식점 주인들이 날더러 나교수님이라고 정색을 하고 불러주어 나를 면구스럽고 난처하게 만들어주는 경우가 있다. 아마도 내가 대학에 있는 분들이랑 자주 어울리는 것을 보고 나까지도 대학에 있는 사람이거니 잘못 알고 그러는 것일 것이다. 처음에는 그런 일을 당할 때마다 내편에서 질색하는 마음이 되어 나는 교수님이 아니라고 초등학교 선생이라고 고쳐서 말해 주곤 했다. 하지만 이제는 굳이 그런 일도 하지 아니한다. 내가 어떤 이름으로 불리우던지 그게 무슨 대수란 말인가……. 나의 내면의 본질하고 무슨 상관이 있단 말인가……. 이 또한 알고 보면 우리들 마음 속에 부풀어오른 헛된 마음의 거품임을 내가 이미 알고 있기 때문에 그러하리라.

(01.12.01)

1987년, 교사로 근무하고 있던 공주 호계국민학교 운동장 버즘나무에 기대어 선 오후의 시간. 초등학교 교사시절 나에겐 이렇게 따분한 시간이 참 많았었다.

10원짜리 동전

오늘도 동전 하나를 주웠다. 10원짜리 동전. 동전을 주운 곳은 우리 집이 있는 아파트 단지로 들어가는 아스팔트 길바닥. 얼마 동안이나 사람들의 발길에 밟히고 차바퀴에 시달렸는지 동전 위에는 많은 상처가 나 있었다. 상당히 오랫동안 그 자리에 버려져 있었으나 아무도 주워가지 않았던 모양이다. 내 눈에 띄기 전에도 분명히 지나가는 사람들 눈에 띄었을 것이다. 아이들 눈에도 자주 띄었을 것이다. 하지만 아무도 동전을 주워가지 않았다.

왜 그럴까? 대답은 간단하다. 10원짜리 동전이 도무지 아무 데도 써 먹을 곳이 없기 때문일 것이다. 더 많게는 사람들 마음이 모두들 큰 것

만 올려다 볼 줄 알았지 작은 것은 내려다볼 줄 몰라서일 것이다. 10원
짜리 동전도 쓸모가 전혀 없는 것은 아니다. 은행에 세금이나 공과금을
낼 때, 우체국에서 우편물을 부칠 때는 꼭 10원짜리 동전을 필요로 한
다. 그렇다면 요즘 사람들이 작은 것, 보잘것없는 것, 초라한 것을 사랑
하는 마음이 많이 부족해서 그런 것일 것이다.

10원짜리 동전 하나 만드는 데에는 30원 가까운 돈이 들어간다고 한
다. 참으로 우습고 한심스러운 일이다. 그리고 불행한 일이다. 10원짜
리 동전이 그토록 가치가 없다는 건 우리의 돈이 그만큼 가치가 없다는
것이고 우리가 사는 꼴들이 그만큼 사상누각砂上樓閣으로 지어진 거짓
이라는 얘기에 다름이 아니다. 적어도 10원짜리 동전을 만드는 데 10
원보다 적은 돈이 들거나 돈을 사용함에 있어 10원보다 훨씬 높은 가치
를 지니도록 되었어야 했을 일이다.

내가 어려서의 기억으로는 10전짜리 돈도 써보았던 것 같고 5원짜리
지전紙錢은 자주 사용해 본 것 같다. 5원짜리 지전 하나면 연필도 여러
자루 살 수 있었고 공책도 여러 권 살 수 있었으며 동네에 찾아온 가설
극장이란 곳에 들어가 영화도 볼 수 있었던 것 같다. 어린 나이의 우리
는 얼마나 그 쪼가리 돈 하나 어른들한테 타내기 위해 마음을 조리며
졸라야 했던가. 어른들은 어른들대로 그렇게 돈이 부족했던 것이다. 하
긴 그 시절은 너무나 돈이 귀하고 물건이 아쉽던 시절이었다. 쓸만한

물건 하나 구하려면 10리고 20리고 5일장을 찾아가 사와야만 했던 시절이었다.

세상이 살기 좋아진 것은 분명하다. 물건도 많아지고 돈도 흔해진 세상이다. 하지만 그 많아지고 흔해졌다는 사실이 반대로 문제가 되는 것이다. 그 누구도 작고 초라하고 조그맣고 낡은 것을 아끼려 하지 않는다. 버려진 것을 주우려고 하지도 않는다. 10원짜리 동전도 그런 마음 터전과 현실 상황으로 해서 버려지고 또 아무도 주우려 하지 않게 되는 것이리라. 길을 걷다 보면 여러 장소에서 10원짜리 동전을 발견할 수 있다. 큰길의 인도라든지 골목길, 아스팔트길, 시내버스 정류장 같은 곳 어느 곳에서도 10원짜리 동전은 흔하게 버려져 있는 것이다.

이렇게 해서 눈에 띌 때마다 주워다가 모은 10원짜리 동전이 내 책상 속 서랍에는 수월찮게 모였다. 이를 어쩌나! 10원짜리 동전이 하나씩 늘 때마다 조금씩 더 슬퍼지는 마음. 10원짜리 동전이 이렇게 자주 버려진다는 것은 우리네 마음이 자주 버려진다는 것이고 우리네 삶이 또 그렇게 쓰레기로 무작정 버려진다는 것이 아닐까. 이렇게 지금 우리는 어이없고도 슬픈 세상을 살고 있는 것이다.

(01.10.08)

1969년, 고향집 마당의 어수선한 풍경이 그대로 드러나 있는 사진 한 장. 경운기를 구입한 것을 당시 월남에서 군복무 중에 있던 나에게 알리기 위해 보내온 사진이다. 경운기를 잡은 사람은 나종운이란 이름의 동네 청년.

오래된 책을 묶으며

　봄은 이사의 계절이다. 이런저런 일로 살던 집을 옮겨 이사해야 되는 그런 계절이다. 봄은 또 묵은 집을 고치고 다듬는 계절이기도 하다. 살던 집의 이곳저곳 마음에 안 드는 구석이나 모자라거나 불편했던 부분들을 새로이 매만지는 그런 계절이기도 한 것이다. 요즈음 우리 집도 집을 고치는 일을 하고 있다. 십여 년 넘게 살고 있던 아파트이다. 이웃집들은 벌써 여러 차례 도배를 다시 한다, 싱크대를 갈아 들인다, 커튼을 새로 바꾼다 그랬지만 우리 집만은 처음 이사왔을 때의 모습 그대로 살고 있었던 것이다.

　실상, 집을 고칠 엄두가 안 났던 것이다. 집을 고칠 돈 마련도 어려웠지만 집안에 자질구레한 살림살이가 많아서였다. 특히 책이 골칫거리였다. 책은 안방과 아이들 방과 거실까지 여러 공간을 두루 차지하고 있을 뿐더러 안방의 네 벽을 빼곡이 채우고 있었던 것이다. 처음 이사 올 때 아내의 양보로 안방에 책을 들여놓기는 했지만 지내오면서 그것은 아내에게 내내 미안스런 일이 되었다. 비좁고 어수선한 안방에서 아내가 생활하는 것도 그렇지만 아내가 자주 감기에 걸려 고생하는 것이 안방에 들어찬 책 때문이 아닌가 싶었던 것이다. 그래 이번에 큰맘 먹고 집을 고치기로 했다.

아파트로 이사오기 전 단독주택에서 살면서 여러 번 경험한 일이긴 하지만 역시 집을 고치는 일은 귀찮고 성가신 일이다. 비좁은 아파트 공간에 집안의 가재도구를 이리 옮겼다 저리 옮겼다 할 뿐더러 날마다 먼지와 쓰레기와 함께 살아야 하니까 그 괴로움은 이루 말로 다할 수 없을 정도다. 다른 가재도구들은 아내와 함께 옮겼지만 책을 옮기는 일은 온전히 내 소임으로 떨어진 일이 되었다. 나는 틈이 날 때마다 책장 앞에 앉아서 책을 꺼내어 일정한 높이로 쌓은 다음, 비닐끈으로 묶었다. 오랫동안 읽지 않고 책장에 꽂아놓기만 한 책의 표지며 모서리 위에는 떡먼지가 켜켜이 앉아있었다. 그걸 젖은 걸레로 닦기도 하고 청소기로 빨아내기도 하면서 책을 묶다 보니 일이 여간 더디게 진행되는 게 아니었다.

십 년도 더 넘게 쌓아두기만 한 책들. 그 가운데에는 읽은 책도 있었지만 읽지 않은 책이 더 많았다. 더러는 우리 집에 저런 책이 다 있었던가 싶게 낯선 책도 있었다. 그러나 오랜 시간 책을 묶으며 생각해 보니, 내가 읽은 책이나 읽지 않은 책이나 또 낯익은 책이나 낯선 책이나 무엇이 다르겠는가 싶은 생각이 들었다. 한때는 내 마음을 들뜨게 했던 책일망정 이제는 기억에서 사라진 지 오래. 아무런 의미가 없다는 느낌이 들었다. 허무하다는 생각도 들었다. 한때는 정말로 끼니 대신으로 읽고 싶었고 갖고 싶었던 책을 수도 있겠다. 옷과 바꾸고 음식과 바꾸고 차비와 바꾸고 용돈과 바꾼 책일 수도 있겠다.

내가 이 책들을 갖기 위해 나의 아내는 얼마나 많이 그리고, 오랫동안 궁색한 살림살이를 더욱 궁색하게 견뎌야 했으며 우리 집 아이들은 얼마나 많은 군것질감을 줄이고 장난감을 줄이고 또 싸구려 옷을 입어야 했을까…… 아이들의 초등학교 시절, 학교에서 운동회가 열리거나 소풍을 갈 때 그렇게도 좋아했던 치킨 요리를 한 번도 시켜주지 못했던 일이 지금도 마음에 걸린다. 나는 책을 묶으면서 여러 번 비닐끈을 세게 잡아당겨 팔며 손아귀가 아프기도 했지만 지난날의 일들이 떠올라 마음이 아파왔다. 책을 읽는다는 핑계, 공부하고 글을 쓴다는 핑계 하나로 나는 얼마나 많이 집안 사람들을 불편하게 했으며 집안에서 폭군노릇을 했으며 또 망나니로 살았던가.

늦게사 미안스런 마음이 들었다. 아, 내가 책을 좀더 적게 읽었더라면……. 그리고 적게 책을 샀더라면 얼마나 좋았을까? 지난날의 허물을 묶어내듯이 비닐끈에 묶여 다락같이 쌓여만 가는 책들을 보며 나는 나 자신의 잘못된 지난날이 그렇게만 높게 쌓여 가는 것만 같아 가슴이 답답하고 한없이 구슬퍼졌다. 저 많은 책들이 이제 나에게 무슨 의미가 있단 말인가? 며칠만 지나면 우리 집에 새로운 책장들이 들어올 것이다. 그러면 꽁꽁 열 십자로 묶였던 책들은 다시 포승을 풀고 새로운 책장에 그럴듯한 자세로 꽂혀질 것이다. 그렇다 한들 또다시 그 책들은 과연 나하고 무슨 상관이 있단 말인가?

내가 이제 나이를 먹기는 먹은 모양이다. 이것도 철이 드는 것이라면 철이 드는 일이 될 것이다. 때늦은 철듦이 내게는 굳이 반갑지 않다. 그러나 이제라도 아내에게 안방을 제대로 내어주게 된 것은 참으로 마음 가뿐하고 기쁜 일이라 하겠다. 그래서 아무래도 봄철은 또다시 이사의 계절이고 집을 수리하는 계절이고 다시 한 번 새로워지는 출발의 계절인가 한다.

(04.02.27)

1973. 10. 22, 나의 혼례식 다음날 막동리 고향집 안방에서 폐백을 받고 계신 할머니(왼쪽)와 외할머니(오른쪽). 외할머니의 표정이 무척 비감悲感스럽다.

책은 거짓말을 하지 않는다

사람이 나이가 들어가는 것을 그 무엇보다도 몸이 먼저 아나 보다. 실로 몸은 정직한 존재. 체력이 점점 떨어지고 시력도 흐려진다. 40대까지만 해도 시집 한 권 분량쯤은 하루 저녁 한자리에 앉아 너끈히 되 베끼곤 했는데 요즘은 그게 잘 안 된다. 돋보기의 안경알을 세 번씩이나 바꾸었다. 그래도 나는 여전히 책을 손에서 놓지 못하고 산다. 책보다 더 재미있는 것이 또 어디 있을까. 잠에서 깨어나 제일 먼저 잡는 것이 책이요, 잠이 들 때까지 손에서 놓지 않는 것이 또한 책이다.

책은 나에게 생필품이고 연장이고 밥그릇이고 장난감이다. 그건 아주 어려서부터 그랬지 싶다. 어쩌면 또래랑 어울리는 놀이에서 밀리다

보니까 책하고 노는 놀이를 택했는지도 모른다. 책은 먼저 어린 나에게 미래에 대한 꿈과 믿음을 주었다. 같은 얘기지만 미지의 세계에 대한 동경을 안겨주기도 했다. 책이 손 까불러 이끄는 대로 따라온 길. 꿈꾸듯 행복했다고 뒤돌아볼 수 있겠다. 이 땅의 선량한 농부님네들 가끔 하시는 말씀에 '흙은 결코 거짓말을 하지 않는다'란 말씀이 있다. 마찬가지로 나에겐 '책은 절대로 거짓말을 하지 않는다'이다. 아무리 사악한 사람이라 해도 책에다가는 될수록 거짓말을 적지 않으려고 노력한다. 그만큼 책은 누구에게나 처녀성의 땅이다. 그것은 창녀와 도둑이 결혼해서 아기를 낳아도 순결한 처녀 총각으로서의 아기를 선물로 받는 거와 같다. 책이야말로 순정하신 신의 영역인 것이다.

그러니까 벌써 18년 전. 나는 충남대학교 부속병원에서 신장결석 수술을 받은 적이 있다. 그것은 신장에서 나오는 요도에 생긴 돌을 제거하는 수술이었는데 오줌 줄에서 혹시 오줌이 샐지 모른다는 의사의 설명이 있었다. 아무래도 걱정스러워 의사에게 물었더니 별 탈이 없을 거라고 말해 주었다. 그래도 안심이 안 되어 다시 이것저것 꼬치꼬치 따지듯 물었더니 그 당시 병원장이기도 했던 시인인 손기섭 박사가 하는 대답이 단호했다. "대학병원 의사들도 수술을 할 때는 책을 보아가면서 합니다. 그러니 지나치게 신경 쓰지 마십시오." 아, 그랬구나. 의사들도 수술을 할 때는 책을 보아가면서 하는구나. 그것은 나로서는 처음 듣는 얘기였다.

나는 앞으로 점점 나이가 들고 몸이 약해지고 눈도 흐려질 것이다. 이렇게 조금씩 몸이 낡아가는 것을 나는 그다지 절망적으로만 생각하지 않는다. 사람이 나이가 들고 늙어간다는 것도 하나의 축복이라면 축복일 수 있다. 더구나 곱게 늙어 가는 것은 아름답기까지 한 일이다. 하지만 책을 마음껏 읽을 수 없다는 것은 불편하고 속상한 일이다. 안타깝고 아까운 일이다. 이 세상에는 좋은 책들이 많고도 많다. 그런데 나의 불행은 그 좋은 책들을 내가 아직 읽지 못했다는 데에 있고, 앞으로도 보다 많은 책을 읽지 못할 거라는 데에 있다. 마음껏 읽고 싶은 책을 마저 다 읽지 못하고 세상을 떠나야 할 때 얼마나 안타깝고 섭섭한 마음이 들까. 애석한 일이 아닐 수 없다.

오늘도 나의 소원은 읽고 싶은 책을 마음껏 읽는 일이다. 책을 읽지 않은 날은 배가 고프다. 책을 많이 읽은 날은 밥을 먹지 않았어도 배가 부르다. 그것은 말을 많이 했을 때 밥을 먹었어도 뱃속이 허전한 거와 반대이다. 이제 나는 책한테 간절히 부탁드린다. 내가 육신의 눈으로 보지 못하는 것까지 볼 수 있는 길을 열어주십사, 나중에 늙어서 세상을 떠나야만 할 때 두렵지 않게 죽음의 나라를 찾아갈 수 있는 길까지도 가르쳐주십사, 간절히 머리 조아려 빌고 빈다. 책님이시여, 참으로 감사합니다.

(02.06.02)

1986. 9. 30, 서울에서 열린 아시아시인대회에 참석하여 이성선 시인(중앙), 손기섭 시인(오른쪽)과 나란히, 충남대 의과대학 교수였던 손기섭 시인은 여러 차례 우리 가족의 병원생활을 도와준 일이 있다.

우울한 여행

—일본에서 보고 느낀 것

지난해 가을, 미국을 다녀온 뒤로 또 일본을 한 차례 다녀왔다. 미국과 일본 모두 나로선 초행길이었다. 태평양 건너 신대륙이라 그랬는지 미국이 참 새롭고 산뜻하다는 느낌이었다면 일본의 경우 우리와 매우 비슷하다는 느낌이 들었고 조금은 어둡다는 생각이 들었다. 두 차례 모두 나로선 문학과 관계 있는 일로 다녀온 여행이었다. 이번 일본 여행은 서울서 시를 공부하는 독자들과 어울려 일본의 문학 유적을 돌아보겠다는 것이 여행의 주목적이었다. 3박 4일 동안 동행한 독자들을 대상으로 문학강연도 하고 일본의 작가나 시인들의 자취가 보존되어 있는 문학기념관을 여러 군데 둘러보았다. 그러면서 나는 여러 가지를 보고 듣고 느끼고 돌아왔다.

결론부터 말해서 이번 여행하는 동안, 또 돌아와 결코 유쾌하지 않았다는 것이다. 많이 우울한 심정이었다. 내가 여행한 곳은 일본의 네 개의 섬 가운데 제일 아래쪽에 위치한 규슈九州 지방이었는데, 거기서 나는 가고시마鹿兒島의 근대문학관, 구마모토熊本의 나쓰메 소세키夏目漱石 기념관, 후쿠오카福岡의 기타하라 하쿠슈北原白秋의 기념관을 둘러보았다. 참 자료들이 깨끗하고 일목요연하게 잘 정리되어 있고 시설들이 또한 잘 갖추어져 있음을 보고 놀라지 않을 수 없었다. 특히, 시인인 기타하라 하쿠슈의 경우엔 그가 태어나고 자라난 고향인 야나가와柳川는 시가지 전체가 시인의 기념관처럼 되어있음을 보고 부러운 마음, 감탄하는 마음이었다(거기엔 하쿠슈의 길이 있었고 하쿠슈의 술도 있었다).

이렇게 문학에 관계된 것뿐만 아니라 그들의 일반적인 생활상을 보고서도 많은 생각과 느낌이 있었다. 공항에서 나와 시내지역으로 들어서자마자 눈에 들어오는 것은 깨끗한 길거리 풍경이었다. 물론 지진의 영향이 크다고 하겠지만 과다하게 크거나 높은 건물들이 전혀 보이지 않았다. 우선 개인의 저택들이 조그마하고 담장이 낮았고 정원에 나무들을 많이 가꾸고 있었으며 나무로 된 울타리도 많았다. 또한 가게나 건물의 간판이 아주 조그마하고 아담하다는 점이 새로웠다. 그런 데서도 일본인들의 작은 것을 아끼고 사랑하는 마음, 겸손한 마음씨, 자연을 사랑하는 생활태도를 충분히 짐작할 수 있었다. 공기는 단연 우리 것보다 맑았고 하늘 또한 푸르렀으며 구름 또한 우리 것보다 희게 보였다. 또한 도심지역을 흐르는 개울물이 아주 깨끗하다는 것을 보고 속이 많이 상하기도 했다.

그 다음으로 느낀 것은 그들의 친절과 정직, 그리고 근면함이었다. 3일 동안 머무는 여관마다 종업원들은 성심성의껏 우리를 대해 주었다. 우리들을 담당했던 호텔 종업원들은 호텔 문 밖까지 나와 일렬로 서서 떠나는 우리의 버스를 향해 90도 각도로 경례를 한 뒤, 우리의 버스가 보이지 않을 때까지 손을 흔들고 또 흔들며 서 있는 것이었다. 그러면서도 그들은 팁 같은 것을 요구하지도 않았다. 또한 나흘 동안 우리를 태우고 다닌 초로의 버스 운전기사는 제복 차림에 편안한 운전솜씨를 자랑하며 아주 친절한 태도로 스무 개나 되는 무거운 여행가방을 조심스럽게 옮겨주었으며 조용히 예의바른 태도를 끝까지 지켜주었다. 특히 그 운전기사를 보고서 놀란 것은 버스가 출발할 때나 도착할 때마다 즉각 운전일지에 시간과 내용을 기입한다는 사실이었다. 이런 데서도 일본인들의 기록하기를 좋아하는 습성, 정확성을 읽을 수 있었다.

아무래도 내가 학교 선생을 하는 사람이니 아이들을 눈여겨보지 않을 수 없었다. 길거리에서 만난 아이들은 놀랍게도 모두 단정한 교복 차림이었고 또 많은 아이들이 자전거로 통학을 하고 있었다. 호텔 엘리베이터 안에서 만난 고등학교 남학생은 낯모르는 이국인에게 고개를 숙여 인사를 하기도 했다. 마지막 날 아침 7시 50분이 되었을 시각, 산책길에서 만난 초등학교 3학년, 2학년쯤 되었을까 말까 한 남매로 보이는 두 아이는 나에게 고개를 숙여 아침 인사를 하는 것이었다. 우리의 아이들이 공주의 길거리에서나 호텔 엘리베이터 안에서 일본인들을 만났을 때 어떻게 했을까? 느닷없이 상스러운 말로 손가락질을 해대지나 않았을까? 나는 참 우울하면서도 씁쓸한 생각이 들었다. 우리도 이제는 좀 이런 데서도 달라지고 철이 들고 의젓해졌으면 좋겠다는 생각을 해본다. 이래저래 이번 여행은 나에게 매우 우울한 여행이 아닐 수 없었다.

(04..02.05)

2004. 1. 28, 일본 여행길에 규슈의 구마모토에 있는 소설가 나쓰메 쇼세키 기념관에서 동행했던 문인들과. 서 있는 왼쪽부터 차한수 교수, 김정초 씨, 김재홍 교수, 조운아 씨, 나. 앉아있는 사람 조윤희 씨, 김순미 씨, 노정화 씨, 김초하 씨 등.

논산은 그리운 곳이다

　사람이 그 무엇인가에 대해서 옳다 그르다 하는 건 시비是非의 문제요, 이성의 문제다. 따져 보면 금방 그 해답이 나오게 되어있고 나온 답에 따라 충분히 바로잡을 수도 있다. 그러나 그 무엇에 대해서 좋다 나쁘다 하는 것은 호오好惡의 문제요, 감정의 문제다. 아무리 따져봐도 답이 나오지 않을 뿐더러 다잡아 고쳐지기도 쉽지 않다. 그러기에 우리들 인간에게는 시비의 문제보다는 호오의 문제가 더 중요하고 다루기 어렵다. 누군가 어떤 고장을 좋아한다 좋아하지 않는다 하는 것 역시 호오의 문제요, 감정의 문제라서 섣불리 이야기하기 어려운 문제다. 또 그것은 지극히 개인차까지 큰 문제이기 때문에 더욱 그렇다. 어쩌면 그건 문화개념과 같은 것인지도 모르겠다. 문화란 것 또한 시비라든지 우열이나 수준의 문제를 뛰어넘는 그 무엇, 절대적이기까지 한 문제요, 지극히 감정적이고 주관적인 것이기에 그럴 것이다.

어쨌든 나는 논산을 좋아한다. 언제부터인지도 모르게 그래왔다. 대개 우리 또래의 대한민국 남성들은 논산에 대해서 선입견이나 고정관념을 가지고 있다. 다들 안 좋은 추억을 지니고 있다. 그것은 논산훈련소에서 신병훈련을 받아서 그럴 것이다. 나 또한 논산에서 신병훈련을 받았고 더하여 논산훈련소에서 상당 기간 육군사병으로 근무한 적도 있다. 어떤 사람들은 논산 쪽을 향해서는 오줌도 눕지 않겠다고들 말을 한다. 그러나 나의 경우는 그런 군대 체험을 통해서도 전혀 논산에 대한 생각이 바뀌지도 않았고 손상되지도 않았음을 본다. 내가 생각해도 의아스러운 일이다.

나에게 있어 논산은 여전히 처녀림으로서의 논산이다. 아마도 이건 내가 어렸을 적 6 · 25 전쟁 무렵, 논산훈련소로 역시 군대 가신 아버지를 면회하기 위해 갔다 왔다 했던 유년 체험과도 관련이 있지 싶다. 하긴 논산의 산천이나 자연이 마음에 들을 수 있겠고 논산에 살고 있는 인물들이 좋았을 수도 있겠다. 아닌게아니라 논산엔 〈놀뫼문학〉이란 시문학 동인회가 오래전부터 있어 왔고 그 언저리에 몇 사람 문학의 좋은 친구들이 살고 있다. 그래서 그랬을까? 충남교육연수원에서 교육전문직으로 근무하다가 집이 있는 공주를 벗어나 그 어딘가 인접한 고장으로 임지를 정하라고 할 때 나는 서슴없이 논산을 떠올렸고 논산으로 발길을 향했다.

논산 지역에 새로 찾은 일터는 노성면 호암초등학교. 면 소재지도 안 되는 리 단위에 자리한 작은 학교. 논산에서도 가장 궁벽진 학교로 통했다. 아이들 100여 명 남짓에다가 열다섯 명 직원이 근무하는 단촐한 일터였다. 나는 거기서 4년 반 동안을 교감으로 근무했는데 학교에 부임하면서 나는 많이 좌절해야만 했다. 결코 아이들이 싫어서 학교가 시골이라서 그런 건 아니었다. 막 50을 넘기는 나이. 문인으로든 교직으로든 하나의 전기轉機가 필요했고 새로운 출발이 요구되었는데 그때의 나로선 그저 앞길이 막막하기만 해서 그랬다. 일단 숨을 고르게 천천히 쉬면서 주변을 살펴보기로 했다. 그러자 조금씩 보이지 않던 것들이 보이기 시작했다. 들리지 않던 것들이 들리기 시작했다. 때로는 무릎 꿇고 통곡하는 마음으로 자신과도 맞섰다. 천천히 천천히 그 무엇인가가 살아나고 있었다. 그것은 가슴의 저 밑바닥, 무의식으로부터 밀려오는 느낌의 물결과도 같고 하나의 리듬과도 같은 것이었다.

땅에서 넘어진 자 땅을 딛고 일어서라. 풀잎에 걸려서 쓰러져 우는 사람 풀잎을 부여잡고 울면서 다시금 일어나라. 그건 하나의 울림이었다. 새로운 시가 써지고 새로운 산문이 써지기 시작했다. 그러면서 나는 연필을 꼬나잡고 풀꽃 그림도 그리기 시작했다. 그건 전혀 새로운 경험이었고 사물에 대한 재발견의 기회를 나에게 제공했다. 드디어 나는 그렇게 궁벽진 시골학교로 발령을 받은 것을, 또 시골 아이들의 일개 보잘 것 없는 선생인 것을 오히려 감사하게 여기는 사람이 되어 갔다. 이것이야말로 논산의 자연과 인간이 나에게 준 가장 큰 선물이요, 또 은혜라 아니 할 수 없겠다.

우리 집이 있는 공주는 분지형의 산골 소도시다. 그러므로 아침에 늦게 해가 뜨고 저녁에 일찍 해가 진다. 그런가 하면 직장이 있는 논산은 드넓은 들녘마을이다. 아침에 일찍 해가 뜨는 대신 저녁에 늦게 해가 진다. 논산의 하루는 공주의 하루보다 길고도 유장悠長하다. 같은 일몰日沒이라 해도 공주의 그것이 꼴깍! 산 너머로 넘어가는 일몰이라면 논산의 그것은 천천히 천천히 무엇인가를 생각하면서 아주 유정스런 몸짓으로 지는 해이다. 멀리서 아주 멀리서부터 울려오는 종소리와 같은 일몰이다. 해가 지고 나서도 한참동안 머뭇거리다가 발 밑을 더듬적거리다가 연한 먹물로 물들었다가 끝내는 진한 먹물로 바뀌는 그것은 참으로 느리고도 더딘, 그러면서 그지없이 평화롭고 느긋하고 가득하고 고요한 일몰이다.

퇴근길. 나는 지는 해를 가슴에 안고 들판 길을 건너면서 울먹이다가 끝내는 왈칵 통곡을 쏟아놓은 적이 한두 번이 아니었다. 그 시절 하루하루의 생활이 날 저물면 오무린 꽃봉오리 속으로 쏘옥 찾아들어 잠을 자고(공주에서), 날이 밝으면 활짝 핀 또다른 꽃송이 속으로 다시 돌아와(논산으로) 생활하는 듯한 느낌을 번번이 받곤 했던 것이다. 지금 와서 생각해 보면 그건 참으로 꿈결 같은 날들이었다. 나의 인생 중반의 한 시기, 논산에서의 생애 4년 반이 제외되었다면 어찌되었을까? 오늘날 내가 쓰고 있는 시와 산문은 애당초 생각조차도 하지 못했을 것이다. 논산이야말로 내 후반기 문학의 정서적 · 정신적 터전을 선사한 고장이다. 뿐더러 연필그림의 싹이 튼 곳이기도 하다. 생각해 보면 그 시절의 날들이 그립고 논산이 그립다. 논산에서 만난 사람들이 그립다. 앞으로도 논산은 여전히 내게 그리운 곳으로 남아있을 것이다. 봄이 무르익으면 논산 친구들을 만나러 다시 한 번 직행버스를 타고 싶다.

(03.03.11)

1989. 8. 4, 논산 놀뫼문학회 문학의 밤에 초청되어 논산의 문인들과. 중앙이 나이고 왼쪽의 한복차림이 김광순 시인, 오른쪽이 권선옥 시인, 내 얼굴 뒤쪽으로 함께 초대된 구재기 시인, 김명수 시인의 얼굴도 보인다. 이들은 내가 지금까지 가장 즐겨 만나온 사람들이다.

아름다운 약속

얼마 전 우체국 택배로 책이 한 권 배달되어 왔다. 나는 우체국에 사서함을 개설해 놓았기 때문에 여간해서는 집으로까지 우편물이 배달되어 오지 않는데 그것은 특별한 우편물이었다. 내용물을 열어보니 『논어강독論語講讀』이란 이름의 두툼한 책이었다. 책을 만들고 보내신 분은 김기평金基平 선생님. 선생님은 내가 공주사범학교 학생일 때 국어를 가르쳐주신 분이시다. 벌써 그것은 40년 전의 일이다. 그런 선생님은 공주교육대학교의 교수님으로 재직하시다가 정년이 되어 퇴직하시었다. 그것도 벌써 16년 전의 일이다.

물론 선생님과의 인연은 소년 시절로까지 거슬러 올라간다. 사범학교 선생님이실 때 그분은 별로 말씀이 많지 않은 그저 조용하신 분이셨다. 몸가짐 또한 그러하셔서 어린 나이의 우리들 눈에는 그저 도덕군자요, 조금은 범접하기 어려운 까다로운 어른으로만 비쳐졌다. 그러나 선생님의 그 담백함이 좋았다. 간을 칠 것도 뺄 것도 없는 맹물 같은 무덤덤함이 좋았다. 어쩌면 그것은 나 스스로도 나이가 들어가면서 안으로 더욱 은근하게 스며드는 세월의 무늬 같은 감정이었는지도 모른다. 참으로 그건 그러했다. 소나무 아래 난초가 소리 없이 혼자 피었다가 져도 결코 진하지 않은 그 향기로움, 못내 멀리 멀리까지 번져가듯이 말이다.

선생님을 보다 가까이 그것도 성인의 눈으로 바라보게 된 것은 그 뒤 내가 공주교육대학교 부속국민학교 교사로 와서 선생님과 한 학교의 울타리 안에서 근무하면서부터다. 선생님은 전혀 변하지 않으신 모습이었다. 자그마한 체구에 언제나 조용하고 가즈런하신 말씀이며 몸가짐, 늘 웃음을 머금고 계신 얼굴 표정, 선생님한텐 세월의 위력도 도무지 미치지 않았는지 옛 모습 그대로 옛 교실을 지키고 계셨다. 선생님을 모시고 지내는 동안 나는 서울에서 주는 문학상(흙의문학상)도 타고 시집도 여러 권 발간했다. 때마다 선생님께서는 그야말로 사심 없는 스승의 마음으로 축하하고 격려해 주셨다.

한번인가는 시집을 내어 선생님께 드렸을 때다. 교실에서 수업을 하고 있는데 선생님께서 나를 찾아오시었다. 별 말씀도 없이 선생님은 저고리 안 주머니에서 봉투 하나를 꺼내셨다. 돈 봉투였다. 시집을 받은 대학의 교수님들이 시집을 거저 받을 수 없다 하여 책값을 걷어 그걸 선생님이 대표로 모아오신 것이었다. 송구스러워 쉽게 돈 봉투를 받을 수 없었다. 돈 봉투를 들고 오래 서 계신 선생님이 더욱 송구스러워 끝내 돈 봉투를 받지 않을 수 없었지만 그날의 그 고마운 마음을 어찌 잊을 수 있으랴. 제자 앞에 오히려 착한 학생처럼 단정한 몸매로 서 계시던 옛 학창의 스승의 모습을 어찌 쉽게 지울 수 있으랴. 돈 봉투를 건네고 홀가분하게 돌아서서 대학 쪽으로 걸어가시던 선생님의 뒷모습. 선생님이 쓰고 계신 우산 위에 가느다란 빗방울이 조용히 튀고 있었다. 아, 그날은 또 그렇게 비 오는 날이었던가 보구나. 그날따라 교육대학교의 대운동장이 더욱 넓게 보였다.

그런 뒤로도 나는 시집이 나오는 대로 선생님께 올렸다. 그때마다 선생님은 말씀하셨다. "내 자네에게 책 빚을 많이 지네. 언젠가는 나도 책 빚을 갚았으면 좋겠네." '책 빚' 이란 말도 그때 선생님한테 처음 배운 말이다. 그러한 선생님이 교단을 물러나신 건 1986년도. 고별강의에서는 인仁과 효孝를 주제로 말씀하셨다. 또 세계적인 언어학자 소쉬르에 대한 말씀을 하시면서 당신께서는 소쉬르 같은 학문적 업적이 없어 정년기념논문집 같은 책은 받을 수 없었노라 겸허하게 말씀하시었다. 그대신 정년퇴임 이후에 더욱 공부를 하시어 동양의 명저인 사서(사서四

書:『논어』, 『맹자』, 『중용』, 『대학』)를 번역하겠다고 말씀하셨다. 그때 나는 언젠가 선생님이 적어주신 글귀 '사향노루는 스스로 향기로운데 어찌하여 일부러 바람을 향해 마주설 것인가?〔有麝自然香이니 何必當風立가〕'란 내용으로 송시頌詩를 써서 읽어드리기도 했다.

물론 정년을 하신 뒤로는 선생님을 자주 뵐 수 없었다. 같이 공주에 살고 있으니 시내를 오가는 길에 스쳐서 뵙거나 세배를 가서 몇 차례 뵈온 게 고작이었다. 그럴 때마다 선생님은 당신이 고별강의에서 하신 약속을 지키기 위해 열심히 공부하고 계시다는 말씀을 잊지 않으셨다. 처음에는 그랬다. 정년하신 뒤에 한가하시니까 심심파적으로 옛날의 책을 읽고 번역하고 그러시겠지……. 그럭저럭 그러한 짐작으로만 지낸 지가 어느새 16년. 드디어 선생님의 첫 번째 책이 나온 것이다. 책빚을 갚겠다고 제자에게 하신 약속을 지키신 것이다. 올해로 선생님의 연세, 만으로 81세. 얼마나 아름다운 노인이시며 그것은 또 얼마나 빛나는 약속 이행이신가. 약속에는 자기하고 하는 약속이 있을 수 있겠고 타인과 하는 약속이 있을 수 있겠다. 여기서 선생님의 약속은 당신 스스로와 하신 약속이기도 하고 타인과 하신 약속이기도 하다. 어쨌든 사람이 약속을 지킨다는 것은 매우 아름다운 일이다.

사람들은 말할지도 모른다. 한 개인의 조그만 일 하나를 가지고 호들갑을 떤다고. 그러나 그것은 그러하지 아니하다. 한 개인의 일이 전체의 일이다. 한 개인이 건강하고 아름다울 때 전체가 또한 그러할 것이다. 오늘날 우리가 사는 세상이 이토록 어수선한 것은 개인 개인의 일이 잘못되어서 이런 것이다. 전체만 내세울 줄 알았지 개인을 잘 가꾸고 다듬지 않아서 그렇다. 이번에 선생님께서 보내주신 한 권의 책은 사람과 사람의 약속이 얼마나 소중한 것인가 하는 것을 일깨워주신 값진 교훈이요 마음의 선물이시다. 이제 내게 남은 일은 그 책을 조심스럽게 펼쳐 마음 속 교훈으로 새기고 또 새기는 일이리라. 나도 가끔은 옛 모습 같지 않은 공주가 싫어 까짓 거 다른 동네로 이사가고 싶다고 생각할 때가 더러는 있다. 그러나 공주에 선생님 같으신 분이 함께 살고 계시는 한, 공주는 충분히 정답고 고요하고 그윽한 고장일 수 있고 여전히 머물러 살만한 고장이라는 생각이 든다. 김기평 선생님이 살고 계시는 공주가 가득하고 자랑스럽다. 세상은 때로 이렇게 개인이 전체를 대표할 수 있고 전체가 또 개인을 대신할 수도 있는 일이다.

다음에 적는 시는 1986년 8월 28일, 선생님의 정년 퇴임식 때 내가 지어서 읽어드린 시이다.

깊은 산 속
숨어사는 사향노루
맑은 물
푸른 바람

향기론 풀만 뜯어

스스로 향기 품은

사향노루

어찌하여 일부러

바람을 향해 마주서리요

어찌하여 향기를

자랑하리요

알아주지 않아도

칭찬해 주지 않아도

그는 이미

스스로 향기로운

사향노루인 것을

선생님

김기평 선생님

선생님은 그야말로

숨어사는 사향노루

급하다 서둘지 않고

느긋하다 게을지 않고

천천히 천천히

바른 길로만 걸어오신

선생님은 사향노루

어찌하여 향기를

자랑하리요

어찌하여

이름을 팔고자

조바심하리요

선생님께서는 몸소

스승이 무엇이고

선비가 무엇인가를

이 땅의 젊은이들에게

가르쳐주셨습니다

선생님께서는 몸소

어떻게 살아야 하고

어떻게 머물어야 하고

어떻게 물러나야 하는가를

이 땅의 많은 사람들에게

본보이셨습니다

선생님

김기평 선생님

저희들도 한 마리씩

작은 사향노루가 되겠습니다

외로워도 외롭다

말하지 않고

슬퍼도 슬프다

투정하지 않는

깊은 산 속 향기로운

사향노루가 되겠습니다.

— 「사향노루가 되겠습니다」 전문

(02.04.08)

1984년, 공주교대 부속국민학교 교사로 근무할 때 담임하고 있던 2학년 아이들을 데리고 일락산에 올라가 여자아이들만 따로 사진을 찍어주었다. 사진 속에는 지금도 기억에 남는 얼굴들이 있다.

그맙구나, 해숙아

해마다 학년초만 되면 학교의 분위기가 그럴 수없이 을시년스럽
고 썰렁하다. 그러한 학년초의 어느 날 오후, 교장실의 전화벨이 울렸
다. 퇴근 한 시간을 앞둔 시각, 나는 잡지사로 넘기로 한 그림의 마무리
에 열중하고 있었다. 이래저래 전화 받는 일이 성가신 마음이었다. 교
장실로 걸려오는 전화 가운데 둘 중의 하나는 필경 물건을 사 달라 뜬
금없이 졸라대는 것이기에 더욱 심드렁하게 수화기를 들었다. "여보세
요. 장기초등학교 나태줍니다." 쉬지근한 내 목소리에 이어 전화기에
서 울려온 것은 상큼한 젊은 여성의 목소리였다. "선생님, 저 부산의 조
해숙입니다." "어! 해숙이. 해숙이가 웬일인가? 지금 거기 어디야?"
"지금 여기 유성인데요, 아이씨로 들어가고 있는 중이에요. 한 시간쯤 뒤에 학교로 찾아뵐게요." "그래? 차 가지고 운전하고 오나?" "아니에 요. 전 운전할 줄 모르잖아요. 옆에 운전해 주는 사람 있어요." "그런 가? 그럼 어서 와. 내 기다리고 있을게." 나는 전화를 끊고 더욱 어수선 한 마음으로 그리던 그림을 대충 마무리하고 그림 물감으로 어지럽혀 진 접시와 붓을 수돗물에 헹궜다.

정말로 한 시간쯤 뒤에 2층으로 올라오는 계단에서 두세두세 사람들 말소리와 발자국 소리가 들리는가 싶더니 해숙이가 학교 직원 안내를 받아 교장실 문을 열고 들어왔다. 혼자가 아니고 머리가 훤하게 벗겨지 고 키가 훌쭉한 남정네와 둘이었다. 아마도 해숙이 바깥 되는 사람이지 싶었다. 그들의 손에는 커다란 종이 상자 세 개가 들려져 있었다. "선생 님. 빈손으로 올 수가 없어서 학교 선생님들 드리라고 조금 가져온 거 예요." 보아하니 세 개 중 두 개는 귤 상자였고 하나는 송편이 들어있는 상자였다. 송편 상자에는 '경주떡집'이란 상표가 붙어있었다. "참, 멀 리서도 온 물건들이네. 뭐하러 이런 거 사 가지고 오나? 그래, 부산서 는 언제쯤 나섰는가?" "열한 시 반쯤 출발했습니다." 해숙이 남편 되는 사람이 말을 받았다. "그럼 줄창 달려서 다섯시간 반이나 걸렸단 말이 신가?" 퇴근 준비를 서두느라 나는 그들과 조신하게 마주앉지도 못하 고 이리저리 교장실 안을 오가면서 이야기를 풀어놓고 있었다. "이거 매우 미안하게 됐네. 지금이 바로 퇴근 시간이야. 내가 퇴근을 안 하면 사람들 퇴근을 못해. 우리 식당으로 자리를 옮겨서 이야기함세." 나는 해숙이와 그의 남편에게 차도 한 잔 제대로 권하지 못하고 교장실을 나서야 했다.

　해숙이는 나의 첫 제자다. 때는 1964년 5월. 사범학교를 졸업하고 열아홉 나이. 초등학교 교사로 첫 발령을 받고 찾아간 곳이 경기도 연천군 군남면 옥계리에 자리잡고 있던 군남국민학교 옥계분실이었다. 그곳은 산비탈에 새집처럼 지어놓은 한 칸짜리 교실이었는데 1학년과 2학년이 한 교실에서 복식수업으로 공부를 하고 있었다. 선생님은 나 한 사람이었고 그때 해숙이는 아홉 살, 2학년에 다니는 아이였다. 또래들 가운데 키도 큰 편이었고 공부도 제일 잘했다. 마음 씀씀이도 아홉 살짜리답지 않게 어른스러웠고 차분했다. 해숙이 부모님은 교육열과 자식사랑이 지극한 분들이었다. 그분들은 도회지에서 이사온 분들이라서 휴전선 가까운 고장(그 당시엔 '접적지구'란 말을 썼다.)에서 사는 사람들과는 영판 다른 분들이었다. 해숙이의 일이라면 무슨 일이건 가리지 않고 발벗고 나서주었다. 그러니까 일등 학부형이었던 셈이다. 자연스럽게 나는 해숙이네 집에 자주 드나들게 되었다. 학교에서 비스듬한 고개 하나 너머 해숙이네 집에 찾아가기만 하면 해숙이 어머니는 언제든 반가운 얼굴로 먹을 것을 대접해 주었다. 차라리 해숙이는 제자가 아니라 나의 여동생 같은 아이였다. 지금 생각해도 남남이란 생각이 전혀 들지 않는다. 해숙이네 집 식구들과는 한 가족이었고 해숙이는 또 다른 살붙이였다. 어린 나이로 너무나 멀리 떨어진 객지에서 외롭게 생활하다보니 자연스레 그리 되었지 싶다.

"선생님. 그 시절은 산과 들에 군것질감이 지천으로 널려 있었어요. 풀이며 산열매가 다 군것질감이었거든요. 찔레 순도 있었고요. 싱아를 그렇게 많이 뜯어먹었어요. 몸이 약해서 앓기도 자주 하고 겉으로는 얌전해 보였지만 저는 어려서 제법 개구진 아이였어요. 학교에 갔다오면 해 저물도록 산판을 헤매고 다니며 놀았지요. 집 부근의 산이며 골짜기며 논과 밭이 모두 제 놀이터였던 셈이지요. 그때 많이 뛰어 놀아 지금 몸이 튼튼한가 보아요. 우리 집에서 학교로 넘어가는 등성이에는 목화밭이 있었는데 목화열매를 많이 따 먹었던 기억이 나요. 남의 집 목화열매를 몰래 따먹은 것이지요." 남편이 운전하는 자동차의 앞자리를 마다하고 내가 앉은 뒷자리로 와서 해숙이가 옛날 이야기에 신이나 있었다. "그랬던가? 해숙이 어렸을 때도 목화 열매를 따 먹었었구나. 나는 미꾸라지가 생각 나. 내가 하숙을 들어있던 방앗간집 유전네(유전-사람 이름), 길가의 조그만 수채 앞까지 미꾸라지들이 득씨글득씨글 살았거든. 지금 와서 생각해 보면 그게 한바탕 꿈이 아니었던가 싶어. 그때 그 마을에서 미꾸라지 요리를 처음 먹어보기도 했으니까." 내 이야기에 귀 기울이며 해숙이는 나의 가방을 무슨 소중한 보물이나 되는 것처럼 제 옆구리에 꼭 껴안고 있었다.

온다고 미리 연락해 주고 오면 오죽 좋을까? 해숙이는 번번이 이렇게 예고 없이 바람처럼 왔다가 자취 없이 순식간에 떠나버린다. 지금 기억에 아물거리지만 맨 처음 해숙이가 공주로 찾아왔을 때도 그랬다. 1980년대 초, 봄이던가……. 나는 공주로 직장을 옮기고 헌 집으로 이사 그 집을 고치고 있었다. 좁은 뜨락에는 온갖 잡동사니며 쓰레기들이 널부러져 있었을 것이다. 그 어수선한 판에 해숙이가 결혼을 했다며 고운 한복 차림으로 부산 사나이를 데리고 우리 집을 찾아온 것이었다. 역시 소식도 없이 갑자기였다. 사는 꼴이 그 모양이니 해숙이와 새 신랑에게 식사는 물론, 차 한 잔 제대로 대접했는지 모르겠다. 그 뒤로 두세 차례 해숙이를 만난 적이 있지만 번번이 해숙이와는 바쁘게 만났다가 서둘러 헤어져야만 했다. 웬일인지 우리에겐 마주앉아 차근히 얘기를 나눌 짬이 허락되지 않았다. 하지만 그날은 약간의 시간이 있었다. 아쉬운 대로 우리는 마주앉아 저녁밥을 나누어 먹고 한참동안 이야기도 할 수 있었으니까 말이다. 더러는 옛날 얘기가 나오고 아이들 기르는 이야기가 오갔지만 대화는 자주 끊겼다. 그것은 통 유리창으로 금강물이 아주 잘 내려다보이는 공주의 금강 가, 한 음식점 2층방에서였다. 해숙이와 나의 대화에 낄 수 없는 해숙이의 남편은 그저 묵묵히 젓가락질만 해야 했고 해숙이와 나는 자주 유리창 너머 금강 물을 흘깃거리고 있었다. "선생님. 제 나이 올해로 오십인데요. 저는 나이가 오십 살이 되고 이렇게 늙는 게 오히려 마음이 편해요. 이만큼이라도 산 것이 감사한 일이지요. 그래서 나이를 먹고 늙는다는 게 하나도 겁나지 않아요. 오히려 얼른 할머니가 되었으면 좋겠어요." 건너다보니 해숙이의 얼굴에도 세월이 스쳐간 흔적이 많이 남아있었다. 아, 해숙이는 정말 내가 처음 보았던 아홉 살짜리 그 어리고 착하고 귀엽던 소녀가 아니구나. 나의 마음 속에 아련한 슬픔의 금이 번졌다.

"이제 어서들 가게. 부산까지 되짚어 갈려면 시간이 많이 걸릴 텐데." 그러나 해숙이와 해숙이의 남편은 음식점에서 나와서도 나를 태워 우리 집이 있는 곳까지 데리고 갔다. "다음 번에 올 때는 꼭 미리 연락하고 와. 그래야 우리 집사람도 만날 수 있고 집에서 밥이라도 한끼니 대접할 수 있지. 우리 집사람도 해숙이를 많이 보고 싶어 해. 오늘은 미장원에 머리하러 가서 집에 없는 날이야." "다음 번에는 꼭 그렇게 할게요, 선생님. 그럼, 안녕히 계세요. 저희들 이만 갈게요." 자분자분 분명한 경기도 말투에 경상도의 억양이 엷게 스며있음을 나는 그때서야 느껴본다. "그래. 그럼, 잘 가. 차 조심하구." 손을 들어 나는 다시 해숙이와 작별을 고했다. 언제고 이렇게 해숙이와는 짧고도 허망한 만남의 시간 뒤에 길고도 기약 없는 아득한 헤어짐의 세월이 뒤따르도록 되어있다. 해숙이는 나에게 바람 저 너머 서럽고도 외롭게 피어 흔들리는 가여운 한 송이의 꽃이다. 41년 교직생활. 그 초라하게 걸어온 가늘고 먼 길. 그 교직생활에서의 첫 제자 해숙이. 해숙이는 내 교직생활의 자존이고 자랑이고 또 변하지 않는 건강한 삶의 뿌리다. 추억의 원천이고 마음 밭의 고향이다. 저 멀리 부산 땅에 해숙이가 살고 있어 결코 나는 초라하지 않을 수 있다. 가난하지 않을 수 있다. 고맙구나, 해숙아.

네가 있어 나는 오늘도 한 사람 이 땅의 초등학교 선생일 수 있겠구나.
잘 가, 해숙아. 나는 해숙이가 떠나고 없는 빈 공간을 향해 다시 한 번
손을 흔들어 보았다. (2005년 3월 4일, 그날도 해숙이는 사진도 한 장
안 남기고 떠나가 버렸다.)

(05.03.06)

1964. 10. 30, 초등학교 교사가 되어 첫 번째로 가르쳤던 아이들. 앞줄 왼쪽에서 세 번째 머
리를 땋아 내린 아이가 2학년에 다니던 조해숙이다.

산수유 꽃을 보며 묵은 꿈을 떨치다

해마다 봄은 커다란 몸짓으로 오지 않는다. 아주 조그맣게 비밀스럽게, 돌 지난 아기의 아장걸음으로 까치발을 딛고 살금살금 다가온다. 해마다 봄은 미세한 소리로 온다. 들릴 듯 말 듯 속삭임으로 온다. 한사코 봄이 처마 끝에서 나뭇가지에서 서성이고 있지만 그것을 눈치로 알아보는 사람은 그다지 많지 않다. 차라리 봄은 소매 끝으로 스며들고 목덜미를 핥고 속눈썹을 간지른다고나 할까. 비로소 봄이 우리들 발 밑에 꽃방석을 깔고 푸른 주단을 풀어헤치고 새소리의 잔치를 벌일 때 사람들은 겨우, 아 또다시 봄이구나 느낄 따름이다. 봄은 또다시 기적이요 어길 수 없는 은혜다. 올해도 그건 그랬다. 우선 햇빛이 달랐다. 구정을 지나면서 찌푸린 햇빛이 조금씩 부드러워지는가 싶더니 어디선가 산비둘기가 우는 소리가 들려오는 거였다. 꾸국꾸국. 산비둘기는 이른봄의 가수다. 그것도 허스키한 목소리를 자랑하는 가수다. 가까이에서 울어도 아주 멀리서 우는 것처럼 들린다. 답답하다. 아득하다. 사람의 마음을 멀리까지 데리고 간다.

어려서 봄은 생선장수의 목소리로부터 왔다. 어느 날 산골마을에 생선을 사라고 외치는 낯선 아저씨의 목소리가 들리면서 봄은 출렁, 한꺼번에 가파른 산 말랭이를 넘어오곤 했던 것이다. 그 아저씨의 목소리에서도 바다비린내가 묻어있었던 걸까. 생선장수 아저씨는 집집마다 황새기(황석어)며 쭈꾸미(주꾸미) 비린내를 골고루 나누어주면서 돌아갔다. 그 가운데서도 잊지 못할 것은 뱅어다. 아이 손가락 굵기만 한 오동통하니 동그란 몸통을 가진 미꾸라지처럼 생긴 바다 생선. 그렇지만 몸빛깔이 새하얗고 투명하여 뱃속의 창자까지 보여주던 물고기. 부엌 아궁이 짚불에 석쇠를 얹어놓고 구워도 먹고 찌개를 해서도 먹었다. 뱅어찌개를 끓일 때는 텃밭에서 금방 뽑아온 골파를 길죽길죽하게 썰어서 된장국과 함께 풀어 넣는 것이 제격이다. 아삭아삭 뼈까지 씹히던 뱅어와 함께 반숙으로 익은 골파의 몸통은 입안에 봄의 향기를 한껏 풀어 넣지 않았던가.

햇빛으로 오고 바람으로 오고 끝내는 사람의 입맛으로 오는 봄. 뱅어야 이제는 사라지고 없어 이름으로만 남은 고기라지만 아직도 새봄에 새물생선을 먹을 수 있음은 그래도 다행이다. 오는 일요일, 햇빛이 밝으면 아내더러 시장에 가자고 말해야지. 햇빛이 내어주는 길을 따라 생선전에서는 도다리나 조기 몇 마리를 사자고 하고 채소전에서는 골파도 사자고 말해야지. 골파. 봄의 채소로 냉이나 달래를 쳐주지만 나에게는 단연 골파가 봄의 채소다. 낭자머리파나물. 골파를 통째로 삶아 머리통 아래 부분에 줄기와 이파리를 칭칭 동여맨 모양이 쪽진 아낙의 머리 같다 해서 붙여진 이름. 그것을 초 꼬치장(고추장)에 찍어먹게 된다면 정녕코 초록빛 봄이 다시금 찾아왔음을 확인하게 되겠지.

시내버스에서 내려 한 마장을 걸어가는 출근길. 어제오늘 골목 어귀에서 산수유 꽃이 망울 벌고 있음을 보았다. 화살촉처럼 가늘게 뻗은 가지 끝에 아주 조그만 꽃몽오리를 당알당알 매달고 있는 산수유. 빠글빠글 조그맣고 샛노란 울음소리를 하늘의 심장에다 뱉어놓고 있는 산수유. 녀석은 겨울의 고달픈 꿈을 서둘러 털어버리고 이렇게도 부지런히 새로운 봄의 꿈을 마련하고 있었던 게다. 그러하다. 묵은 꿈을 깨야만 새로운 꿈을 꿀 수 있는 일이 아니겠는가! 오줌이 마려운 사람처럼 나는 부르르 몸을 떨면서 아직은 잿빛 하늘을 올려다본다. 어디선가 또 아득한 소리로 산비둘기란 놈이 운다. 정녕코 봄이 되면 묵은 꿈을 떨치고 무엇인가 새로운 것에 미쳐볼 일이다. 봄은 역시 조용하고도 은밀하게 미쳐보는 계절이 아니던가 말이다.

(05.03.25)

1973. 10. 22, 결혼식 다음날 막동리 고향집 바깥마당에서 아내와 동생들과 함께. 왼쪽부터 막내 남동생 원주, 둘째 여동생 연주, 막내 여동생 향란, 나, 아내, 첫째 여동생 희주, 첫째 남동생 선주. 그때까지 우리 집은 초가지붕 그대로였다.

2004. 3. 24

제2부

노는 것도 공부다

분홍색 샌들

　교직생활을 해오면서 나는 내내 불만이 많았다. 그건 평교사 때도 그랬고 교감 시절에도 그러했다. 내가 가장 못마땅하게 생각했던 것은 학교의 풍토와 분위기다. 도무지 하나도 변화되지 않는 학교의 분위기, 어제와 같은 오늘, 또 오늘과 같은 내일이 싫었다. 늘 해오던 대로만 따라서 하기만 하면 무엇이든지 탈이 없었다. 고여 있는 물과 같이 흔들림이 없는 교직생활의 연속. 그러다 보니 나날이 지루하고 따분하고 발전이나 변화하고는 거리가 멀었다. 그런 경향은 연륜이 많은 교사들이 심했고 신참 교사들도 처음엔 약간의 저항을 느끼다가 이내 그 느슨함과 편안함에 동화되기 십상이다.

이러한 교사 집단과는 달리 학교를 구성하는 또 하나의 축인 학생들은 날마다 날마다가 새로워지는 어린 사람들이다. 한 물결이 몰려왔다 몰려가면 새로운 물결이 몰려오듯이 그들은 새롭고 예쁘고 사랑스러운 모습으로 학교를 채우고 또 채운다. 마땅히 학교란 곳은 이러한 어린 세대들을 따라 날마다 새로워지고 날마다 다시 태어나야 한다. 그러나 현실이 그러하지 못함에 문제가 있다. 오죽해야 19세기 교실에서 21세기 아이들이 공부하고 있다는 말들을 다 하겠는가.

오랜 교직생활 동안, 그러니까 평교사와 교감을 지내오면서 나는 여러 학교를 거쳐왔고 수없이 많은 선배교사들과 함께 하면서 절대로 나는 저러하지 않겠노라고, 저들을 닮지 않겠노라고 다짐을 두고 다짐을 둔 것들이 많다. 이런 것은 이렇게 하지 않고 저런 건 저렇게 하지 않으리라……. 그러니까 나의 선배교사들은 나한테 반면교사反面教師의 역할을 해준 셈인데 우선 나는 학교를 아이들이 주인이 되는 학교로 바꾸어놓고 싶었다. 제도나 시설, 운영 모두에 있어서 아이들 편에서 좋도록 바꾸고 싶었다. 그러나 그러한 힘은 교장이 아닌 사람에게는 불가능한 일이다. 그래 좋다, 내가 교장이 될 때까지 기다려 보자, 그렇게 생각하며 지내왔다.

교장이 된 다음 내가 가장 먼저 바꾸어 보려고 시도한 것 중의 하나는 아이들을 상대로 한 시상제도였다. 우선 상으로 지원되는 금액이 적었다. 한자로 상賞이란 글자에는 조개 패貝가 들어가 있는데 이것은 돈을 의미한다. 돈이 따라가지 않는 상이 무슨 의미가 있겠는가. '상이라면 찬물 한 그릇이라도 반갑다.' 란 말이 있기는 하지만 그래도 돈이 주어져야 상이 상다워진다. 상품구입을 위한 돈의 액수를 대폭 늘렸다. 재학생의 학기중 학예행사의 상으로는 오천 원 정도로 하고 학기말 상으로는 만 원 정도, 그리고 졸업생의 상으로는 삼만 원 정도로 했다.

그 다음으로는 상품의 종류를 다양하게 하기로 했다. 그건 언제부터 그래 왔던 걸까? 특히 초등학교 어린이에게 주어지는 상품으로는 학기중에는 노트와 연필이 전부였고 졸업생들에게는 사전류나 앨범이 전부였다. 담임교사로 하여금 어린이들에게 제가 받고 싶은 상품이 무엇인지 품목을 말하게 하고 그것을 또 준비된 돈과 맞추어서 조정하도록 했다. 손목시계, 컴퓨터 디스켓, 색종이, 다이어리, 장갑, 실과 시간에 쓸 접착제, 가위, 그림 붓, 그림물감, 동화책, 샤프펜…… 아이들이 받고 싶어하는 상품은 참으로 가지가지였다. 그러다 보니 선생님들 편에서 귀찮아하는 눈치가 보였다. 그러나 아이들은 무척 좋아했다.

맨 처음 교장이 되어 찾아간 왕흥초등학교에서의 이야기다. 전교생이 45명 정도의 미니학교였는데 산골마을 골짜기에 자리잡은 학교로 아이들은 무척이나 문명의 혜택을 그리워하고 있었다. 모처럼 시내 구경이라도 하려면 마을버스를 타고 한참동안 밖으로 나가야만 했다. 3

학년에 다니는 아이 가운데 김정희란 아이가 있었다. 부모가 안 계신 아이로 6학년에 다니는 오빠와 함께 외할머니네 집에 얹혀서 자라는 아이였다.

외할머니는 계룡산 속에 들어가 오가는 등산객들에게 간식거리를 파는 일을 하며 사는 분이었다. 정희는 그 외할머니를 닮아서인지 꽤나 곱상한 외모를 지녔다. 호리호리 날씬한 몸매에 갸름한 얼굴과 오목조목 예쁜 이목구비를 가진 아이, 나중에 자라 어른이 되면 분명 미인이 될만한 바탕을 고루 갖춘 아이였다. 일 학기말. 그 아이가 담임교사에게 신청한 상품이 색달랐다. 아이가 요구한 것은 엉뚱하게도 여름용 샌들이라 했다. 샌들 가운데서도 분홍색 샌들이라 했다.

왜 하필 분홍색 샌들이람 ! 그렇지만 담임교사는 그 아이의 청을 거절하지 않았다. 노처녀 선생님이었지만 그녀는 무척이나 아이들을 사랑하고 아이들 말을 잘 들어주고 아이들 편에서 모든 걸 생각하고 바라보려고 노력하는 교사였기에 그러했다. 그런 점에서 그녀는 무척이나 나와 생각이 비슷했던 셈이다. 담임교사는 시내 신발가게에 가서 그 아이가 요구했던 예쁜 신발 하나를 골랐다. 그러나 가격이 문제였다. 학교에서 받아온 만 원 보다 삼천 원이 비쌌다. 다음날 담임교사가 나한테 와서 그 이야기를 하고 삼천 원을 더 써도 좋으냐고 물었다. 물론 나는 좋다고 대답했다. 다시 다음날 담임교사가 정희의 샌들을 사다가 교실에서 정희에게 신겨 보았다. 그러나 샌들의 치수가 조금 작았다. 담임교사는 다시 그 샌들을 가지고 가 한 치수 큰 것으로 바꾸어 왔다. 정희에게 꼭 맞는 샌들을 구해다가 아이에게 주기까지 며칠이 걸렸는지 모른다.

돌아가는 일의 사정을 지켜본 나는 한번 정희를 교무실로 데리고 와서 샌들을 신겨 보자고 제안했다. 쉬는 시간, 담임교사가 정희를 교무실로 데리고 와 샌들을 신겨보았다. 다른 선생님들도 그 광경을 지켜보고 있었다. 얌전한 모습으로 샌들을 신고 선생님들 앞에 당당하게 서 있는 정희란 이름의 여자아이. 누가 저 아이를 부모 없이 외할머니 손에 얹혀서 자라는 가여운 아이라 생각하겠는가. 그때 나는 왜 그 아이가 담임교사에게 굳이 분홍색 샌들을 상품으로 사 달라고 주문했는지 알게 되었다. 그 아이가 입고 있던 원피스가 분홍색이었던 것이다. 더구나 그 옷은 치마 끝에 레이스까지 달린 예쁜 옷이었던 것이다.

아, 그래 이 녀석이 제 분홍색 옷에 맞추려고 분홍색 샌들을 사달라고 했구나. 분홍색 샌들은 분홍색 옷과 너무나 잘 어울리는 것이었다. 이러고 보면 동화 속 신데렐라가 따로 있을 리 없다. "정희야, 이 예쁜 옷 누가 사주었니?" "이모가 저번에 생일 선물로 사 주셨어요." 분홍색 원피스 차림에 분홍색 샌들을 받쳐서 신고 조그만 목소리로 대답하는 정희의 얼굴이 역시 분홍색으로 물들어 있었다. 정희가 3학년 때 쓴 시

한편을 아래에 적어본다.

할머니 할머니

하고 부르면

할머니 말씀은

왜? 하고 부르신다

할머니 할머니

하고 뛰어오면

할머니 걸음은

애기 걸음이시다

내가

좋은 소식을 말하면

그러니……

하고 말하신다.

—「할머니」(김정희, 3학년·여자)

(02.03.24)

1998. 6. 20, 교감으로 근무하던 논산 호암초등학교에서 만난 아이들. 아이들은 이렇게 제멋대로 있어도 예쁘고 멋스럽고 사랑스럽다.

보라는 예쁘다

우리 학교에 김보라라는 아이가 있다. 6학년에 다니는 여자 아이. 보라는 6학년으로서는 너무나 몸집이 작고 가늘고 여자아이치고 서는 사내아이 같이 생긴 아이이다. 언뜻 보기로는 3학년쯤이나 4학년 쯤 되는 사내아이 같은 인상이다. 아무렇게나 깎은 단발머리. 오콤하게 들어간 두 눈. 주걱처럼 휘어져 나온 턱. 가늘고 살집이 없는 팔과 다 리. 게다가 보라는 늘 티셔츠 바람에 바지 차림이다.

보라는 정신지체아다. 본래는 특수학교에 다녔는데 가정 형편상 그 학교를 다닐 수 없어 우리 학교로 옮겨왔다. 겨우 제 이름자나 쓸 줄 알 까? 보라는 책도 읽을 줄 모르고 셈할 줄도 모른다. 보라는 아무 보고

나 히죽히죽 웃는다. 공부시간에도 선생님과 하는 공부 내용을 알 수가 없다. 멀건히 제자리에 앉아있다가 옆 사람이 공부하는 것을 방해하는 것이 보라가 하는 일이다. 그렇지 않으면 슬슬 교실이나 복도를 돌아다닌다. 처음엔 이상하게 여기면서 신경 쓰던 아이들도 이젠 버릇이 되다시피 하여 보라에게 눈길을 주지 않는다. 보라의 별명은 여자 대학생이다. 뭐든지 제가 하고 싶은 대로 한다. 보라는 점점 심심한 아이가 된다. 그래서 이번에는 선생님을 성가시게 한다. 수업을 하고 있는 선생님한테 가서 엉뚱한 말을 시킨다든가 컴퓨터를 치고 있는 선생님 옆으로 가 자판기를 느닷없이 건드려 컴퓨터 치는 내용을 망가뜨리기도 한다. 도무지 보라는 말이 통하지 않는 어린아이이고 개구쟁이이고 망나니이다.

보라가 좋아하는 아이는 전교 어린이 회장을 하고 있는 송영근이라는 남자아이이다. 영근이는 공부도 곧잘 하고 마음씨도 착하다. 다른 아이 그 누구도 보라와 놀아주거나 관심을 가져주거나 친구해 주지 않지만 영근이만은 즐겨 친구가 되어준다. 그래서 가끔은 영근이더러 어깨동무를 하자고 조른다. 영근이는 내키지 않는 마음으로 보라의 어깨동무 상대가 되어준다. 어깨동무를 하고 복도를 활보하는 보라와 영근이는 참 우스꽝스러운 모습이다. 이런 때 영근이는 쑥스러운지 씨익 웃곤 한다. 이렇게 영근이를 좋아하기 때문에 보라는 제 공책에 제 이름과 영근이 이름을 나란히 쓰고 그 가운데에 하트 모양을 그려 넣는다.

물론 영근이란 이름의 글씨는 선생님한테 물어서 그림 그리듯이 쓴 글씨이다. 이런 걸 보면 보라도 무언가 좋아하고 싫어하는 것을 알기는 아는가 싶다.

그런 보라가 요즘엔 자주 교장실로 찾아온다. 오전에는 아이들이랑 지내니까 그렇지 않지만 오후만 되면 심심해져서 자주 찾아온다. 보라네 집은 바로 학교 뒷동네다. 어떤 땐 집에 가서 책가방을 내려놓고 다시 학교로 놀러오거나 아예 선생님들이 퇴근할 시간까지 학교에서 머물다가 간다. 그러니까 보라에게 있어 학교는 비길 데 없이 좋은 놀이터인 셈이다. 교장실로 나를 찾아올 때 보라는 조그만 공책을 하나 들고 온다. 거기엔 담임 선생님이 글씨 쓰기 연습하라고 써준 몇 가지 말들이 적혀 있다. '우리 학교 좋아요, 선생님 사랑해요, 친구랑 잘 지내요,' 등등. 그걸 자꾸 나에게 내미는 것이다. 나더러 어쩌라는 것인가? 어쩐 땐 거기에다 일 학년 아이들한테 해주듯이 꽃을 그려주거나 동그라미를 그려주고 또 100점이라고 써주기도 한다. 그런데 어제는 보라가 그렇게 해주었는데도 돌아가려고 하지 않았다. 서투른 말투지만 담임 선생님이 써준 말들 아래에 무언가 새로운 것을 써 달라는 눈치 같았다. 무슨 말을 갑자기 써준다? 잠시 생각하다가 나는 거기에 이렇게 썼다. '보라는 예쁘다.'

생각해 보면 보라처럼 예쁘고 귀여운 아이도 드물다. 학교에 와서 공부를 아무리 해도 배우지 않는 아이가 보라다. 제가 가진 것 위에 그 무엇도 새로이 보태거나 바꾸려 하지 않는 아이가 보라다. 자라지 않는 아이가 보라다. 비록 단발머리가 부스스하고 얼굴 표정은 찌뿌둥하지만 그 마음씨만은 그럴 수 없이 깨끗하고 아름다운 아이가 보라다. 다만 실용성이라든지 유용성이라든지 현실적인 생활능력 면에서 많이 떨어지는 아이가 보라인 것이다. 지나간 여름방학 바로 전날이었을 것이다. 보라를 찾아 가정방문을 한 일이 있다. 보라네 집은 콘테이너로 지은 조립식 주택이었다. 고모라는 여인이 혼자 집을 지키고 있었다. 그런데 그녀도 심한 정신장애가 있는 듯 싶었고 언어장애와 함께 신체장애까지 겹쳐 있었다. 말을 할 때 얼굴이 심하게 일그러지고 있었고 행동을 할 때도 손과 발이 제대로 움직여주지 않았다. 들어 보니 보라의 엄마도 그런 수준이고 보라의 삼촌도 그렇다는 것이다. 그래도 보라가 나은 편이고 3학년에 다니는 보라의 남동생은 더 나은 편이라는 것이다. 실은 그날은 방학동안에 보라와 보라의 남동생이 먹을 특수 처리된 우유를 전달하러 갔던 길이었는데 보라네 집을 다녀 나오는 나의 발걸음이 그다지 가볍지 않았다. 풀덤불로 뒤덮인 보라네 집 뜨락에는 달개비꽃이 한여름 제철을 만나 보랏빛 입술을 헤하니 벌리고 피어있었다. 그 옆엔 또 달맞이꽃이 노란 입을 얌전히 다물고 있었고 아무렇게나 싹이 터서 꽃을 피운 붉은 색 봉숭아꽃은 초록빛 풀덤불 속에서 더욱 붉게 피어있었다. 보라는 예쁘다.

(02.09.12)

2003. 6. 26, 상서초등학교 교장실에서 아이들과의 즐거운 한때. 이 사진은 계수나무출판사 위정현 사장이 찍어준 것이다.

색종이 상품

오늘 아침에도 출근길 시내버스 안에서 종욱이를 만났다. 종욱이와 내가 다니는 학교가 같은 노선 시내버스를 타도록 같은 방향에 있었던 것이다. 그러나 종욱이가 다니는 학교는 시내 가까이 있고 내가 다니는 학교는 시내 권을 훨씬 벗어난 시골에 있다. 그래서 우리는 같은 시내버스를 타더라도 종욱이는 중간에서 내리고 나는 내쳐 더 멀리까지 가야 한다.

종욱이는 지금 중학교 1학년. 내가 먼저 학교에서 근무할 때 교장과 초등학생 사이로 만났던 아이이다. 그 학교엔 결손 가정 아이들이 수월찮게 많았었는데 종욱이도 그 가운데 한 아이였다. 처음 만났을 때 종욱이는 4학년이었고 종욱이의 동생 재욱이는 1학년이었다. 다같이 사내아이로서 개구쟁이요 말썽꾸러기였다. 두 아이는 할머니 밑에서 자라고 있었는데 가정형편이 그다지 좋지 않았다. 아버지는 몇 년 전에 세상을 떴고 어머니는 가출 비슷한 것을 한 뒤에 개가를 했다고 한다. 예전에는 남편네들이 가출하고 바람을 피웠는데 요즘엔 여인네들이 그렇게 한다. 참 세상이 많이 달라졌구나 싶은 생각인데 어쩌면 그렇게 멀쩡한 두 아이를 버려 두고 자기 혼자만 신세를 고칠 수 있을까 싶어 그 야속한 모정이 안타깝기도 했다. 게다가 종욱이 할머니는 여러 가지 신병으로 몸조차 자유롭지 못하다. 마을 버스를 타고 출퇴근하는 길, 차창으로 건너다본 종욱이 할머니는 몸집이 무척 뚱뚱하고 걸음걸이가 불편해 보이는 여자노인이었다. 그래도 저런 할머니라도 함께 살고 있으니 종욱이네 형제에게 다행이다 싶었다.

종욱이는 개구진 구석도 있지만 약삭빠르고 현실 지향적인 아이다. 장래 무엇이 꿈이냐고 물으면 돈을 많이 버는 사람이 되고 싶다고 말한다. 공부 열심히 하고 책을 많이 읽으라고 말하면 대뜸 "그렇게 하면 돈이 많이 생기나요?"라고 되묻곤 한다. 무슨 일이든지 돈과 연결시켜 생각하는 것이 종욱이다. 무엇이 저 어린아이로 하여금 돈에 대해서 저토록 집착하도록 만들었을까? 안타깝고 안타까운 마음이었다. 그래 가끔 나는 종욱이에게 말해 주곤 했다. "종욱아, 돈을 많이 벌려면 수학 공부를 열심히 해야 한단다. 생각해 보거라. 돈 계산을 할 때도 수학을 잘 해야 하고 물건을 사다가 팔 때도 수학을 잘 해야 이익을 많이 남겨 돈을 많이 벌 수 있는 거란다." 그때 나의 이런 말을 종욱이는 얼마나 진실로 받아들이고 수학공부를 열심히 했을까? 나로서는 모르는 일이다.

한번인가는 학년말을 맞이하여 아이들에게 만 원 정도 금액 한도 내에서 제가 받고 싶어하는 상품을 신청받아 시상하도록 담임 선생님들에게 부탁한 적이 있다. 그때 종욱이가 받고 싶어했던 상품은 색종이였다. 담임 선생님이 문방구점에서 색종이를 만 원어치 사온 것은 물론이다. 사온 색종이를 보니 그것은 조그만 박스로 하나 가득했다. 아마도 종욱이는 미술 시간만 되면 할머니한테 돈을 타서 색종이를 샀는데 그게 언제나 몇 장이 안 되어서 늘 아쉬웠던 마음에 색종이를 뭉치째로 갖고 싶은 소망이 생겼던 모양이다. 얼마 후, 나는 종욱이에게 상품으로 받은 색종이를 어찌했느냐고 물었다. 종욱이의 대답은 그 색종이를 한 장도 쓰지 않고 자기네 집 책상 속에 잘 간직해 두었다는 것이었다. 나는 또 왜 색종이를 쓰지 않았느냐고 물었다. 그 다음에 나온 종욱이의 대답이 무척 감동적이었다. "색종이가 아까워서 쓸 수가 없어요." 이 얼마나 기특한 대답인가. 무엇이든 아까운 줄 알면 소중하게 생각할 수 있고 또 거기서 자기를 사랑하는 마음도 생길 수 있는 법이다. 종욱이의 어린 가슴에 아까워하는 마음, 소중히 여기는 마음이 싹이 텄구

나. 나는 종욱이의 대답을 듣고 매우 기뻤다.

오늘 아침 마침 시내버스에서 그 종욱이가 내 옆자리에 앉았기에 종욱이한테 물었다. "종욱아, 너 그 색종이 어쨌니?" 종욱이는 이내 내 말 뜻을 알아들었다. "예, 그 색종이 지금은 다 썼어요. 만들기 숙제도 하구요 종이접기 놀이도 하구 그래서 다 썼어요." "음, 그렇구나." 종욱이의 대답을 들으며 나는 지갑에서 오천 원짜리 돈 한 장을 꺼내어 종욱이에게 건넸다. "종욱아, 이거 재욱이랑 과자 사 먹어라." 종욱이는 별로 사양도 하지 않고 돈을 받아 주머니에 넣는다. 이렇게 종욱이에게 돈을 주어본 일이 이번이 처음이 아니다. 지난번에도 또 한 번 돈을 준 일이 있다. 친척도 많지 않으니 용돈 주는 어른도 없겠거니 싶어 내가 종욱이의 친척 어른쯤 되는 셈치고 이렇게 했던 것이다.

그러나 여기서 나는 미국의 갑부이며 저술가였던 카네기의 말을 떠올려본다. 카네기는 절대로 가난하거나 젊은 사람들에게 공짜로 돈을 주어서는 안 된다고 말한 적이 있다. 의타심이 생기고 공짜를 바라는 마음이 생긴다는 것이다. 카네기의 생각대로라면 내가 오늘 아침 종욱이에게 돈을 준 것은 결코 잘한 일이 못 된다. 이런 생각을 하고 있는 사이에 시내버스가 멈춰 섰다. 앞자리에 앉아있던 종욱이가 벌떡 일어나더니 꾸벅 절을 하고 버스를 내린다. 나는 멀어지는 종욱이의 뒷모습을 멍하니 바라보면서 말해 본다. 앞으로 부디 너 자신을 더욱 사랑하고 소중히 여기면서 살아가거라. 할 수만 있다면 네가 초등학교 때 상품으로 받았던 색종이 상품 같은 알록달록한 세상을 살도록 하려무나.

(02.09.12)

2002년, 여름방학을 마치고 숙제 잘 한 상을 받고 좋아하는 아이들과. 왼쪽은 1학년 담임인 서재정 선생님이다.

봄아 어서 오너라

지금은 겨울의 한복판이다. 작년처럼 눈이 가늠할 수 없을 만큼 많이 내려 사람들을 당황하게 하는 것도 아니고 호된 강추위가 계속되는 것도 아니라서 다소 지내기가 편안한 겨울이다. 하지만 역시 겨울은 살기 힘든 계절이고 까다로운 계절이고 지루한 계절이다. 나이 든 아낙네들의 우울증이 한창 깊어지는 계절 또한 겨울철이다. 여유 있게 잘 사는 사람들에게 보다 가난한 사람들에게 더욱 겨울은 그렇다. 돈이 넉넉한 사람들이야 방에 난방을 충분히 하면 될 테고 길을 갈 때도 좋은 자가용차를 타면 그만일 것이다. 더 여유 있는 사람들은 정다운 사람이랑 여행을 하거나 취미활동을 하기에 아주 알맞은 계절이 겨울철이다. 스키여행, 골프여행, 어느 먼 나라의 낯선 일만 같아 도무지 어리둥절한 말들도 그들에게는 친숙한 생활의 일부일 것이다. 봄이 어서 왔으면 좋겠다. 이것은 가난하게 춥게 불편하게 겨울의 강물을 건너가는 사람들에게 있어 하나의 아름다운 복음과도 같은 언어이다. 가슴속에 남몰래 숨겨놓은 촛불 빛 같은 따스함의 느낌이다.

소정이는 지금 어떻게 지내고 있을까? 우리 학교 5학년에 다니는 여자아이. 키가 홀쭉하니 크고 얼굴이 갸름하니 잘 생긴 아이. 눈 꼬리가 약간 위로 치켜져 올라갔지만 맑고 커다란 눈을 가진 아이. 그러나 늘 어둑한 얼굴을 하고 다니면서 무어라고 말을 걸면 한참만에 하얀 이를 드러내고 웃기만 하던 아이. 소정이는 엄마가 없는 아이이다. 남동생이랑 아빠와 함께 사는 아이로서 아빠가 유료낚시터를 운영한다는데 그게 요새는 통 돈벌이가 시원치 않다고 했다. 소정이는 영화배우가 소원인 아이. 4학년 때 도시학교에서 전학을 왔는데 지난 겨울방학이 되기 전 담임 선생님에게 방학기간 동안 다시 어디론가 이사를 갈지 모른다고 말했다는 거다. 정말 소정이는 방학동안 이사를 가버린 것은 아닐까…….

또 예슬이란 아이도 생각해 본다. 예슬이 또한 5학년 여자아이로 엄마가 없는 아이다. 예슬이는 소정이보다 사정이 더 좋지 않아 부모 양쪽이 다 없고 오빠랑 할머니 손에 얹혀서 사는 아이다. 그런데 그 할머니마저 지난 가을 돌아가시고 이제는 스스로 밥을 지어먹으며 학교에

다니는 아이다. 그런데 예슬이는 군것질이 심하고 용돈 씀씀이가 헤퍼서 가끔 어른들을 속상하게 만드는 아이다. 또한 사람의 정이 그리워서 그런지 남자아이들을 따라다니며 성가시게 하는 안 좋은 버릇까지 가지고 있는 아이다. 학교에 다닐 때는 학교 급식실에서 점심밥이라도 따뜻하게 먹을 수 있었는데 지금은 어떻게 밥이라도 굶고 있지는 않는 걸까…….

또 교장인 나에게까지 편지를 보내준 아이들의 이름을 떠올려본다. 김은선. 5학년 여자아이. 몹시 내성적이고 말이 없고 숫기가 없는 아이. 나하고 글쓰기 공부를 함께 하여 이제는 남한테 자신의 글을 보여주는 일이 그다지 부끄럽지 않게 되었노라는 내용의 편지를 보내왔다. 그리고 4학년 여자아이, 정은아. 또 5학년 여자아이 민진아. 드물게 남자아이로서 5학년 송영근. 영근이는 화양수련원에서 눈보라를 맞으며 수련활동을 했노라 엽서를 보내왔다. 모두가 사랑스럽고 귀여운 이름들이다. 얼른 방학이 끝나고 아이들을 만나고 싶다.

아이들은 방학이 되면 놀 일을 생각하여 좋아라 기뻐하지만 집에서만 죽치고 보내는 날들이 계속되면 방학을 지루하게 생각하게 된다. 뿐더러 다시 학교에 다니는 아이들로 돌아가고 싶어한다. 그건 선생님들도 마찬가지. 아이들 없는 학교를 지킨다는 건 지루하고 따분한 일이 아닐 수 없기에 그렇다. 겨울방학이 끝나면 바로 눈앞에 봄의 기운이

바싹 다가오기 마련이다. 어서 봄이 왔으면 좋겠다. 가난하게 춥게 힘
겹게 겨울을 산 사람만이 봄은 빛나는 축복의 언어로 다가온다. 봄이
오면 무엇을 할까? 나는 아이들이랑 오는 봄엔 학교 화단에 꽃씨를 심
을 것을 생각해 본다. 그리고 학교 실습지에 고구마를 심어 싹을 틔우
고 줄기를 키워 고구마 농사를 지어보고 싶다. 학년 별로 한 두둑씩 밭
을 마련해 주어 고구마 순을 심어 가꾸게 하여 가을이 오면 아이들에게
고구마를 캐보는, 그야말로 살아있는 기쁨을 맛보게 해주고 싶다. 봄아
어서 오너라.

(02.01.14)

2004. 5, 어린이날 기념 교내 체육대회에서 청백 계주를 하고 있는 상서초등학교 아이들.
이런 때의 학교가 가장 학교답고 씩씩하고 아름답다.

고구마를 캤습니다

　교장이 된 지 벌써 3년이 지나고 4년째가 되어간다. 참으로 나이 들어서의 1년은 빠르게 빠르게 흘러가는 1년임을 새삼 깨닫는다. 그동안 교장이 되면 해보아야지 맘먹었던 일들이 참 많았는데 그런 일들을 제대로 해보지도 못하고 많은 날들이 지나가고 있다. 교장실 청소는 꼭 내가 해야지, 교장실에서 타는 차는 꼭 내가 타고 또 컵도 내가 씻어야지, 컴퓨터도 꼭 내 손으로 치고 복사도 선생님들 손을 빌리지 말고 내 손으로 해야지, 가능한 대로 아이들 수업도 열심히 맡아서 하도록 해야지, 그리고 일 주일마다 꼭 한 번씩은 아이들과 만나 이야기하는 조회시간을 지켜야지. 그리고 또 아이들과 함께 글을 써서 문집도 내도록 해야지…….

참 나는 교장이 되면 해보고 싶었던 일들이 많았다. 정말로 교장이 되어 나름대로 제 스타일대로 학교를 꾸려가 보려고 애도 써보았지만 아무래도 부족한 점이 많았다고 생각한다. 그러나 선생님들이나 아이들은 무언가 색다른 교장의 이미지를 보고 느꼈을 줄 안다. 그러니까 나는 작은 일에서의 변화를 꿈꾸었던 것이다. 예를 들면, 아이들한테 주는 상품을 현실화하여 상품다운 상품을 마련해 준다든가, 교장실을 아예 아이들과 함께 공부하는 방으로 개방한다든가, 요즘이 낙엽 철인데 운동장에 낙엽이 떨어져도 날마다 낙엽을 줍는 것이 아니라 일 주일 동안 낙엽을 그냥 내버려두었다가 토요일 오후 같은 때 몰아서 줍는다든가, 또 교장실에서 아이들이랑 글을 써서 일 년에 한 번씩 어린이 문집을 낸다든가, 그리고 일 주일마다 하는 어린이 조회를 열심히 하여 그때 한 이야기들을 정리해서 단행본으로 준비한다든가……. 여러 가지가 있을 수 있겠다.

그러나 그런 가운데에서도 가장 잘한 일은 올해 학교 실습지에 고구마를 심어 가꾸고 또 고구마를 캔 일이다. 요즘 아이들은 시골 아이들이라고 해도 집에서 일을 하지 않는다. 그건 학교에서도 마찬가지다. 그래서 도통 이런 쪽의 경험이 너무도 허술한 실정이다. 처음 우리 학교에 부임하고 나서 나는 학교에 호미가 몇 자루나 되는가 물어보고 아연 실색을 한 바 있다. 글쎄 호미가 단 두 자루밖에 없다는 것이었다. 왜인가 물었더니 학교 아저씨(그러니까 조무원)이 두 사람이어서 두 자루라는 것이었다. 당장 호미를 한 학급 아이들 수만큼 사오도록 지시했다(나는 지시란 말을 그다지 좋아하지 않는데 그때는 약간 화가 나기도 해서 그런 말을 써가면서 호미를 사오라고 했던 것 같다).

호미는 조그만 농기구이다. 하지만 쓸모가 아주 많다. 땅을 파거나 풀을 뽑을 때 호미처럼 편리한 농기구는 없을 것이다. 나는 평소 아이들도 학교에 오면 제 능력만큼 작은 노동을 경험해 보는 것이 좋다는 생각을 하는 사람이다. 예를 들면 운동장이나 화단의 풀을 뽑는다든지 꽃을 심는다든지 하는 일 같은 것 말이다. 아이들이 제 손으로 힘을 들여 일을 할 때, 더러는 이마에 땀이라도 흘려볼 때 일하는 보람도 느끼게 되고 또 애교심도 생기게 된다. 추억이란 것도 별 것이 아니고 이런 몸 수고를 통해서 마음 속에 각인되는 그 무엇을 가리키는 말일 것이다. 대개 학교의 정원이나 운동장에 잡초가 생기면 제초제를 쳐서 해결하는데 이건 안 될 말씀이다. 마땅히 아이들 손으로 풀을 뽑게 해야 한다. 그래야만 학교 주변의 자연환경도 좋아지게 된다. 그런 일들이 모두 교육활동과 관련 있는 일이다.

이런 까닭으로 나는 호미를 한 학급 아이들 수만큼 준비시키게 했는데 이 호미로 또 해보고 싶은 것이 아이들로 하여금 직접 학교 텃밭에 고구마를 심어보게 하고 가꾸어보게 하는 일이었던 것이다. 우리 학교에 와서 두 번째 봄을 맞이하는 올해 봄에 벼르고 벼르던 고구마를 드디어 심었다. 심을 때 아이들이 많이 힘들어했다. 더운 날씨에 따가운 햇살을 받으며 아이들이 땀을 흘리면서 호미로 구덩이를 파고 열심히 자기 고구마를 심었다. 그런 뒤에 바로 가뭄까지 찾아와 아이들은 아침 마다 양동이에 물을 퍼서 나르며 말라 가는 고구마 순에 물을 주어야 했다. 여름이 가고 가을이 되었을 때 아이들은 자주 고구마 밭을 기웃 거리며 고구마 캐는 날이 언제냐고 물어오곤 했다.

드디어 고구마 캐는 날이 돌아왔다. 아이들은 환호성을 질렀고 학년 별로 시간을 나누어 자기들이 심어 가꾼 고구마를 캤다. 약 한 시간 정 도 시간이 걸려서 한 학년에 한 두둑씩 고구마를 캤는데 고구마를 캐고 나서 아이들은 하루 종일 고구마를 캤으면 좋겠다는 말을 하면서 이마 위에 흐른 땀을 씻어내고 있었다. 자기네들이 캐낸 고구마를 흙 묻은 손으로 치켜들고 좋아라 웃고 있는 아이들의 얼굴이 가을날에 피어난 그 어떠한 화초보다도 어여쁘게 보였다. 역시 고구마를 심어 가꾸기를 참 잘 했구나 싶은 생각을 했다. 선생님들 가운데서는 자기들도 직접 고구마를 심고 가꾸고 캐본 일이 이번이 난생 처음이라면서 기뻐하는 경우도 있었다. 이렇게 해서 올해도 우리 학교의 가을은 저물어가지만 적어도 올해 가을만은 헛되게 보내지 않은 가을만 같아 매우 흐뭇한 마 음이다.

다음은 고구마를 캐던 날, 6학년 김은선이란 아주 참 참하고 예쁜 여

자아이가 학교 홈페이지에 올린 글을 옮겨 적어본 것이다. 이 아이의
마음이 아무래도 내 마음인 것만 같아서 그렇다.

어제는 학년마다 시간을 정하여 고구마 캐기를 했다.

우리는 여섯째 시간부터 해야 하는데, 시간이 부족할 것 같아서 다섯
째 시간부터 캤다.

고구마 밭에 나가보니, 3학년 동생들이 고구마를 캐고 있었다.

그래서 호미가 조금 부족하였다.

우리는 조금 기다렸다가 3학년 동생들 것을 빌려서 캐기 시작했다.

우리가 심고 가꾼 고구마가 어떻게 되어있을지 너무 궁금했다.

하지만 처음 해보는 것이라서 많이 서툴렀다.

그래도 친구들과 함께 캐니 너무나도 즐거웠다.

고구마는 알이 큰 것도 있고 아주 작은 것도 있었다.

나한테서는 자꾸 작은 것만 나왔다.

그래도 우리가 심고 가꾸었다는 생각을 하니 즐겁고 뜻 깊었다.

고구마를 다 캔 후에 선생님께서 고구마를 4개씩 나누어주셨다.

나는 집에 와서 엄마께 고구마를 드렸다.

엄마께서는 동생들과 함께 먹으라고 쪄주셨다.

동생들과 고구마를 먹는데 우리가 심고 키웠다고 생각을 하니 더 맛있
었다.

직접 고구마를 심고 키워보며 캐보기까지 해서 너무 보람있었고, 다음

에도 이런 식물들을 많이 키워본다면 좋을 것 같았다.

　고구마를 심으며 식물들을 더 사랑하는 마음을 가져서 참 좋은 경험이었다.

—「고구마 캐기」(김은선, 6학년·여자)

(02.10.18)

2002년 초여름, 아이들과 함께 고구마 밭의 돌을 뽑아주고 있다. 왼쪽 끝에 삽을 들고 일하는 나의 옆모습이 보이고 그 옆에 연장을 들고 서서 이쪽을 바라보고 있는 이가 오병수 씨이다.

버스표 한 장

지난 토요일의 일이다. 마침 교장실로 찾아온 대학생 두 사람과 이야기를 나누고 있는데 아래층에서 교감선생이 올라왔다. 외부손님들이 와 있는 시간엔 여간해서는 교장실로 들어오지 않는 교감선생이 교장실로 온 것으로 보아 무언가 중요한 일이다 싶어 어정쩡한 태도로 자리에서 일어나며 물었다. "무슨 일인가요?" "교장선생님, 일이 터졌습니다." "뭔가요?" "교통사곱니다." "누가, 어떻게 됐나요?" "아이가 학교 오다가 죽었습니다." 그것은 매우 빠르게 진행된 대화였다. 왜 나라고 모르겠는가? 교직생활 40년이 가까운데 지금 일이 얼마나 급박하게 돌아가고 있는지 알고도 남을 일이다. 학교에서 가장 중요하고 두려운 것은 안전사고다. 아무리 공부를 잘 가르치고 아이들한테 잘해 주어도 안전사고가 한번 나고 나면 모든 공로가 원점으로 돌아가고 만다. 남의 어린애기 하루 종일 잘 보아주다가 저녁 때 부모네가 데리러 왔을 때 울리고 만 꼴이 되고 만다.

　우선 어떤 아이가 어디서 어떻게 일을 당했는지 알아보는 것이 순서였다. 알아보니 일을 당한 아이는 3학년, 남자아이로 이름은 김경환. 그 아이는 지난달에 우리 학교로 전학 와서 겨우 한 달이 되어 가는 아이라고 했다. 우리 학교에 누나가 함께 다니고 있다고 했다. 서둘러 3학년 교실로 가서 담임교사를 찾았다. 담임교사는 벌써 5학년에 다니는 경환이 누나인 미연이를 불러다 여러 가지를 캐묻고 있었다. 급히 전화 번호를 묻고 엄마 아빠의 소재를 묻는 과정에서 그 아이들의 부모들이 현재 별거중인 것을 알게 되었다. 현재는 아이들을 엄마가 전적으로 맡아서 기르고 있는데 그 엄마는 특별한 직업도 없이 학교 부근의 도로 공사장 구내식당에서 공사장 일꾼들의 밥을 해주는 일을 하며 생활하고 있다고 했다. 아버지가 돌보아주지 않으니 두 아이가 엄마랑 셋이서 그렇게 떠돌아다니며 사는 형편이었다. 우리 학교에도 그렇게 해서 전학을 온 것이었다.

　"얘, 아침에 너 학교에 올 때 동생이랑 함께 오지 않았니?" "아니요. 따로 따로 왔어요." "아니, 왜 네 동생인데 동생을 안 데리고 혼자서 왔니?" "아침에 동생이 학교 가기 싫다고 신경질을 부리고 그래서 저는 먼저 오는 버스를 타고 오고 동생은 다음에 오는 버스를 타고 왔을 거예요." "그래? 그럼 왜 학교 앞에서 안 내리고 그렇게 멀리 갔을까?" 아이가 일을 당한 곳이 학교에서 2킬로는 훨씬 더 떨어진 지점인 것을 알기에 혼잣말처럼 중얼거리는 내 말에 미연이가 대답해왔다. "경환이는 버스 안에서 벨을 누르는 걸 잘 몰라요." 그랬었구나! 그래서 그 어린것이 그토록 멀리 가서 엉뚱한 곳에서 차를 내려 학교 쪽으로 걸어오다가 일을 당한 게로구나. "그럼 동생을 좀 데리고 올 것이지……." 나는 또다시 혼잣말처럼 원망처럼 중얼거렸다.

아이가 탄 시내버스가 학교 앞을 지나간 시각은 오전 8시 45분 경. 또 사고를 당한 것은 10시 20분 경. 계산해 보면 아이는 1시간 반 정도를 버스 안에서 당황하고 엉뚱하고 낯선 곳에서 버스를 내려 또 허둥대며 헤매다가 지나가는 차한테 받히고 만 것이다. 그것도 학교 반대 방향에서 오는 자동차의 운전자가 음주 운전, 졸음 운전을 하고 오다가 중앙선을 넘어서 마주 오는 차를 받았고 이때 받친 차가 튕겨나오면서 길가에 서 있는 아이를 받은 것이다. 아이는 또 왜 그 시각에 그 자리에 있었을까? 아무 잘못도 없는데 차들이 서로 충돌하면서 이중충돌로 아이가 그렇게 된 것이다. 이 얼마나 억울한 일인가! 그것도 충돌한 차들이 서로 부서진 차만 가지고 옥신각신 시비하다가 나중에서야 길가에 널부러진 아이의 가방을 발견하고 차 밑에 깔려있는 아이를 찾아냈다니……. 이 또한 얼마나 가슴 아픈 일이겠는가?

아이는 이미 병원에서 사망이 확인되어 장례예식장으로 옮겨져 있다고 했다. 나는 서둘러 학교 일을 마무리하고 장례예식장으로 향했다. 장례예식장엔 미리 나간 여자 선생님들이 아이의 어머니를 보호하고 있었다. 첫눈에도 아이의 어머니는 너무나 안되어 보였다. 얼굴은 일그러져 있고 손은 부엌일로 해서 퉁퉁 부은 채, 노리끼리한 물이 들어있었다. 그녀의 얼굴과 손이 그녀가 그동안 얼마나 험한 세상살이를 헤쳐왔는가를 보여주고 있었다. 이제는 미연이도 제 동생이 그렇게 된 것을 알고 눈물에 눈이 진물러 있었다. "미연아, 아침에 경환이 어떻게 버스를 타고 왔다고 하드냐?" "경환이가 버스표가 없었대요. 그래서 엄마한테 버스표 받으러 가서 내가 타고 온 차를 타지 못했대요." "그 얘기 누가 해주드냐?" "엄마가 그랬어요."

여기서 버스표 한 장은 아주 중요한 의미를 지닌다. 경환이가 버스표가 있었는데도 먼저 오는 버스를 타지 않았다면 그 책임과 잘못은 전적으로 누나인 미연이에게로 돌아간다. 지금은 모르겠지만 나중에 자라서 이러한 내막을 알고 크나큰 죄책감에 시달릴 수도 있는 일이다. 동생이 사고를 당하도록 방치한 꼴이 되고 만 것이기에 그렇다. 그러나 경환이가 버스표가 없어서 엄마한테 버스표를 받으러 갔다가 시간이 늦어 다음에 오는 버스를 타게 되었다면 그래도 누나되는 아이의 책임은 많이 헐거워진다. 비록 궁핍한 생활에 절고 각박한 현실에 시달리며 살았지만 아이에게 이러한 사실을 확실하게 밝혀준 엄마의 행동은 아주 현명한 처사로 보여진다. 이미 잃은 자식은 그렇다 쳐도 남은 자식만이라도 건지고자하는 강한 모성애의 한 발로였을 것이다. 역시 엄마란 자식에게 있어 크나큰 산처럼 든든하고 푸근하고 믿음직스러운 배경이 아닐까 싶다. 버스표 한 장. 그 속에 사람이 죽고 사는 비밀이 숨어있다. 우리네 삶이란 참으로 이처럼 징그럽고도 처절한 것이란 느낌이다. 그나저나 그 어린것이 목숨이 남아있는 마지막 1시간 반을 낯선 곳에서 얼마나 당황하고 허둥대고 또 얼마나 겁이 났을까? 다른 사람들이, 그것도 어른인 사람들이 보다 더 친절하고 세밀하게 보살펴줄 수는 없었을까? 이 대목에서 어른 된 사람들의 잘못과 책임이 참으로 크다는 반성이 앞선다.

(02.11.11)

2003. 3. 24, 상서초등학교 운동장에서 뛰어놀고 있는 아이들. 아이들이 놀면 운동장이 비로소 숨을 쉬기 시작한다.

눈 덮인 운동장

어제오늘 연이어 눈이 내렸다. 우리 학교 운동장에도 새하얀 눈이 내려 덮였다. 드넓은 운동장이 온통 은백색이다. 운동기구며 놀이 기구도 새하얀 눈을 뒤집어쓰고 있고 운동장 가에 늘어선 벤치며 나무들도 새하얀 눈 옷을 입었다. 다른 날 같으면 아이들이 나와 왁자지껄 떠들며 놀고 있을 시간인데 운동장이 잠잠하다. 대개 눈이 내린 날은 다른 겨울날보다 날씨가 포근하기 마련인데 오늘은 그렇지 않다. 하늘에 구름이 끼어 햇빛이 없는 데다가 바람까지 매섭다. 그러니 아이들이 운동장에 나와 놀 까닭이 없다.

나는 2층의 교장실 유리창 가에 서서 멍하니 운동장을 내려다본다.

네모진 운동장. 꽤나 넓은 운동장을 나는 왼쪽에서부터 오른쪽으로 훑어본다. 운동장에는 의외로 많은 운동기구와 놀이기구가 있음을 본다. 미끄럼틀과 장벽넘기틀, 정글짐, 축구골대, 지구모양의 회전그네, 삼각형의 회전그네, 늑목. 거기까지가 동쪽에 자리잡고 있는 시설물들이다. 교문을 사이에 두고 고저곡선유동목, 미끄럼틀, 또 장벽넘기틀, 구름사다리, 미끄럼틀, 송구골대, 늘임봉, 그네, 그리고 뺑뺑이그네. 거기까지가 운동장 전면에 있는 기구들이다. 서쪽으로 가면 바로 철봉이 나오고 축구골대, 이동식 농구대, 배구대가 나오면서 나의 시선은 멈춘다. 아! 이렇게 많은 놀이기구며 운동기구들이 우리 학교에 있었구나. 나는 잠시 우리 학교 운동장에 저렇게 많은 운동기구가 있음을 알고 잠시 놀란다. 그러나 오늘같이 아이들이 나와 놀지 않는 날엔 그 많은 놀이기구며 운동기구들이 그만 아무런 소용이 없게 되어버린다. 더구나 나무 밑에 줄지어 세워진 야외벤치는 더욱 말할 것도 없겠다.

그렇다. 드넓은 운동장도 아이들을 위해서 있는 것이고 운동기구며 놀이기구, 그리고 벤치도 아이들을 위해 존재하는 물건들이다. 오직 아이들에 의해 의미를 부여받고 아이들에 의해 생명이 주어지는 물건들이다. 봄부터 지난 늦가을까지 아이들은 저 운동장에서 얼마나 신나게 운동을 하고 놀기도 했던가. 아이들이 제일로 좋아하는 운동은 축구다. 지난해 월드컵 열기가 있고 나서 아이들의 축구열기는 하늘을 치솟았다. 그러나 우리 학교 5·6학년 사내아이들은 축구 한 팀을 이루지 못할 정도로 빈약하고 그 수가 적다. 몇몇 사내아이들이 시내 학교로 전학을 갔고 또 축구선수가 되기 위하여 축구 전문 육성학교로 전학을 가버려서다. 내가 보기로는 체격조건이며 축구실력이 축구를 해서 성공하기 어려워 보이는 아이를 축구선수가 되기를 원한다는 것 하나만으로 전학을 시키고 만 경우도 있다. 이런 걸 학생중심 교육이고 수요자 중심 교육으로 오해하고 있는 학부형들이고 보니 어쩔 수 없는 일이 아닌가. 나는 그때 일을 떠올리며 씁쓸한 웃음을 지어본다.

아이들이 제일로 좋아하는 놀이기구는 아무래도 그네다. 그네를 좋아하기론 고학년이고 저학년이고 가릴 것이 없다. 때로 그네 주변에서는 조그만 분쟁이 일어나기도 한다. 서로 먼저 타겠다는 아이들끼리의 순서다툼이 그것이고 더 오래 타겠다는 귀여운 이기심이 불러오는 옥신각신이다. 그네 밑에 가보면 흙이 움푹 패여 있는 걸 보게 되는데 이것은 아이들이 그네를 얼마나 좋아하는가 하는 것을 짐작하게 하는 하나의 좋은 증거이다. 그네에 앉아서 앞으로 나아갔다 뒤로 나아갔다 하면 모든 사물들이 움직이고 세상 풍경이 가까워졌다 멀어졌다가 한다. 언제나 사람인 내가 움직였고 내 편에서 흔들렸는데 그네 위에서는 반대로 세상이 그렇게 한다. 그러기에 그네 위에서 바라보고 느끼는 세상은 새로운 세상, 재미있는 세상이 된다. 그런데 학교마다 이 그네가 시원치 못한 걸 본다. 처음엔 쇠기둥에다가 쇠줄을 달아 제대로 만들어 놓았겠지. 그러나 아이들의 등쌀에, 어른들의 관심부족에 불구인 채로 버려지기 쉬운 게 그네다. 그건 내가 먼젓번 학교에서도 그렇고 이번 학교에서도 그러했다. 번번이 새 학교에 부임하고 보면 그네가 부서진 채로 방치되어 있었던 것이다. 그래서 새 학교에 부임하고 나서 교장으로 맨 처음 하는 일이 서둘러 그네를 고치는 일이 되곤 했다. 어떤 경우든 초등학교를 방문했을 때 그네가 성치 못하다는 것은 그 학교의 교육이 바르지 못하다고 생각하면 된다. 그네가 온전하지 못한 초등학교, 그런 학교는 애당초부터 아이들을 학교의 주인으로 삼는 학교, 아이들의 마음을 헤아리고 쓰다듬어주는 학교와는 거리가 먼 학교인 것이다.

이제 내일 모레 겨울방학이 되어 아이들이 학교에 나오지 않게 되고 겨울날이 깊어지게 되면 더욱 운동장에 아이들의 발길은 뜸해질 것이다. 그렇게 되면 저 많은 운동기구며 놀이기구들은 주인을 잃고 겨울잠에 깊이 빠지고 말 것이다. 어서 날씨가 풀리고 봄이 와야 아이들이 놀러올 텐데. 운동장과 놀이기구와 운동기구들은 중얼거리며 꿈을 꾸기도 할지 모른다. 이렇게 아이들이 찾지 않을 때 운동장도 을씨년스럽고 학교도 적막감에 휩싸인다. 겨우내 운동장 가에 서 있는 키 큰 버즘나무들만이 까치집 두 개를 하늘 높이 받들어 올리고 바람에 맞서 긴 휘파람을 불고 있겠지. 나는 겨울이 깊어지기도 전에 봄을 그리워하고 겨울방학이 시작되기도 전에 겨울방학이 끝나는 날을 기다리는 마음이 되고 만다.

(02.12.28)

2003. 1. 23, 눈이 많이 내린 날 교장실에서 운동장 풍경을 잠깐 훔쳐보았다.

예슬아 예슬아

또다시 한해가 저물어 가는 세밑의 마지막날 예슬이네를 찾았다. 그동안 한번 가정방문을 해보아야지, 그랬으면서도 좀처럼 짬이 나지 않아 미루고 미루었던 일이다. 예상을 하지 않은 바는 아니지만 예슬이네 생활환경은 아주 나빠 보였다. 우선 학교와 예슬이네 집 사이를 오가는 길이 너무 멀었다. 차가 지나다니는 길이긴 하지만 꼬불꼬불한 길로 해서 논밭을 지나고 마을을 지나고 고개를 넘은 뒤에야 예슬이네 동네가 나왔다. 언뜻 보기에 오래 묵은 동네 같았다. 대문간이나 방문에 자물통을 채우고 사람들이 떠나간 빈집도 여럿 보였다. 그 가운데서도 예슬이네는 동네 골목길을 거슬러 오르고 올라 산 중턱의 제일 높은 곳에 외딴집으로 자리잡고 있었다. 시멘트로 포장된 마을길도 끊기고 예슬이네 집으로 가는 길은 활처럼 휘어져 올라간 것이 진흙길 그대로였다. 경사진 데다가 진흙길이어서 자동차조차 오르기 어려운 길이었다. 이 먼 길을 타박타박 걸어서 어린 나이의 예슬이가 오랫동안 학교를 다녔던 것이다.

다행히 예슬이는 집에 있었다. 마을의 골목길을 돌아서 진흙길로 올라섰을 때 서리맞아 시든 고춧대 사이에 지게로 통나무를 옮기는 두 사람의 모습이 어른거렸는데 그게 바로 예슬이와 중학교에 다니는 예슬이 오빠였다. 요즘 같은 세상에 지게질로 통나무를 나르는 아이들이 있다니……. 가까이 다가오는 사람이 나인 것을 안 예슬이가 재빨리 빈 지게를 진 채 집안으로 사라져 버렸다. 예슬이네 집은 시골집 치고서는 꽤나 반듯한 집이었고 지은 지 얼마 안 되는 집으로 보였다. 빨간 벽돌로 지은 집이었던 것이다. 아마도 예슬이네 부모가 함께 살았을 때 지은 집일 것이다. 대문 안으로 들어섰다. 예슬이 오빠가 나를 보자 꾸벅 한번 고개를 숙이고 나서 하던 일을 계속한다. 헛간에 통나무를 쌓는 일이다. "얘야, 무어다 쓰는 통나무냐?" "우리 집 나무 보일러에 쓸 통나문데요." 아이는 퉁명스런 말씨로 대답하고 여전히 일손을 멈추지 않는다. 바라보니 추녀 밑에 냉장고 모양으로 네모진 물건이 보이는데 그게 아마 통나무보일러라는 것인가 보다.

이어서 남자노인 한 분이 마당 끝에서 다가왔다. 예슬이 할아버지였다. 보기로 무척이나 초췌한 얼굴에 남루한 차림이었다. 이 노인이 바로 병을 앓고 있다는 예슬이의 할아버지로구나. 노인은 한 자리에 오래 서 있기도 힘든지 내 앞에 와서는 풀썩 들고 있던 나뭇단을 내려놓고 땅바닥에 주저 않았다. "안녕하세요? 예슬이네 학교 교장입니다." 노인은 인사치레 말을 건넸다. "이렇게 오셨는데 방안으로 들어 오시라고도 못하고 대접도 못하는군요." "뭘요……. 예슬이나 한번 만나보려구요." 그러자 예슬이 할아버지가 방문 쪽을 향하여 큰 소리로 말했다. "예슬아 예슬아, 나와봐라. 학교에서 선생님 오셨다." 잠시 뒤에 예슬이가 방문을 열고 밖으로 나왔다. 제 딴에는 불쑥 찾아온 내가 부끄러웠던 모양이다. "옛다. 이거 너 줄려고 사 가지고 온 과자다. 오빠랑 나누어 먹도록 하렴." 아이 얼굴이 금새 밝아지면서 냉큼 과자 봉지를 받아든다. 예슬이는 과자를 좋아한다. "예슬아, 이번 겨울방학엔 얌전하게 집에서 지내다가 중학교에 가도록 하렴." "예슬이, 중학교 안 보내렵니다." 옆에서 예슬이 할아버지가 말을 가로채고 나섰다. "봐라 예슬아, 할아버지 말씀 잘 안 들으면 중학교에도 안 보내주신다 하지 않니? 방학동안 집에서 잘 지내도록 하려무나."

예슬이는 지난 여름방학 때 가출을 한 경험이 있다. 그것도 같은 반 여자아이 하나까지 꼬여내어서 함께 부산으로 가 며칠 떠돌다 돌아왔다. 그런 뒤, 들락날락하며 가을 운동회가 끝날 때까지 보냈다. 직접적인 원인은 컴퓨터 탓이었다. 다른 아이들처럼 예슬이도 컴퓨터를 좋아하고 컴퓨터 게임을 좋아한다. 학기초 학교 컴퓨터실을 보완하고 인터넷이 열리고 학교 홈페이지가 개설되고 나서 예슬이는 아예 컴퓨터실에서 살다시피 했다. 그러던 예슬이가 이제는 학교 컴퓨터실에 만족하지 못하고 시내로 진출하여 피씨방을 들락거렸다. 거기서 화상채팅이란 걸 배우고 또 그것을 통해 외지에 사는 중학교나 고등학교에 다니는 남학생들을 사귄 모양이다. 평소에도 거칠던 예슬이의 손이 더 거칠어진 건 그 즈음이다. 시내 나들이를 하다 보니 요모조모로 돈이 필요했던 것이다. 교실마다 돌아 여선생님들 핸드백을 뒤지고 지갑을 꺼내고 돈을 훔치더니 나중에는 교장실로 심부름 보낸 틈을 타서 내 가방을 열고 거기서 돈을 꺼내가기까지 했다. 그것도 몽땅 돈을 가져가는 게 아니라 만 원짜리 몇 장, 천 원짜리 몇 장씩 꺼내갔다. 그래서 돈을 잃고 나서도 내가 어디다 쓰고서 모르는 게 아닌가 싶어 혼란스럽게 만들어 놓았다.

"예슬아, 느네 집에 컴퓨터 없냐?" 대문을 나서면서 예슬이가 컴퓨터를 무척이나 좋아하던 것을 떠올리며 한마디 물었다. "우리 집엔 그런 거 없어요." 예슬이는 또 아무렇지도 않은 듯 또랑또랑한 목소리로 말을 받는다. 예슬이는 번번이 잘못을 저지르고서도 선생님한테 꾸중들을 때만 눈물바람으로 다시는 안 그러겠노라 다짐하고서 금방 돌아서면 같은 잘못을 되풀이하는 아이다. 그런가 하면 궁색하게 힘들게 살면서도 그런 내색을 하지 않고 명랑하게 헤헤거리며 사는 아이가 또 예슬이다. 예슬이가 처음부터 이렇게 불행한 아이였던 건 아니다. 예슬이에게도 가족이 많았던 시절이 있었다. 한참 때는 할아버지, 할머니, 아버지, 어머니, 게다가 삼촌까지 함께 살았다 한다. 그런데 어느 해 여름, 아버지와 삼촌이 물놀이 갔다가 모두 물에 빠져 돌아간 뒤부터 사정이 갑자기 나빠졌다. 얼마 안 있다가 예슬이 어머니가 집을 나갔다. 그런 뒤, 예슬이 할아버지가 병에 걸리고 지지난해 가을에는 예슬이 할머니마저 돌아가셨다 한다. 이제 남은 사람은 할아버지와 오빠와 예슬이뿐. 집안에 여자가 예슬이뿐이기 때문에 예슬이가 밥을 짓기도 하고 빨래도 한다고 한다. 게다가 축사에 개까지 칠십여 마리 기르고 있는데 아침저녁으로 개에게 먹이를 주는 일까지 때로는 예슬이 몫으로 떨어진다는 것이다. "예슬아, 방학 끝나고 학교에서 만나자." 인사를 건네고 돌아서는 발길이 별로 가볍지 못하다. 골짜기 건너편 예슬이네 축사에서 낯선 사람의 인기척을 들은 개들이 입을 모아 시끄럽게 짖어댄다. 마을로 향하여 내려가는 비탈진 흙길이 더욱 가파롭게만 느껴진다.

(03.01.03)

1983. 6, 어느 날, 공주교대 부속국민학교 교사로 근무할 때 전년도에 가르쳤던 아이들과 함께 1학년 교실에서. 《소설문학》이란 잡지에 실렸던 사진이다.

학교 안에서 사는 나무들

맨 처음 교감으로 승진하여 부임했을 때의 일이다. 때는 봄, 3월 중순쯤. 학교 아저씨들이 운동장의 나무들을 옮긴다 해서 나가 보았다. 옮길 나무들은 은행나무였다. 운동장 끝 부분에 줄지어 서 있는 나무들인데 그걸 파서 교실 앞 운동장 쪽으로 옮긴다는 것이었다. 아저씨 두 사람이 삽질을 하면서 몹시 투덜거렸다. "이걸 옮기면 뭣하나, 다음 교장이 오면 또 이 자리로 옮길 게 뻔한 걸 뭐." 들어보니 전임 교장이 교실 앞에 심겨져 있던 나무들을 현재의 위치로 옮겼다는 것이다. 그런데 신학기에 새로 부임해 온 교장이 또 원래의 자리로 옮기라고 말해 작업을 하게 되었다는 것이다. 그것도 햇수가 오래된 것도 아니고 2년 만에 그렇게 되었다는 것이다. 아닌게아니라 삽으로 흙을 파내고 보니 나무 밑둥을 싸맨 새끼가 제대로 썩지도 않은 채 그대로 있었다. 나무를 모두 드러낸 다음, 아저씨들은 교실 앞쪽 운동장으로 가서 구덩이를 파냈다. 그런데 이상스럽게도 구덩이가 푹푹 잘 파졌다. "왜 이 자리 흙이 잘 파지는지 아세요? 이 자리가 바로 2년 전에 이 나무들을 캐낸 자리거든요." 아저씨들은 누군가를 비웃듯이 싸늘한 어조로 말했다. 그때 나는 조그만 결심 하나를 했다. 이담에 내가 교장이 되면 절대로 학교 안의 나무들을 딴 자리로 옮기지 않으리라.

참으로 학교 뜨락에 사는 나무들처럼 구박받으며 서럽게 사는 나무들도 드물다. 여름엔 아이들에게 시원한 그늘을 선사하는데도 가을만 되면 낙엽 치우기 힘들다고 아이들까지 미워하는 게 학교 안의 나무들이다. 더구나 학교관리자의 스타일에 따라 나무들의 팔자는 순식간에 뒤바뀌곤 한다. 물론 학교의 최고 관리자는 교장이다. 헌데, 대개의 교장들은 학생들의 학습지도라든지 생활지도와 같은 내면적인 일보다는 외면적인 것에 더 큰 관심을 갖는다. 그래서 학교 건물이라든지 운동기구라든지 울타리 같은 외부환경에 신경을 쓰면서 나무들조차도 관리의 대상, 하나의 물건으로 치부하러 든다. 물건이란 얼마든지 조작가능하고 옮겨놓을 수 있는 것들이다. 나무들도 마찬가지이다. 그래서 교장들은 새로운 학교에 부임하고 나면 제일 먼저 학교의 나무들부터 손대려든다. 옮기는 것이 제대로 안 될 땐 자르기라도 하려 든다. 그러다 보니 학교에 있는 나무들 치고 성한 나무가 없다. 이리저리 가지가 잘린 나무. 분재형식으로 다듬어진 나무. 모가지까지 분질러진 나무. 학교 안에서 사는 나무들은 한결같이 기형의 나무들인 것이다.

　학교는 생명을 가르치고 기르는 순결한 공간이다. 그것도 사랑스럽고 아름다운 어린 생명들을 곱게 받들어 가꾸는 꽃밭과 같은 공간이다. 그러므로 학교의 풍경은 생명있는 것들을 생명답게 사랑하고 아름답게 보듬어 안을 필요가 있다. 학교야말로 생명 있는 것들이 가장 대접을 받고 자유를 누리며 살아야 할 세계가 아니겠는가! 가끔 우리 학교 안을 돌아보거나 다른 학교를 방문했을 때 나의 눈길을 붙잡고 놓아주지 않는 것이 있다. 그것은 사랑 받지 못한 채 방치된 화분들이다. 그럴 때마다 나는 복잡한 감정에 휩싸인다. 저렇게 함부로 내박칠 것이면 애당초 사오지나 말 일이지. 처음에는 예쁜 꽃이라고 화원에서 돈을 주고 사왔겠지. 아니면 선물로 받은 화분이겠지. 점점 사람들의 관심이 줄어들고 사랑이 줄어들어 화분은 피폐한 꼴이 되고 만다. 물을 너무 많이 주어 병든 화분은 그래도 과잉친절이라도 있었기에 괜찮다고 해두자. 그러나 물을 주지 않아 시들어 죽은 화분, 얼어죽은 화분 앞에선 조용한 분노를 느끼게 되고, 또 그늘에 너무 오래 놓아두어 햇볕을 못 받고 파리해진 화분 앞에선 안쓰러움을 갖는다. 아이들은 이런 화분들을 보면서 무엇을 배울 것인가? 생명 가진 것들을 함부로 다루어도 좋다는 반 생명적인 사상까지 무의식적으로 배우고 익힌다면 이것이야말로 큰일 가운데 큰일이 아니겠는가.

나는 교장으로 몇 학교를 옮겨다니면서 학교 안에서 사는 나무에 대해서 몇 가지 원칙을 세웠다. 학교 안에 있는 나무를 가능한 한 옮겨 심지 않겠노라는 것이 그 첫 번째이다. 더러 피치 못해서 옮겨야 할 경우도 있겠지만 그런 막무가내기의 경우를 제외하고서는 나무 옮기는 것을 억제하겠다는 생각이 그것이다. 그리고 둘째는 나무를 함부로 자르지 않겠다는 것이다. 전지라는 것도 나무 입장에서 생각해 보아가면서 해야지 사람들만의 생각으로 우격다짐이어서는 안 되겠노라는 것이다. 일 년에도 봄가을 두 차례나 칼질을 해대니 나무가 무슨 재주로 자라고 그 몸뚱이가 성하겠는가. 더불어 세 번째로는 학교 안에서는 살충제 사용을 억제하고 제초제는 절대로 뿌리지 못하게 하겠다는 것이다. 제초제야말로 인간 편의에서 나온 아주 나쁜 약이다. 항용 학교를 관리하는 사람들 편에서는 풀이 나지 말아야 할 운동장에 풀이 무성하면 당연히 제초제를 뿌려야 하고 잔디밭에 잔디 아닌 잡초를 없애려면 또 특수한 제초제까지 뿌려야 한다고 생각한다. 그러나 생각을 조금만 바꾸고 나면 그런 생각이 그르다는 것을 알게 되고 안 풀리던 문제도 금방 풀리게 된다. 운동장에 뭐 풀이 좀 나서 자라면 안 되나? 또 풀이 자랐을 때 아이들 시켜 풀을 뽑게 하면 안 되나? 그리고 잔디밭에 잔디 아닌 다른 풀이 자라면 큰일이라도 나는가? 잔디밭 사이 민들레꽃이나 제비꽃, 주름잎꽃, 봄맞이꽃은 얼마나 어여쁜 모습인가 말이다.

현재 근무하고 있는 학교로 와서 벌써 3년째. 우리 아이들은 아침 청소시간마다 즐겨 운동장의 풀을 뽑는 노역을 갖는다. 제초제 사용을 금지한 덕에 가을이면 학교 풀밭에서 풀무치나 방아깨비, 여치들을 잡으며 노는 즐거운 시간을 누린다. 여름날 장마철이면 또 운동장 가 하수구에서 맹꽁이 두어 마리 우는 소리를 듣는다. 뿐이랴. 우리 학교 연못가에서는 가지가지 잠자리들이 나는 것을 볼 수도 있다. 왕잠자리, 실잠자리, 각시잠자리, 고추잠자리…… 이것도 제초제를 사용하지 않은 데서 나온 자연의 값진 선물이다. 나는 생각한다. 아이들이야말로 학교 안에서 울울창창 잘 생긴 나무들을 바라보며 자라야 미래에 큰 꿈을 꿀 수도 있고 또 그런 인물이 될 수도 있는 거라고. 그리고 학교 안에서 생명 가진 것들이 제대로 대접을 받으며 살아가는 것을 보면서 공부해야 저들도 생명을 소중히 여기고 자기 자신을 사랑하며 살 수 있는 사람이 된다고. 더불어 또 나는 주장한다. 학교 안의 나무들을 해방시켜라. 그래서 그들에게 자유를 주어라. 사람들이 지나치게 나무의 일을 간섭해서는 안 된다. 나무의 일은 나무에게 맡겨라. 그래서 그들을 그들 모습대로 자라게 하고 그들이 살고 싶은 대로 살게 하라. 그래서 고흐의 그림에서 보는 남 프랑스 알르르 지방의 나무들처럼 자유자재케 하라. 그런 나무들 아래 우리 아이들이 뛰면서 놀면서 자랄 때 우리의 아이들도 나무들을 닮아 건강하고 아름다운 아이들이 될 것이다.

(02.01.05)

2004. 5, 운동장의 나무와 아이들이 좋아서 교장실에서 한 컷 담아보았다.

영웅을 꿈꾸는 아이들

　요즘 우리 아이들더러 제일 좋아하는 사람이 어떤 일을 하는 사람들이냐고 물으면 그들은 서슴없이 운동선수나 TV 탤런트나 가수의 이름을 댄다. 그건 도시 아이들이건 시골 아이들이건 가릴 것 없이 그렇다. 그래 장래 희망을 물어도 그들의 의견은 운동선수나 탤런트나 가수가 되고 싶다는 데에서 일치하게 된다. 말하자면 요즘 아이들의 영웅이 운동선수나 TV 탤런트나 가수들이라는 얘기가 되겠다. 예전 아이들은 무조건 높은 사람이거나 권력을 가진 사람이 되는 걸 희망으로 삼았고 그들을 자신의 영웅으로 생각했는데 이런 데서도 세상의 변한 모습을 찾아보게 된다 하겠다.

들리는 말로는 조직폭력배, 그러니까 깡패를 소재로 만든 영화가 성공을 거둔 뒤로부터는 중등학교 학생들 가운데 일부 아이들은 저들의 장래 희망을 조직폭력배가 되는 것이라고 말하는 경우가 있다는데 이건 참 빗나가도 많이 빗나가버린 장래희망이 아닌가 싶다. 또 듣기로는 미국의 뉴욕 대참사의 배후인물로 지목되는 아프칸의 빈 라덴을 존경하는 인물로 꼽는 아이들도 더러 있다니 이건 종교적 입장이라든지 윤리적 차원을 넘어서 엽기적이기조차 한 일이라 하겠다. 이게 모두 우리 사회의 비뚤어진 면모를 그대로 어린 세대들이 배워 저들의 것으로 한 게 아닌가 싶어 참으로 걱정스럽기조차 한 마음이다. 한때 탈옥수 신창원을 두고 오히려 잡히지 말기를 속으로 응원하는 마음을 가졌고 그가 붙잡힌 뒤로는 그가 도망다닐 때 입었던 옷을 흉내내어 입고 다니는 신창원 신드롬까지 한참 기승을 부리던 우리 사회였기에 더욱 그렇다. 무언가 우리들의 가치관이, 정신세계가 비뚤어졌어도 한참 비뚤어져 있는 것만은 분명하다.

얼마 전 우연한 기회에 주한미국상공회의소 회장인 제프리 존스란 분으로부터 들은 이야기가 생각난다. 그는 미국 뉴욕 대참사 이후 나타난 미국인들의 유별난 애국심에 대해서, 애국적인 행동들에 대해서 이야기하고 있었다. 자원해서 소방관이나 경찰관이 되려고 했다든지 또한 헌혈을 하기 위해 줄을 섰다든지 자원봉사를 자청하며 나섰다든지 하는 생활화된 애국심은 자기들 나라가 세계 제일이라는 자부심에서 비롯되었고 더 멀리는 학교 교과서를 통해서 배운 영웅교육에서 출발했다는 것이다. 그들이 학교에서 배우는 교과서 속에는 수없이 많은 영웅들이 나오는데 그 영웅들의 특징은 여러 가지 분야의 영웅들이 총망라되어 있다는 것이다. 우리나라의 경우처럼 정치나 군사 분야에만 집중적으로 영웅상이 몰려있지 않고 경제, 과학, 학문, 예술, 사회, 산업, 기술, 봉사 등 다방면에 걸쳐 영웅적인 활동을 한 사람들을 제시하여 어린 세대들로 하여금 마음 속으로 그들을 본받게 하고 자신의 심벌로 삼게 한다는 것이다.

이번에 가장 중요하게 활동한 영웅들은 시민보호와 대피에 앞장을 서다가 순직한 소방관과 경찰관이었다 한다. 그리고 쌍둥이 빌딩이 무너져 내려 급박한 시간, 수천 수백 명이 몰려 서로 빨리 계단을 내려 가려고 다툴 때 나이 많은 분들, 여성들 먼저 내려가게 하고 뒤에 남아 미처 탈출하지 못하고 목숨을 잃은 젊은이들이야말로 진정한 또 하나의 미국의 영웅이라는 것이다. 이것이 겉으로 보기에 무척이나 무질서하고 타락해 보이는 미국의 보이지 않는 내면의 힘이라는 것이다. 솔직히 말해 그 이야기를 들었을 때 나는 무척이나 부끄러운 생각이 들었다. 우리들에게 그런 일이 생겼다면 어떻게 했을까? 선생으로 아이들을 가르치면서 글 쓰는 사람으로서 한 생애를 살았노라 자부하는 나 자신부터 그럴 수 있었을까? 우리 아이들을 잘못 가르쳐 온 것에 대해서도 무척이나 많이 부끄러운 생각이 들었다.

이어서 제프리 존스 씨는 충고하고 있었다. 한국의 학교에서도 앞으로는 다양한 한국인의 영웅을 제시하고 아이들로 하여금 다양한 영웅을 본받도록 교육을 해야 할 것이라고 말했다. 그래야만 사회가 건강해지고 가치가 다양해지며 국민들 또한 애국심을 갖게 될 것이라는 것이다. 우리는 지금 얼마만큼 멀리 왔고 또 얼마만큼 잘못된 길을 걸어왔는가? 운동선수와 TV 탤런트나 유행가 가수가 유일한 저들의 영웅이라고 말하는 우리의 아이들을 탓하기에 앞서 아무래도 어른들 편에서 나름대로 심각하고 적극적인 반성과 자기 혁신이 있어야 하겠다.

(02.01.01)

2004년 여름 어느 날, 교장으로 근무하던 상서초등학교에서의 6학년 여자아이들. 이 아이들
을 처음 만난 것이 이 아들의 2학년 때였는데 벌써 이 아이들도 중학생이 되었다.

어머니시여 아, 어머니시여

무릇 세상의 생명 가진 존재에게 있어 모성母性보다 더 소중한 것은 없을 것이다. 그것은 인간에게도 마찬가지다. 부성父性이 본적지라면 모성은 언제나 변함 없는 현주소가 아니겠는가. 특히 어린 시절의 모성은 절대적인 의미를 지닌다. 어머니. 이 얼마나 부드럽고 아름다운 이름인가. 어머니. 이 얼마나 가슴 벅차도록 따뜻하고 가득한 이름인가. 어머니는 한 인간의 생명의 시발로서의 어머니요, 한 인간이 태어나 맨 처음 만나는 첫 인간으로서의 어머니요, 동행인과 의사와 간호사와 스승으로서의 어머니인 것이다.

어린 시절 어머니가 계시다는 것은 그에게 핵우산이 마련되어 있다는 말에 다름이 아니다. 어린 생명은 그가 아직은 여러 모로 불완전하고 어린 탓으로 혼자의 힘만으로는 생명을 부지할 수 없고 더 나아가 인간 수업을 성공적으로 수행할 수도 없다. 누군가의 도움이 필요하다. 이때 가장 필요 적절한 도움을 주는 사람이 어머니시다. 인간은 어머니로부터 말과 행동을 배우고 살아가는 양식을 배우고 더 나아가 정신의 주요 요소들을 전수받는다. 그야말로 삶의 모델로서의 어머니이신 것이다. 실로 어머니로부터 배운 것들은 평생을 두고 그 사람을 지배하기 마련이다. 모든 성공한 인간 뒤에는 필연적으로 성공한 어머니가 숨어있게 마련이고 실패한 인간 뒤에는 또한 실패한 어머니가 숨어있게 마련이다. 왜 오늘날 우리가 이렇게나마 살아갈 수 있겠는가. 그것은 어려서부터 어머니로부터 배우고 느끼고 전수받은 것들이 오늘날까지 내 안에서 살아서 나를 지배하고 있기 때문이다. 그러고 보면 어머니는 우리에게 있어 얼마나 소중하고 소중한 분이시겠는가!

일찍이 톨스토이 선생 같은 분은 세상에서 귀중한 것 세 가지로 어린이와 장미꽃과 어머니의 사랑을 내세운 뒤, 그 가운데서도 가장 소중한 것은 어머니의 사랑이라고 말한 바 있다. 어린이는 분명 어여쁘고 사랑스럽지만 나이를 먹어 늙은이가 되면 보기 싫어지고 장미꽃은 분명 향기롭고 아름답지만 시간이 지나가 시들어지면 추해지고 만다. 그러나 어머니의 사랑만은 나이를 먹고 시간이 흘러가도 여전히 변함 없이 인간의 마음 속에 아름답고 따뜻하게 살아있기 때문이라는 것이다. 실로 우리가 어린 시절 어머니를 여의었다는 사실은 단지 한 사람 가족이나 육친의 상실을 넘어서 그의 머리 위에 드리워진 핵우산의 상실을 의미한다. 외부로부터 사정없이 밀어닥치는 모든 오물과 위험과 상처가 거름장치 없이 고스란히 어린 생명에게로 쏟아져 내림을 의미한다.

내가 현재 근무하는 학교는 초등학생 43명에다가 유치원 학생 9명밖에 되지 않는 미니학교다. 옛날 60명을 한 학급으로 따지던 시절로 돌아간다면 한 학급 인원도 되지 않는 학생 수이다. 게다가 높은 산 맑은 물로 둘러싸인 산골학교다. 언뜻 듣기로 아름답고 아기자기한 이상향의 학교를 떠올릴 것이다. 적어도 겉으로 볼 때는 그러하다. 비록 복식학급이 두 학년이나 되지만 한 학급 아이들이 10명 미만이니 학습지도고 생활지도고 아무런 문제점이 없으리라 짐작할 것이다. 그러나 그 실에 있어서는 그러하지 아니하다. 아이들 모두가 정서적으로 들떠있음은 물론이고 다투기를 잘하고 서로 어울릴 줄도 모른다. 양보심이라든가 절서 의식도 부족하다. 쉬는 시간에 실내에서 소란 피우기는 43명이 아니라 430명이 그러는 것 같이 한다. 그것은 보건실에 찾아오는 아이들의 면면을 보아도 그러하다. 아침부터 보건실엔 무언가 탈이 생긴 아이들로 줄을 서다시피 한다. 다쳐서 오는 아이, 머리나 배가 아파서 오는 아이, 감기라고 찾아오는 아이…… 종류도 가지가지이고 사연도 여러가지다.

그렇다고 아이들이 순진하거나 착한 것도 아니다. 조그만 일에도 핑계를 잘 대고 화를 잘 내고 변명을 일삼는 아이들도 많다. 왜 아이들이 이 모양일까? 부임 이래 고개를 갸우뚱하며 아이들을 바라보다가 어느 날 아이들의 가정환경 조사서를 보고 그 이유를 알게 되었다. 아뿔싸! 결손 가정이 17명이나 되지 않는가. 이것은 참으로 놀라운 수치이다. 굳이 비율을 내본다면 37퍼센트에 이르게 된다. 열 명 가운데 4명 가까운 아이들의 가정이 이미 온전하지 않다는 얘기다. 더 나아가 놀라운 사실은 그 아이들의 대부분(15명)이 엄마가 없다는 사실이다. 또 그 가운데에는 엄마가 세상을 뜬 경우도 있지만 더 많게는(11명) 엄마가 스스로 집을 나갔거나 개가하여 없다는 사실이다. 그러니 아이들의 행동양식이 저러하고 정서상태가 이러할 수밖에 없었던 것이다.

무언가 잔뜩 찌푸려 있고 불안하고 욕구불만에 차있는 아이들. 실로 터지기 일보 직전의 풍선 같은 아이들. 요즘 엄마들은 예전의 엄마들하고는 너무나 다른가 보다. 예전엔 아빠들이 집을 나갔는데 요즘엔 엄마들이 집을 나간다. 엄마들 편에서 스스로 엄마이기를 포기해버리고 만다. 그러니 아이들이 온전할 리가 없는 것이리라. 참으로 요즘 엄마들의 가슴엔 자기 자식을 사랑하는 본능적인(그야말로 천성적이고 동물적이기조차 한) 모성애조차 많이 흐려져 있나 보다. 어찌한단 말인가. 엄마들이 집을 나간 이 아이들을 어찌한단 말인가! 어머니시여. 아, 어머니시여. 이 어머니들을 또한 어찌한단 말인가!

* 이 글은 공주 왕흥초등학교에서 초임 교장으로 근무할 때 쓰여진 것이다.(나태주)

1991년 어느 날, 모교인 시초초등학교를 방문한 길에 버즘나무 그늘 아래 놀고 있던 까마득한 초등학교 후배들을 불러모았다.

졸업생에게 주는 마지막 선물

올해도 졸업철이 서서히 다가온다. 아무리 시골에 있는 학교이고 초등학교일망정 졸업철만 다가오면 아이들이나 선생이나 할 것 없이 마음이 한껏 술렁이고 분위기가 어수선하기 마련이다. 떠나는 마음이 있고 머무는 마음이 있고 또 거기에 섭섭한 마음까지 얹혀지니 그럴 수밖에 없는 일이다. 이제 겨울방학만 지나고 나면 우리 학교 6학년 아이들도 졸업생이란 이름으로 정든 저희들의 모교를 떠나게 될 것이다. 나는 비록 이 아이들을 담임하거나 직접 가르치지는 않았지만 이 아이들에게 각별한 생각과 느낌을 가지고 있다.

이 아이들과 처음으로 만난 것은 재작년 9월, 이 학교로 전근을 왔을 때다. 그때 이 아이들은 4학년이었고 교실이 교장실 바로 옆이었다. 담임 선생님은 나와 함께 9월에 부임한 분이신데 나보다 4년이나 학교 선배이신 분이었고 명예퇴임을 하여 집에서 쉬고 있다가 계약직 교사로 온 분이었다. 그건 연령과 세대 차이 때문이었을까. 아니면 성격이나 자질 탓이었을까. 보아하니 어린 아이들과 나이 많은 선생님이 도무지 서로 어울리지 못하는 모습이었다. 교실에서는 시간마다 선생님이 아이들을 꾸짖는 소리가 들렸고 때로는 매질하는 소리도 들렸다. 지금이 어떤 세상인데 선생님이 저러신담? 선생님은 선생님대로 아이들에게 정을 주지 않았고 아이들은 아이들대로 선생님에게 불만이 많았다. 아이들은 점점 더 비뚤어지게 행동을 했고 개구쟁이 말썽꾸러기로 변해갔다. 선생님이 못된 아이들이라고 치부해 버리고 나니 아이들은 절로 못된 아이들이 되어버렸다.

　그 아이들이 5학년이 되었을 때, 이희옥이라는 여자선생님이 아이들을 맡았다. 이 선생님은 정규 사범교육을 받지 않은 선생님 출신이라서 처음에는 적이 안심이 되지 않는 구석이 있었다. 그러나 이 선생님은 아이들을 부드럽게 감싸주는 마음의 능력이 있는 선생님이다. 아니나 다를까. 아이들이 천천히 변하기 시작했다. 교과 성적은 별로였지만 아이들의 행동과 태도가 점점 안정되어갔다. 우선 이 선생님은 아이들에게 친절하게 대해 주었고 아이들의 말을 끝까지 들어주는 인내심을 보였다. 가령, 이배득이란 아이와 같이 저돌적이고 감정적인 사내아이가 친구들이랑 다투고 식식거리며 달려와 하소연을 해도 아이의 화가 가라앉을 때까지 아이의 말을 다 들어주는 것을 여러 번 본 적이 있다. 초등학교에서 실상 학과를 얼마나 잘 가르칠 수 있느냐 아니냐는 오십보백보에 지나지 않는다. 오히려 이희옥 선생님과 같이 아이들의 그늘진 마음을 잘 헤아려 어루만져주는 것이야말로 초등학교 선생님으로서 진짜 자질이고 훌륭한 점이라 할 것이다.

5학년을 마치고 또 아이들이 6학년이 되었을 때, 최낙근이라는 남자 선생님이 이 아이들을 맡았다. 최 선생님은 지난해에도 6학년을 맡았던 선생님으로 원칙주의자이고 섬세한 성격인데 엄격하게 아이들을 다루기로 정평이 나 있는 선생님이다. 학년초 아이들은 많이는 당황스러워 하고 더러는 반항도 하는 눈치를 보였다. 그러나 시간이 지남에 따라 또다시 아이들은 다른 모습으로 변해갔다. 소란스럽던 분위기가 말끔히 가시면서 한결같이 착실한 아이들로 바뀌어 갔다. 나는 적이 놀라운 눈으로 6학년 아이들을 바라보기 시작했다. 그뿐이 아니었다. 공부라면 나 몰라라 하던 아이들까지 공부에 신경을 썼다. 특히 몇몇 아이들이 주축이 되고 모범을 보이니 나머지 아이들이 하나 둘씩 그들을 따르는 거였다. 어느 집단이든지 죽자는 쪽으로 기수를 돌리면 죽는 집단이 되고 살자는 쪽으로 기수를 돌리면 사는 집단이 되는 것이다.

6학년 아이들의 변화는 5월에 들어서 학교 홈페이지를 개설하고 나서 더욱더 놀랍게 눈부시게 나타났다. 물론 처음엔 시행착오나 부작용이 없었던 건 아니다. 그러나 점점 아이들이 학교 홈페이지를 정말로 유용하게 활용하는 경향을 보였다. 먼저, 아이들은 학교 홈페이지를 자신들의 의사소통의 수단으로 십분 활용했다. 학교나 선생님에게 하고 싶은 말은 물론이거니와 친구들끼리 하고 싶은 말을 편지 형식으로 글을 써서 올렸다. 그러면 선생님이나 급우들이 그 글을 읽고 간단한 의견을 쪽지글 형식으로 달아준다. 때로는 다투거나 오해했던 일들을 놓고 사과의 글을 써서 올리기도 하고 서로 격려하고 칭찬하는 글도 서슴없이 올렸다. 또 현장학습 보고서를 올리기도 했고 학습자료를 올리기도 했다. 이제 나는 학교에 출근하자마자 컴퓨터를 열고 학교 홈페이지에서 6학년 아이들의 글을 확인하는 일로부터 하루의 일과를 시작하기에 이르렀다. 그러면서 가끔씩 놀라곤 했다. 과연 이 아이들이 내가 이 학교로 전근 왔을 때 만났던 그 4학년 말썽꾸러기 아이들이란 말인가! 선생님이 바뀜에 따라 아이들의 모습이 이렇게 많이 바뀌다니 참 놀라운 일이구나 싶었다. 나는 이 아이들을 이토록 바꿔놓은 두 분의 선생님, 최낙근 선생님과 이희옥 선생님에게 고개 숙여 존경의 인사를 드리고 싶다. 그나저나 올해의 6학년 아이들은 늦게나마 선생님 복이 터진 아이들이다.

이제 머지 않은 날에 우리 학교를 떠나갈 저 아이들에게 교장으로서 무슨 선물을 할까? 생각 끝에 나는 학교 홈페이지에 올라온 6학년 아이들의 글을 퍼다가 학교 돈으로 졸업 문집을 한 권 만들어주기로 했다. 지금 몇몇 아이들이랑 편집을 하고 수정 작업을 하고 있는데 졸업식 때가 되면 그럴듯한 학급 문집으로 만들어 낼 수 있을 것이다. 그 문집이 부디 아이들에게 좋은 졸업 선물이 되고 뒷날에 자신들의 초등학교 시절을 뒤돌아보는 좋은 추억거리로서의 기념품이 되었으면 한다.

(02.12.18)

2004년 여름, 상서초등학교 문예반 아이들. 내가 내건 교육지표는 〈꿈이 있는 학교 사랑 주는 교육〉이었다.

노래하는 아침자습

학교에서 교장이나 교감은 학교의 관리자요 행정책임자이지만 전직교사이기도 하고 때로는 스페어 교사이기도 하다. 특히나 초등학교에서 그러하고 시골에 있는 소규모 학교일 때 더욱 그러하다. 그 왜 있지 아니한가. 택시회사 같은 데서 정식 운전기사가 일이 있어 운전을 못하게 될 때 즉각 투입되어 대리 운전을 하는 운전기사 같이 말이다. 학교 가운데에서 가장 나쁜 학교는 아이들만 있고 선생님이 없는 학교이다. 아이들은 교실에서 모여서 떠드는데 교사들은 또 교무실에서 모여 또 자기네들끼리 잡담이나 하는 학교라면 차라리 없느니만 못한 학교다. 그러므로 교장이나 교감은 담임교사가 학급을 비우게 되면 즉각 교실로 들어가 아이들을 대신해서 맡아줘야 한다는 것이 평소의 내 생각이다.

그날은 마침 담임교사가 오후 출장을 가게 되어 6학년 학급을 비우게 되었다. 때는 12월 초순. 머지 않은 날에 졸업을 하고 우리 학교를 떠날 아이들이다. 이런 저런 이야기를 하다가 함께 노래를 부르기로 했다. 노래 제목은 「겨울 나무」. 6학년 음악책 제일 뒤쪽에 나와 있는 노래다. 왜 이 노래가 하필이면 6학년 음악교과서 제일 뒤편에 나와 있는가? 이 노래야말로 6년의 전 과정을 마치고 초등학교를 졸업하는 아이들에게 지난날을 뒤돌아보고 새로 맞이하는 앞날, 그러니까 중학교 생활을 준비하게 하는 노래인 것이다. 아이들과 함께 노래를 부른다는 것은 얼마나 즐거운 일인가. 목소리와 목소리를 섞는다는 것, 그래서 노래의 강물을 만든다는 것은 인간의 기쁨 가운데서도 크나큰 기쁨인 것이다.

1절을 부르고 나서 노래 2절을 부를 때였다. '평생을 살아봐도 늘 한자리……' 어쩌다 보니 나 혼자서만 노래를 부르고 있었다. "야, 늬들 왜 노래 안 부르냐?" 노래 부르기를 멈추고 나서 아이들에게 물었다. 몇 번을 재우쳐 묻는 나의 추궁에 마지못해서 하는 아이들의 대답이 일품이었다. "2절까지는 노래 안 배웠어요……." 그럴 수는 없는 일이었다. 노래는 2절이 있으면 2절까지 불러야 하고 또 3절이 있으면 3절까지 불러야 한다. 그것도 외워서 불러야 한다. 외워서 몇 번이고 부르는 동안 노래 속에 담긴 내용이라든지 정서를 맛보게 되고 또 그것들을 깨닫게 된다. 노래 말로 쓰여지는 시는 시 가운데서도 가장 좋은 시라고 말할 수 있다. 실상 노래보다 더 좋은 시가 어디 있겠는가? 시 따로 노래 따로가 아니다. 노래를 부르다 보면 저절로 음악공부도 되고 시공부도 되는 것이다. 또 노래 말에는 노래 말의 구조가 있게 마련이다. 그 구조는 마음의 구조요 어디로 내 마음이 흘러가는가에 대한 물음과 대답이다. 그런데 그런 것에는 전혀 관심조차 갖지 않는 데에 문제가 있다.

그런 뒤로 한참 동안 생각을 해보았다. 어떻게 하면 우리 아이들에게 노래 부르기를 좋아하게 할 수 있을까? 선생님들 말로는 요즘 아이들은 랩송이나 TV에서 나오는 노래만 좋아하지 학교에서 배우는 노래는 잘 부르려 하지 않는다고 했다. 글쎄, 그게 정말 그럴까…… 왜 아이들에게 노래를 일러줘 보지도 않고 아이들만 탓하는 걸까…… 생각 끝에 떠올린 것이 이른바 '노래하는 아침자습' 이다. 그렇다. 아침자습 시간에 노래를 부르게 하자. 일 주일 내내 그러는 것이 아니라 이틀 정도만 그렇게 하도록 하자. 우선 아이들이 다같이 부를 수 있는 좋은 노래, 그러니까 까다롭지 않은 멜로디와 친근하면서 아름다운 가사로 된 노래들을 골라 아이들에게 주었다. 의외로 아이들은 좋아했고 그 결과는 얼마 안 있어 개최한 교내 '좋은 노래 부르기 대회' 에서 나타났다. 너무나 많은 아이들이 서로 나서서 노래를 부르겠노라 희망하는 바람에 담임교사들이 학급예선을 거쳐서 뽑힌 아이들만 학교대회에 내보냈으니 말이다.

　일찍이 공자께서는 '무엇인가를 안다고 하는 것보다는 좋아하는 것이 더 낫고(훌륭하고) 또 좋아하는 것보다는 즐기는 것이 훨씬 더 낫다〔知者不如好者 好者不如樂者〕'고 말씀하신 바 있다. 이 얼마나 탁월하신 말씀이신가. 그러하다. 아는 것보다는 좋아하는 것이 더 낫고 즐기는 것이 또 그 보다 더 나은 것이다. 아는 것에 대한 교육(지식교육, 기능교육)은 하품下品의 교육이고 상품上品의 교육은 좋아하는 것에 대한 교육이요 즐기는 것에 대한 교육(정서교육, 예술교육)이다. 그런데 이때까지 우리는 고작 아는 것에 대한 교육만 하느라고 진땀을 빼고 있었지 아니한가. 마땅히 앞으로는 좋아하는 교육, 즐기는 교육에 힘을 모아야 할 일이다. 일 주일에 이틀, 제가 좋아하는 노래를 부르면서 하루의 공부를 시작하는 우리 아이들에게 그들 선생의 한 사람으로서 한없는 축복을 주고 싶다. 부디 우리 아이들이 앞으로 자라서 아는 것보다는 좋아하는 것이 더 소중하고, 또 그보다는 즐기는 것이 더 소중하다는 것을 충분히 알고 살아가는 사람들이 다 되어주었으면 한다.

(02.03.26)

2003. 3. 24, 운동장에서 만난 귀여운 아이들. 아이들은 그 자체가 노래책이고 그림책이고
또 동화책이다.

내가 생각하는 훈화

　선생님은 오로지 아이들과 직접 만나 그들을 가르치고 그들에게 무언가 좋은 정신적 영향을 주었을 때만이 선생님이다. 그런데 교장인 나는 아이들과 직접 만나는 기회가 드물다. 어쩌다 담임선생님이 결근하는 날에도 본격수업은 내 차지로 오기 전에 다른 선생님들 차지로 돌아가고 만다. 그래서 매주 월요일마다 실시하는 어린이 조회 시간을 활용하기로 하고 20분 정도 되는 그 시간을 나는 가능하면 빼먹지 않으려고 노력한다. 이야기의 집중력을 높이기 위해 조회의 장소를 실내공간으로 정하고 거기서 나는 아이들에게 상도 주고 집단상담도 하고 더러는 함께 노래도 부르고 아이들이 나와서 발표하게도 하고 훈화란 것을 들려주기도 한다. 언뜻 훈화라고 하면 낡은 시대의 유물처럼 여길지 모른다. 그러나 교장이란 사람이 학교에서 아이들에게 훈화도 하지 않고 어찌 교장일 수 있겠는가.

훈화라고 해서 예전의 교장선생님들처럼 아이들을 일방적으로 몰아세우고 아이들이 알아듣지도 못하는 어려운 말로 듣거나말거나 하는 그런 훈화가 아니다. 적어도 내가 생각하는 훈화는 아이들과 나누는 생활얘기에서부터 출발한다. 때로 그것은 오고가는 세상의 뉴스거리일 수도 있고 생활지도일 수도 있고 또 학교행사 안내일 수도 있다. 그러면서 때로 나는 주제를 정하여 이야기를 들려주려고 한다. 주로 극기라든지 자아발견, 타인배려, 감사, 미래에 대한 소망을 즐겨 주제로 선택한다. 예나 지금이나 아이들은 이야기를 좋아한다. 그래서 나는 옛날 이야기를 통하여 오늘을 사는 지혜를 심어주려고 애쓴다. 나이 먹은 사람은 이미 많은 곳을 돌아보았고 여러 가지 경험을 했기에 나름대로 세상을 살아가는 지혜가 있을 수 있다. 그러나 어린 세대들은 그것이 부족하다. 그러므로 노인 세대들은 어린 세대들에게 재미난 이야기를 통해 세상을 슬기롭게 살아갈 수 있는 방법을 알려주어야 한다. 어쩜 그건 노인 세대들만의 독특한 소임이요, 능력일지 모른다. 내가 생각하는 훈화라는 것도 실상은 할아버지가 손자들에게 들려주는 옛날 이야기 같기도 한 그런 형식일 것이다.

뿐더러, 나는 학교행사가 있을 때마다 아이들에게 특색있는 이야기나 말을 들려주고자 노력한다. 보통 때 같으면 '학교에 와서는 선생님 말씀 잘 듣고 친구들과 싸우지 말라'는 말을 자주 한다. 하도 여러 번 들려주다 보니 이제는 아이들이 그 문장을 외워버릴 정도가 되어버렸다. 학교에 와서 선생님 말씀을 듣기만 하면 교육의 모든 것들이 다 잘 되도록 되어있다. 아이들이 학교에 오는 목적은 선생님을 만나러 오는 것이고, 선생님한테 글을 배우러 오는 것이다. 그러기에 학교에 와서는 선생님 말씀을 잘 들어야 한다. 교육이란 것도 완성자가 미완성자를 이끄는 과정이고 가르침이란 위에서 아래로 내려오는 수직작용인 것이다. 또 친구들과 싸우지 말고 잘 지내란 말은 수평의 관계를 말하는 것이다. 친구들과 정답게 부드럽게 지내게 되면 사회생활이 다 잘 이루어지도록 되어있다. 그렇게 수직과 수평의 작용이 고루 잘 이루어지는 인간에게 발전과 성공의 기회가 약속된다. 그런 어린이가 나중에 자라 어른이 되고 직장을 갖게 되어도 상하관계, 동료관계가 원만하여 승진도 잘할 뿐더러 업무수행 능력도 빼어나게 되어있다.

또 운동회 때나 졸업식 때, 방학식이 있을 때도 나는 아이들이 오래 기억될 수 있는 말을 들려주려고 애쓴다. 운동회 때는 '연습은 진짜처럼, 진짜는 연습처럼' 하자고 말한다. 생각해 보면 우리네 삶 속에서 연습이란 것은 없다. 다만 연습이라고 이름 붙여진 진짜가 있을 따름이다. 삶의 본질은 순간성, 일회성, 변화성에 있다. 그 무엇도 두 번이 있을 수 없고 되풀이될 수 없고 또 되돌릴 수 없는 것이 우리네 삶이다.

그러므로 연습도 진지하게 진짜처럼 해야 한다. 또 진짜라고 해서 너무 긴장하거나 위축될 필요도 없다. 어차피 연습도 진짜라고 하니까 진짜도 연습처럼 가볍게 즐거운 마음으로 하면 되는 일이다.

졸업식 때 졸업생들에게 내가 제일로 힘주어 해주는 말은 '될수록 적게 후회하는 사람이 되자' 란 말과 '조각시간을 아껴서 쓰자' 는 말이다. 사람은 살아가다 보면 이런저런 일로 후회하는 일이 있을 수 있다. 아무리 잘해 보려고 애를 쓰고 발버둥쳐도 크고 작은 후회는 뒤따르게 마련이다. 여기서 우리의 목표는 '될수록 적게 후회하는 사람이 되' 는 것이다. 그렇게만 되면 아주는 실패하지 않은 인생을 건질 수 있겠거니 해서 하는 말이다. 그리고 시간을 아끼고 자기에게 배당된 시간을 유용하게 써먹자는 말은 열 번을 강조해도 지나치지 않을 만큼 중요하다. 우리네 삶이란 것 가체가 제한된 시간과의 약속이다. 나는 아직 젊어서 시간이 많다느니, 오늘 하지 못한 일은 내일 하면 되겠거니 하는 생각은 아주 나쁜 생각 중의 나쁜 생각이다. 일이 있을 땐 미루지 말아야 하고 시간이 나면 아주 작은 시간이라도 아껴서 무엇인가를 해야 한다. 우리네 삶은 마치 여러 가지 색깔이 다른 조각 천들이 모여서 이루어진 알록달록한 조각보와 같다. 한 인간이 성공하느냐 아니냐를 가늠하는 지름길은 이 조각시간들을 잘 활용하느냐 아니 하느냐에 달렸다고 해도 과언이 아닐 터이다.

또 방학을 맞이하여 아이들이 한동안 학교에 오지 않을 때 나는 몇 가지 부탁을 해둔다. 첫째는 '다치지 말고 앓지 말아라' 이고, 둘째는 '집을 떠나 다른 고장에 갔을 때는 특별히 조심해야 한다' 이다. '다치지 말고 앓지 말아라' 라는 부탁의 말은 내가 교감으로 승진하기 전에 잠시 평교사 시절에 모셨던 황규형 교장선생님이 방학식을 할 때마다 아이들한테 늘 그런 말씀을 하셔서 내가 그 말씀을 슬쩍 빌려다가 써먹는 것이긴 한데 어쨌든 건강이란 것은 그 무엇보다도 소중하다. 그릇이 깨지면 안에 담긴 물이 새어나오는 것과 같이 몸을 다치거나 앓게되면 마음도 나빠지고 공부도 하지 못하게 된다. 그러기에 존 러크 같은 사람은 일찍이 '건강한 신체에 건강한 정신이 깃든다' 는 말을 남겼다. 또 사고를 당하거나 어려움을 겪는 사람들을 보면 낯선 고장, 다른 고장에서 온 사람들일 경우가 더러 있다. 하므로 집을 떠났을 때는 집으로 돌아올 때까지 두루 조심하고 발 밑을 살피는 마음이 필요하다. 또 나는 몇 가지 교장으로서 아이들에게 특별한 과제를 제시한다. 첫째는 '담임선생님께 편지 쓰기' 이고, 둘째는 '자기에게 부족한 것 한 가지를 골라서 더 잘해 보도록 노력해 보기' 이다. 비록 방학이 되어 헤어져 있지만 담임선생님을 생각한다든지 담임선생님께 고마운 마음을 표시한다든지 안부인사를 드린다든지 하는 것은 아주 예의바른 사람, 속내 깊은 마음을 가진 사람이 해야 할 기본적인 행동이요 태도이다. 또 자기에게 부족한 한 가지를 골라 그것을 더 잘 해보도록 노력하는 일은 보다 더 능력 있고 원만한 사람으로 완성되어 가는 한 지름길이 될 것이다. 우리 아이들이 때때로 내가 하는 여러 가지 말들을 얼마나 진지하게 받아들이는지는 나도 잘 모르는 일이다. 또 그것들이 아이들의 앞날에 얼마나 영향을 주고 도움이 될지도 잘 모르는 일이다. 우리 아이들이 나한테 들은 말 가운데에서 한두 가지만이라도 제대로 새겨듣고 실천해 준다면 얼마나 다행스런 일이랴 싶다. 나는 가끔 사람의 눈은 간사奸邪하고 사람의 입은 독毒이 있고 사람의 귀는 복福이 있다는 말을 잘한다. 그러하다. 우리 아이들의 귀에 부디 그 복이란 것이 많이 있었으면 좋겠다.

(02.01.05)

1982. 10. 12, 권선옥 시인이 교사로 근무하고 있던 논산의 연무여자고등학교에 문학강연을 하러 갔었다. 운동장에서 전교생을 모아 앉히고 거창하게 강연을 했다.

급식비 못 내는 아이들

해마다 학년말이면 미루었던 일을 정리하고 모자란 일도 마무리하게 된다. 그 가운데에서 유독 교장인 나의 마음을 어둡고 힘들게 만드는 건 아이들이 내는 급식비에 관한 것이다. 오늘의 초등학교는 어디에 있는 학교든 학교에서 점심을 먹는다. 예전 도시락을 싸 가지고 다니며 점심을 먹던 시절에 비하면 참 좋아진 세상이다. 우선 찬밥을 먹지 않아서 좋고, 학교 급식실에서 친구들이랑 정답게 어울려 똑같은 밥을 먹어서 좋고 영양사가 식단을 짜서 조리사가 만들어주는 균형 잡힌 영양분을 섭취하고 위생적인 음식을 먹어서 좋다.

그런데 문제는 급식비를 제대로 낼 수 없는 아이들이 있다는 데 있다. 우리 학교의 아이들은 전교생이 130명. 그 가운데 이런저런 항목으로 도움을 받아 급식비를 면제받고 점심을 먹는 아이들이 10명. 그런데도 급식비를 못내는 아이들이 여러 명이나 된다. 물론 학교에서는 급식비가 얼마이고 언제까지 돈을 내라고 아이들에게 고지서를 만들어 가정으로 들려보낸다. 그러면 부모님들이 지정된 금융기관에 내도록 되어있다. 학기초 몇 달은 잘 내다가도 중간쯤에 가서 돈을 내지 않기 시작하는 것이다. 이렇게 되어 연말이 되면 상당한 액수의 돈이 쌓이게 된다. 그것도 한집에서 세 아이가 함께 다니는 경우라면 밀린 돈의 액수가 엄청나게 많아지게 된다. 누구는 그럴 것이다. 돈을 내지 않는 아이는 밥을 먹이지 않으면 되지 않겠느냐고. 허나, 그게 말처럼 쉬운 것도 아니고 또 옳은 것도 아니다. 적어도 여기는 시장이 아니고 학교이다. 또 우리는 장사꾼이나 손님이 아니고 선생과 제자의 관계다. 어찌 학교에서 아이들이 급식비를 안 낸다고 해서 밥을 먹이지 않을 수 있단 말인가. 선생된 사람의 입장으로서는 도저히 그럴 수는 없는 일이다.

그러나 연말이 되어 급식재료 납품업자에게 갚아야 할 외상값이 많아지게 되면 학교에서도 두손놓고 그냥 있을 수만은 없게 된다. 그래, 행정실에서는 담임선생님들에게 급식비 미납자 명단을 통보하고 도움을 청한다. 담임교사들은 아이들에게 이 사실을 알리고 가정에 전화를 걸어 급식비 납부를 촉구한다. 교장으로서 이건 참 선생님들에게 미안스러운 일이 아닐 수 없다. 선생님들에게 아이들 가르치는 수고에다가 이런 궂은 일까지 맡기는 건 아이들에게나 선생님들에게 못할 일인 것이다. 그래서 나는 해마다 이맘때가 되면 스스로 악역 맡기를 자청하고 나선다. 급식비 미납자를 교장실로 불러 급식비를 왜 내야 되는지 그 이유를 설명하고 빨리 급식비를 낼 것을 종용한다. 그런 때면 아이들도 나도 참 곤혹스럽다. 왜 우리들이 이런 일로 만나게 되었는지……. 아이들에게 선생님은 늘 다정하고 푸근하고 어려운 일이 있을 땐 기대고 싶은 산과 같은 사람이어야 하고, 선생님에게 아이들은 언제나 귀엽고 사랑스러워 가슴에 품고 싶은 향기로운 풀꽃과 같은 존재여야 하는 데도 말이다.

이런 때 나는 멀리 내가 중학교 다니던 시절, 학교에 내는 사친회비를 몇 달 치고 밀려 담임선생님한테 불려가 다짐을 받던 일을 떠올려 본다. 6·25 전쟁이 휩쓸고 간 터전 위에 누구나 가난하게 살던 시절이었다. 관공서나 회사에 다니면서 월급을 받는 것도 아니고 얼마 안 되는 농사채를 부쳐 많은 식구들을 먹여 살려야 했던 아버지의 주머니는 늘 궁하고 허전했다. 식구들 먹고 살 양식조차 부족하여 장리 쌀을 얻어먹는 형편이었다. 그런 판국이니 학교에 시원시원하게 낼 돈이 있을 리 만무다. 일 주일에 한두 번쯤 학교 공부가 끝나고 종례시간에 담임선생님은 몇몇 아이들 이름을 부르며 교무실로 오라고 이른다. 언제나 그 속에 내 이름이 끼어있기 마련이다. 이름을 불린 아이들은 무슨 큰 죄나 지은 사람들처럼 고개를 푹 숙이고 교무실로 간다. 기다리던 담임

선생님은 장부를 꺼내놓고 한 사람씩 차례대로 물으시곤 한다. "언제까지 가져올 수 있겠니?" 그러면 될수록 날짜를 멀찍이 잡아 대답을 한다. "그보다 조금 더 빨리 낼 수는 없겠니?" 선생님의 말은 이제 통사정에 가깝다. 그러면 날짜가 당겨진다. 이렇게 하여 한 달 뒤가 보름 뒤로 줄고 끝내 일 주일 뒤로 줄어든다. 그러나 머리 속에서 아버지의 찌푸려진 얼굴 모습이 내내 사라지지를 않는다. 집에 가서 무어라고 말해야 되나?

　지금 급식비를 못 내서 교장실로 불려와 내 이야기를 듣고 있는 우리 아이들도 내가 중학교 다닐 때 그랬던 것처럼 많이는 힘들 것이다. 이러지도 저러지도 못해 마음의 갈등을 느끼고 있을 것이다. 학교에서 선생님과 제자가 이런 일을 가지고 꼭 이렇게 만나야만 되는지 참 야속한 심정이다. 이래저래 썰렁하고 을씨년스러운 학년말. 이런 일이 있기에 더욱 학교 풍경은 스산하기만 하다. 나중에 자라 어른이 되었을 때, 우리 아이들은 교장인 나를 어떤 모습과 느낌으로 기억해 줄까? 은근히 속으로 겁이 나기도 한다. 공부만 가르치고 좋은 일로만 선생과 아이들이 만나는 그런 학교의 풍경이 못내 그립다.

(02.12.18)

---

　*이 글은 공주 상서초등학교에서 근무할 때 쓰여진 글인데 그 뒤, 충청남도 내 읍·면 단위 이하에 위치한 초등학교 아이들은 모두 급식비를 내지 않고 점심을 먹도록 조치되었다. 참으로 고마운 일이 아닐 수 없겠다. (나태주)

2003. 10. 18, 학교 텃밭에서 캔 고구마를 쪄서 먹던 날. 3학년 아이들의 익살스런 표정.

참고 기다리는 것도 능력이다

내가 근무하는 학교는 면소재지도 되지 못하는 시골학교지만 규모나 학생 수로 볼 때 학교를 운영하기에 아주 적당한 학교이다. 그런데 병설유치원이 걱정이다. 해마다 취원就園 아동이 줄더니 올해는 7명이었다가 2명이 이사를 가는 바람에 이제 5명이 되었다. 이러다가는 유치원의 문을 닫아야 할 판이다. 초등학교 신입생 수를 보면 언제고 20명 정도는 유지되는데 유치원 취원 아동 수는 거기에 훨씬 못 미치고 있다. 보나마나 유치원으로 들어올 만한 아이들이 어디로인가 새어나가고 있다는 짐작이다. 우리 학교는 공주시내와 아주 가까운 거리라서 많은 아이들이 공주시내 권의 유치원을 다니든지 또 인근의 사립유치원을 드나들고 있을 개연성이 높다. 또 요즘의 학부모들이 학원에서는 보다 확실하고 좋은 것, 많은 것을 가르쳐준다고 잘못 생각하고 있어서 어느 종류의 학원이든지 다니고 있음이 분명하다.

　이유야 어찌되었든 부모들이 공립유치원을 기피하는 것은 불행스러운 일이다. 나름대로 학부모들 편에서 이유와 핑계는 있을 것이다. 공립유치원에서는 문자교육을 시키지 않는다든지 통학수단이 해결되지 않는다든지 얼마든지 현실적인 이유가 있을 것이다. 그러나 그것은 유치원 교육의 본질을 몰라서 그런 것이고 아이들의 보다 먼 미래를 바라보지 못해서 그렇다. 너나없이 오늘의 부모들은 자기 자식에 대한 교육 열의가 다락같이 높고 그런 만큼 성급하고 기대수치 또한 턱없이 높다. 부모들 자신이 경쟁적이고 타인 비교에서 오는 상대적 빈곤감을 많이 지니고 있다. 언젠가 사립유치원을 둘러본 적이 있다. 그 유치원은 종일반을 운영하고 있었고, 또 아이들에게 문자교육, 숫자교육 뿐 아니라 외국어교육(영어)까지 시키고 있었다. 통학수단을 해결해 줌은 또 기본적 조건이라고 했다. 이러고 보니 학부모들의 관심이 일찌감치 그 쪽으로 기울 수밖에 없는 노릇이다.

　하지만 이것은 많이 비뚤어진 현상이다. 초등학교에도 들어가지 않은 아이들에게 문자교육, 숫자교육이 왜 필요하단 말인가? 게다가 외국어 교육은 또 무어란 말인가? 언뜻 여기서 조기교육이란 말이 튀어나올 것이다. 아이들의 원대한 미래를 위해 조기교육을 해야 한다고 강

변할지도 모른다. 또 남들이 다 하는 일인데 우리 아이만 빠질 수 없어 그래야 한다고 울상을 지을지도 모른다. 그러나 조기교육도 조기교육 나름이다. 조기교육을 시킬 분야가 따로 있고 또 사람에 따라 선별적으로 필요에 따라 시켜야 한다. 가령 한 아이를 피아노학원과 미술학원에 한 달에 몇십 만 원씩 투자하여 동시에 보낸다 치자. 이런 경우, 부모들은 자기 아이에게 과연 그 분야에 소질과 전망이 있는가 하는 것과 함께 어느 분야를 전공시킬 것인가 하는 문제를 심각하게 고려해 보았어야 한다. 그렇지 않았을 때 공연스레 돈과 시간만 낭비하는 꼴이 되고 아이만 귀찮게 괴롭힌 꼴이 되기 십상이기에 그렇다.

부모들은 자기 아이들이 신동이라는 둥, 천재성이 있다는 둥, 그런 특별한 평가를 받기를 좋아한다. 그러나 그것은 하나의 환상이요, 어림없는 허영이다. 우리 아이들이 모두 모차르트나 피카소가 될 수도 없는 일이고 스포츠 천재, 수학 천재가 될 수도 없는 일이다. 아이들은 그런 어른들의 과도한 기대와 성화 속에서 기가 죽고 남아있는 싹수마저 시들기 마련이다. 물론 아이들은 가능성이 많은 존재들이다. 그러나 그들의 가능성은 불확실하고 혼돈스러운 가능성이다. 다만 그들 앞에 아주 많은 시간적 여유가 마련되어 있을 뿐이다. 하지만 부모들은 보다 빨리, 보다 확실한 그 무엇인가가 나타나 주기를 기대한다. 그래서 부모들은 오래 참고 기다리지 못하고 성급하게 서둘러대면서 조바심을 한다. 여기서 과다교육, 과외교육, 학원교육이 불거져 나온다.

성급한 부모들과 오히려 느슨하고 여유로운 아이들. 그 사이에 지울 수 없는 계곡이 있고 갈등이 있다. 아이들은 마음 속으로 이렇게 말하고 싶을 것이다. '엄마 아빠, 나는 놀고 싶어요. 나에겐 시간이 많단 말이에요. 차라리 우리와 함께 놀아주세요. 그리고 좀더 참고 기다려주세요. 엄마 아빠가 바라는 것보다는 내가 바라는 대로 살고 싶단 말이에요.' 이제는 부모들이 배우고 노력하고 변할 차례이다. 아이들한테 좀더 참아주고 기다려 주어야 한다. 그리고 확실한 것, 분명한 것을 내어놓으라고 조르지 말아야 한다. 그래야만 우리의 아이들이 큰그릇으로 자란다. 아이들의 일을 두고 참고 기다려주는 것도 하나의 커다란 부모의 미덕이고 능력이다. 아이들한테 요구하러 들지만 말고 아이들 요구에 귀를 기울여 주는 부모가 더 좋은 아이들을 길러낸다는 것을 오늘의 젊으신 부모들이 한 번쯤 되짚어 생각해 주었으면 좋겠다.

(02.08.10)

1985년, 딸아이 민애 유치원 다닐 때 생일기념잔치에서 저의 엄마와.

노는 것도 공부다

여름은 불의 계절이면서 물의 계절이다. 물과 불이 만나 꽃을 피우고 열매를 맺게 하고 또 자라게 한다. 인생의 시기로 보아서도 여름은 청년기요, 열정의 세월이요, 확장의 시기에 해당한다. 그러나 사람들은 여름이 오면 살아가기가 힘들어진다. 덥기 때문에 그렇고 날씨가 사납기 때문에 그렇다. 여기서 자연스럽게 떠오르는 것이 휴식이다. 여름이 되면 사람들은 일을 멈추고 싶어하고 쉬고 싶어한다. 휴가를 기다리고 여행을 꿈꾸고 피서를 소망한다.

그건 아이들도 마찬가지다. 여름이 오면 다니던 학교를 쉬게 되고 방학에 들어간다. 방학이란 공식적인 배움의 행위가 멈추어지고 생활의 공간이 학교에서 가정으로 옮겨짐을 의미한다. 방학이 가까워지면 아이들은 무언지도 모를 흐릿한 기대감에 가슴이 부풀어오른다. 무엇보다도 방학을 맞으면서 아이들의 꿈은 '실컷 놀아보아야지'이고, 조금 발전적인 아이들은 '학교 다니는 동안 해보지 못했던 일을 해보아야지'에 모아진다. 일반적으로 방학에 어른들은 이 두 가지를 아이들이 할 수 있도록 도와주어야 한다. 학교에서 선생님한테 배우는 것이 공식적이고 의도적인 공부라면 가정에서 놀면서 배우는 것은 비공식적이고 비의도적인 학습이다. 아이들이 학교에서 선생님이 가르쳐주는 대로만 배우는 줄 안다면 큰 오산이다. 아이들은 가르쳐주지 않아도, 또 저희들끼리 놀면서도 얼마든지 배우고 자란다. 말하자면 노는 것도 공부란 얘기다.

어른들은 여기서 자신들의 어린 시절을 뒤돌아볼 필요가 있다. 어렸을 때 나는 어떤 생각과 꿈을 가지면서 방학을 맞았던가? 망각의 강물 너머 어린 시절의 그림자가 떠오르지 않는다면 아이들에게 물어보아야 한다. 그래, 늬들은 방학이 되면 무엇을 해보고 싶니? 그렇다고 아이들이 하자는 대로만 무조건 고삐 끌려 갈 일은 아니다. 아이들의 소망에다가 어른들의 의도를 섞어야 할 일이다. 조금 더 의욕적인 어른들은 이렇게 해서 방학계획을 세워야 한다. 아이들이 집으로 돌아와 있을 때는 부모님들이 선생님 노릇을 해주어야 한다. 즐거이 친구 배역도 맡아주어야 한다. 우선 부모님들부터 생각을 바꾸고 생활방식을 바꾸어야 한다. 옹색한 대로 시간적으로 공간적으로 아이들이 들어와 함께 지낼 자리를 비워주어야 한다. 그렇지 않을 때 아이들과 충돌하게 되고 피차 짜증내게 되고 방학동안이 마냥 길게 지루하게만 느껴질 것이다.

좀더 현명한 가정의 부모들이라면 방학이 되면서 가정단위로 어른들과 아이들이 함께 지낼 방학 계획을 세울 수 있다. 여기서 계획이라고 해서 엄청난 문서나 형식을 갖춘 계획을 말하는 건 아니다. 그저 그것은 말로써 서로 나눈 약속으로도 충분한 계획이다. 계획을 세울 때 조심할 것은 지나치게 타이트하게 세워서는 안 된다는 사실이다. 좀더 느슨하게, 그리고 융통성 있게 세워야 한다. 또 한꺼번에 많은 계획을 세우는 것도 금물이다. 지나침은 결코 모자람만 못하다. 실현 불가능한 계획이라든지 말로만 끝나는 계획은 없느니만 못하다. 아이들에게 함부로 기분 내키는 대로 아무 것이나 약속할 일도 아니다. 허황된 꿈을 꾸게 할 일도 아니다. 그런 것들이 모두 우리 아이들의 마음을 흔들고 상처를 주고, 또 나중에 어른이 되었을 때 거짓된 사람으로 자라게 하는 원인이 된다.

뭐니뭐니해도 방학이 되어 해볼만 일은 자연 체험이다. 오늘날 우리 아이들은 너무나 자연과 괴리된 채 자라고 있다. 그래서 정서면으로나 행동면으로나 거칠어져 있고 황폐화되어 있다. 살고 있는 집 가까운 곳이라도 좋다. 한적한 오솔길을 걸어본다든지 풀밭이나 강물이나 산을 찾아본다든지 그런 항목들이 모두 자연 체험의 한 가지씩 좋은 본보기일 것이다. 여기서 꼭 지켜야 할 일은 자연 속에 들어가서도 어른들이 아이들과 더불어 행동해야 한다는 것이다. 이런 때 자연스럽게 자신의 어린 시절 이야기를 아이들에게 들려주는 것도 참 좋은 일이 될 것이다. 처음 얼마 동안 아이들은 힘들어하고 흥미 없어할지 모른다. 하지만 어른들이 의도를 가지고 밀고 나갈 때 아이들은 서서히 자연의 아름다움과 의미를 발견하고 체득하게 될 것이다.

그 다음으로 해볼만한 일은 인간 체험이다. 평소에 가까이 만나지 못했던 가족이나 친지들을 만나보는 일이다. 그래서 가족적 우애감을 쌓고 인간적 친밀감을 돈독히 하는 일이다. 오늘날 우리의 인간관계는 제각기 끈이 끊어져 나뒹구는 고리와 같다. 가족은 있으되 고아이고 이웃은 있으되 모두가 외로운 한 사람씩 섬일 따름이다. 우리 아이들 세대는 이러한 사정이 더욱 심화될 것이 분명하다. 조금쯤 불편하고 고생스러우면 어떤가. 가는 길에 나름대로 정성어린 선물을 아이들과 함께 장만해 보는 것도 나쁘지 않으리라. 가서 대접받고 호강하고 놀다가 호기 부리며 돌아오자는 얘기가 아니다. 함께 집안 일을 돕기도 하고 시골살이의 이것저것 고달픔을 체험해 보고 오도록 하자는 얘기다. 돌아와 방학동안에 만났던 사람을 그리워하는 마음이 생기고 그러한 마음들을 또 편지로 쓴다면 그것은 얼마나 좋은 일이겠는가. 이렇게 될 때 아이들의 여름방학은 두고두고 아이들 마음 속에 좋은 기억으로 남아 영혼의 별빛으로 빛날 것이다. 혹여 이런 얘기가 뜬금없는 얘기, 도무지 요령부득인 얘기로 들릴 부모님네들도 있을지 모른다. 편하게 먹고살자는 세상에 웬 고생타령이냐고 핀잔을 해온다면 내 더 할 말은 없다.

 그런 것들이 모두 신경 쓰이고 귀찮다면 차라리 아들들이랑 함께 놀아주는 계획도 훌륭한 계획이 될 것이다. 우리의 아이들이 얼마나 부모님들과 함께 노는 시간을 좋아하는가. 그런 줄 번연히 알면서도 어른들은 또 밥 벌어먹고 사느라고 바빠서 그동안 얼마나 아이들을 내팽개치듯 살아왔는가. 이런 기회에 신으로부터 허락받은 시간 가운데 한 묶음을 뚝 떼어서 아이들에게 선물할 일이다. 좀더 느긋한 마음으로 아이들과 이야기 나누는 시간을 오랫동안 가질 일이다. 그러다 보면 어른들이 알지 못했던 아이들의 속내를 짐작하게 될지도 모른다. 여름은 실로 찬란하고 빛나는 계절이고 안온한 휴식의 계절이다. 우리에게 여름은 보석 같은 선물이고, 여름방학은 값진 보너스다. 선물과 보너스는 마땅히 좋은 곳에 써먹어야 한다. 여름방학을 보내고 나서 우리의 아이들이 달라지고 또 어른들도 달라져야 한다. 달라질 우리들의 내일을 위해 여름이여, 오라! 여름방학이여, 어서 오라!

(03.06.18)

2003. 9. 24, 상서초등학교 운동장에서 가을운동회를 하고 있는 아이들의 귀여운 모습.

왼손잡이 설은이를 위하여

　우리 학교에 다니는 아이들 가운데 강설은이라는 아이가 있다. 현재 5학년에 다니는 여자아이인데 공부도 무척 잘하고 노래면 노래, 글쓰기면 글쓰기, 그림그리기면 그림그리기, 모든 분야에서 빼어난 재주를 보이는 아이다. 내가 설은이를 처음 만난 것은 이 학교로 전근을 와서 얼마 안 되어서 9월의 어느 날이었다. 우연히 2학년 교실에 들렀다가 왼손으로 글씨를 쓰고 있는 여자아이 하나를 발견했다. 나는 그 아이에게 왜 왼손으로 글씨를 쓰느냐? 그러면 안 된다고 윽박지르듯 말했다. 그랬더니 아이가 금방 두 팔을 책상 위로 올려놓더니 거기에 얼굴을 묻고 우는 것이었다. 나는 그만 머쓱해져서 그 자리를 비껴 나올 수밖에 없었다. 나중에 담임선생님한테서 그 아이가 2학년 초기에 서울

쪽에서 전학 온 아이이고, 이름이 강설은이라는 말을 들었다.

그로부터 몇 년 동안을 지내오면서 보니 설은이란 아이는 참 똑똑한 아이였다. 말씨도 곱고 몸가짐도 반듯하고 공부 또한 잘했다. 조회시간 같은 때 자주 상을 타곤 했다. 상의 분야도 한 가지가 아니라 여러 분야에 걸쳐 고르게 타는 것이었다. 자연스레 나는 설은이라는 아이한테 관심을 기울이며 살펴보게 되었다. 설은이는 교내에서 주는 상뿐만 아니라 교외에서 주는 상도 자주 받는 것이었다. 참 유능한 아이구나, 저런 아이는 집에서 부모가 어떻게 기르고 가르치는 것일까? 요즘 아이들은 과외란 것을 많이 한다던데 아마도 설은이는 과외를 여러 가지 하는 모양인가 보구나, 그런 생각을 했다.

어느 날 나는 마을길에서 설은이 엄마를 만나는 기회가 있었다. 잘됐구나 싶어 설은이가 집에서 하고 있는 공부와 과외공부에 대해서 물어보았다. 헌데 설은이 엄마의 대답은 아주 의외意外였다. 설은이는 우선 과외공부를 한 가지도 하지 않는다는 것이었다. 그리고 집에서 부모들이 별달리 공부를 도와주거나 가르쳐주는 일도 없다는 것이었다. 학교 갔다 와서 그날 그날 배운 것을 복습하고 또 예습하는 것만 하도록 부추긴다고 했다. 그런 뒤로는 그냥 제멋대로 놀도록 내버려둔다는 것이었다. 나는 설은이 엄마 이야기를 듣고 쉽게 납득이 가지 않는 점이 많았다. 어쩌면 이렇게 설은이네 식구들은 느긋하고 태평스런 마음일 수 있는가? 요즘 같이 과외다 학원이다 난리통인 세상에 어찌 설은이네만 그런 난리가 비껴갈 수 있단 말일까?

나는 다시 설은이 엄마에게 꼬치꼬치 질문을 던졌다. 그래도 무엇인가 특별히 하는 것이 있지 않겠느냐는 것이 질문의 요지였을 것이다. 그랬더니 설은이 엄마는 다만 저녁시간이 되거나 여유 있는 시간이 생기면 가족끼리 제각기 집안에서 책을 읽는다는 것이었다. 엄마 아빠는 엄마 아빠대로, 아이들은 아이들대로 제각기 자기 방에서 읽고 싶은 책을 읽는다는 것이었다. 그러면 그렇겠지! 나의 머릿속에는 전깃불이 반짝 들어와 켜지는 듯한 느낌이 들었다. 세상 어디에도 공짜로 이루어지는 것은 없다. 특별한 것도 별로 없는 법이다. 천재나 수재란 것도 믿을 만한 말이 아니다. 노력한 만큼 이루어지는 것이고 쉽게 질러가는 지름길도 별로 없는 법이다.

너무 빨리 가고 싶어하고 다른 사람들을 질러가고 싶어하고 비정상적인 수단을 동원하여 특별하게 살고자 하는 것이 우리들의 오늘날 고치기 힘든 고질병이다. 조금은 느슨해질 필요가 있고 고조된 흥분을 충분히 가라앉힐 필요가 있다. 우리는 오늘날 너무나 다른 사람들과 같아지려고만 노력하며 산다. 나의 것을 다른 사람들의 것과 비교하면서 희열과 만족을 느끼거나 반대로 비애와 불행감을 느끼길 좋아한다. 왜 내가 남과 같아야만 하는가? 왜 나의 삶이 다른 사람들의 삶을 닮아야만 하는가? 남들과 조금이라도 다르면 불안해 하고 실망하고 또 소외감을 느끼는 것부터가 우리네 불치의 질병이다. 어디까지나 나는 나이고 다른 사람들은 다른 사람들이다. 전혀 그럴 일이 아니다. 개구리가 뛰고 토끼가 달린다 해서 나도 덩달아 뛰고 달릴 까닭이 전혀 없는 것이다. 우리의 오늘날 불행은 바로 거기에 있다. 내가 물고기라면 유연하게 헤엄칠 일이요, 내가 거북이라면 천천히 걸어가야 할 일이다.

처음 설은이는 시골로 이사를 오고 시골학교로 전학을 와서 도시의 불빛이 그립고 아파트의 베란다가 생각난다고 울먹였다고 한다. 도시 학교의 친구들이 아쉬워했다고 한다. 그러나 지금은 시골이 좋다고 하고 시골학교가 더 좋다고 말을 한다. 전에 다니던 학교도 별로 생각나지 않는다고 말한다. 5학년이 되어서도 여전히 왼손잡이인 설은이. 설은이는 왼손으로 글씨도 잘 쓰고 그림도 잘 그린다. 알고 보니 설은이 아버지도 왼손잡이라는 것이다. 왼손잡이는 하나의 유전이라고 그런다. 설은이가 처음 전학을 왔을 때 그것도 모르고 설은이를 다그쳐 울게 했으니 두고두고 여간 미안한 일이 아니다. 왼손잡이 설은아. 선생님은 네가 왼손으로 쓰는 글씨와 왼손으로 그리는 그림을 좋아한단다. 고맙구나. 시골로 이사를 와줘서 고맙고 시골학교를 좋다고 말해 줘서 고맙구나. 설은이 같은 아이가 있어서 우리 학교도 그런 대로 좋은 학교가 아니겠는가. 왼손잡이 설은이 파이팅!

(03.09.18)

2003년 가을, 같은 마을 후배와 함께 집으로 돌아가고 있는 설은이(오른쪽). 설은이는 그때 5학년이었다.

과외공부는 왜 하나

　과외공부란 글자의 뜻 그대로 '정해진 과정의 공부 이외로 하는 공부' 를 말한다. 오늘날 사람들은 '정해진 과정의 공부' 를 '공교육' 이라고 말하고 그 '이외로 하는 공부' 를 '사교육' 이라고 부르고 있다. 그러면서 사교육비가 너무 많이 든다느니, 한국에서는 사교육비가 많이 들어 이민이라도 가야 할 판이라느니 불평들을 늘어놓고 있다. 뿐더러 이같은 현상을 학교에서 이루어지고 있는 공교육이 시원치 않아서 그렇다고 그 쪽으로 핑계를 대면서 원망과 불만의 눈초리를 보내기도 한다.

　그것이 과연 그렇다면 오늘날 왜 이토록 우리 사회에 과외공부의 열풍이 거센 것일까? 뭐니뭐니해도 그 근본적 요인은 대학 입시제도와 우리나라 사람들의 학력상승 욕구에 있다 하겠다. 거꾸로 가도 서울만 가면 장땡이고 꿩 잡는 게 매라는 식으로 그저 4년제 대학, 명문대학에만 들어가 보고 나서 이야기하자는 것이 우리나라 사람들의 학력관이다. 그래서 부모님네들은 자식을 대학교에 보내는 것이 자존심의 달성이요, 삶의 최대 목표가 되다시피 한 실정이다. 게다가 학생의 평가방식 또한 상대평가로 일관되다 보니(최근, 학교에서의 평가가 절대평가로 바뀌었다. 하지만 여전히 대학교 입시는 상대평가 방법을 크게 벗어나지 못한다.) 그저 점수만으로 남보다 앞서가야만 좋은 것으로 인식되어 왔다. 그래, 학교에서 배우는 것만으로는 안심이 안 되고 남들한테 뒤진다는 생각에 쫓겨 학원을 찾고 개인과외를 받게 된다. 점점 학생들이나 학부형들은 학교보다는 학원이나 과외교사에 의존하게 되고 학교교육은 뒷전으로 밀리게 된다. 이래서 공교육이 부실해지고 공교육 불신의 풍토가 조성된다.

본래 과외공부란 학생에게 모자란 학과나 부족한 부분을 보충하는 방법으로 동원되는 비상수단이다. 일테면 학교공부가 밥이요 물이라면 과외공부는 피자요 콜라와 같은 것일 게다. 그러나 오늘날 부모님들은 자기 자식에게 밥과 물은 안 먹이려 들고 피자와 콜라만 먹이고 있는 꼴이다. 우리나라에서의 과외는 잘하는 것을 더 잘하기 위해서, 남들을 이기고 앞서가기 위한 방편으로서의 과외이다. 그러다 보니 부모들이나 학생들에게 경쟁심리가 발동하게 된다. 한 사람이 뛰기 시작하니 다른 사람들도 덩달아 뛰는 격이다. 다른 집 아이들은 과외를 두 개, 세 개씩 시킨다는데(서울 사람들의 어떤 경우엔 한 아이에게 열 두개, 열 세 개씩 과외를 시키는 경우가 있다고도 들었다.) 우리 집 아이는 과외 공부 한 과목도 시키지 않으니 괜스레 뒤진 것 같고 못난 것 같아 보인다. 그래 궁색한 살림을 쪼개어 너도나도 할 것 없이 과외에 투자한다. 여기서 과외유행이란 것이 생기기도 한다. 그러면서 끝없이 자기 집 아이를 남의 집 아이들과 상대적으로 비교하러 든다. 그러나 아이를 상대적으로 비교하는 것은 그다지 현명한 일이 아니다. 왜 인간의 가치를, 자기 자식의 능력을 다른 아이들과 외형적으로, 그것도 상대적인 잣대로 재려하는가? 상대적 평가, 타인비교의 끝은 불행감이다. 불행감의 확대 재생산일 뿐이다.

알고 보면 아이들에게 과외를 시켜야만 되는 근원적인 요인은 놀랍게도 아이들에게 있지 않고 부모들의 불안심리에 있다. 다른 아이들이 하니 우리 집 아이들도 어쩔 수 없이 따라 한다는 식으로 과외를 시키고 남들보다 더 많은 과외를 시키니까 안심이 된다는 식으로 과외의 과목 수를 늘려나간다. 그러나 과외의 과목 수와 시간의 양만 늘인다 해서 아이들의 실력이나 성적이 나아진다는 보장은 없다. 다만 그건 부모들의 자기위안과 자기기만일 따름이다. 애당초 아이들에게 공부를 잘할 수 있는 바탕을 길러주는 게 부모들이 먼저 해야 할 일이다. 오래전, 초등학교 저학년 아이들을 담임했을 때의 경험에 비추어보면 지능으로 보아서는 우수한데 공부가 전혀 안 되는 아이들을 여럿 만난 적이 있다. 그런 아이들 치고 정서적으로 안정되어 있지 못하고 공부할 수 있는 기본적 태도가 되어있지 않는 아이들이다. 도무지 선생님이나 다른 아이들의 말을 귀담아 들으려 하지 않고 제멋대로 행동하고 저 하고 싶은 대로 말하는 아이들인 것이다. 이런 아이들은 대개 어머니 쪽의 육아방법이나 생활방식에 문제가 있는 경우이다. 사람은 다른 사람의 말을 귀기울여 듣는 태도와 능력이 중요하다. 세상의 많은 정보가 듣는데서부터 출발하게 되는 것이고, 공부한다는 것은 어른의 말을 잘 듣는다는 것에 지나지 않기 때문에 그렇다. 어려서 남의 말을 잘 들을 줄 아는 태도와 능력을 길러주는 것은 평생동안 세상을 잘 살아갈 수 있는 첫 번째 단추를 끼워주는 일과 같다(언어학습의 위계로 보아서도 '듣기→말하기→읽기→쓰기' 의 순서로 발달한다는 것이 정설이다). 그렇기 때문에 아이들은 학교에 들어오기 이전에 다른 사람의 말을 잘 들을 수 있는 마음의 능력과 태도를 갖추어야 한다. 이러한 일이야말로 어머니가 사랑하는 자식에게 해주어야 할 가장 우선적인 교육이고 가장 값진 노력인 것이다. 이같이 듣기를 잘해야 공부가 잘 되는데 듣는 능력이 시원치 않고 심지어 듣기를 거부하는 아이들이 어찌 좋은 공부를 할 수 있겠는가! 또한 이런 아이들을 과외공부로 몰아세우고 다그친다 해서 실력이 늘고 성적이 오를 리는 결단코 없는 일이다.

우리 집의 경우지만 우리 아이들은 과외란 것을 별로 경험하지 못하고 자랐다. 큰아이는 중학교 1학년 여름방학 때 한 달 동안 보충수업 삼아 학원에 다닌 게 고작이고, 둘째 아이는 초등학교 4학년 때 3개월 간 피아노학원에 다닌 게 과외의 전부이다. 그 대신 우리 내외는 아이들 곁에서 아이들이랑 함께 책을 읽었다. 아이들이 TV 보는 것을 좋아해서 아예 TV를 떼어 벽장에 넣고 7년 동안을 살았다. 그래서 우리 부부는 그 당시 인기 절정이었던 연속극 〈여명의 눈동자〉를 알지 못한다. 컴퓨터도 두 아이가 다같이 대학교 입학한 뒤에 사주었다. 그랬는데도 우리 아이들은 좋은 성적으로 국립대학에 들어가 주었고 지금은 컴퓨터 조작도 아주 잘할 줄 안다. 누구는 그럴 것이다. 그것은 특수한 경우이고 옛날의 이야기이니까 그렇다고⋯⋯. 그것이 설령 그렇다 쳐도 나는 오늘의 젊으신 부모님들에게 말하고 싶다. 우선, 집안에서 자녀들과 함께 책을 읽는 시간을 많이 가지라고. 또 자녀들과 대화하는 시간을 많이 가지라고. 본보기로서 아이들을 이끌고 이야기로서 부모가 자식을 기르고 가르치는 것은 아주 오래된 훌륭한 교육이고 오늘에도 여전히 유용한 방법이다. 그래야만 인내심도 늘어나게 되고 듣는 태도나 능력도 길러지게 된다. 왜 자기 자녀의 교육을 남에게만 맡기러 드는가? 우선은 부모가 책임을 지고 함께 고민을 하면서 자기 방식대로 가르치려고 노력해야 한다. 과외공부만을 선호하고 그쪽으로 아이들을 내모는 일은 공교육을 무력화시키는 일이기도 하지만 자기자식에 대한 교육을 처음부터 포기하는 일과 같기에 하는 한 마디 고언苦言이다.

(02.01.04)

1997. 1. 8, 교감으로 근무할 때 논산 호암초등학교 아이들을 데리고 대전 KBS방송국 동요 대회에 나간 적이 있었다.

스승의 날 유감

올해도 어김없이 오월은 돌아왔고 스승의 날은 다가오고 있다. 신록의 계절, 오월의 한 중심에 자리잡은 스승의 날. 그러나 선생을 하는 사람들은 스승의 날이 하나도 반갑지 아니하다. 징그럽기까지 하다. 차라리 없었으면 좋았을 날이 스승의 날이고 소리소문 없이 지나가 주셨으면 빌고 싶은 날이 스승의 날이다. 애당초 왜 스승의 날이었겠는가? 선생 하는 사람들을 위로해 주고 쳐진 어깨를 좀 받쳐주자는 좋은 뜻으로 그랬을 것이다. 그러나 해마다 스승의 날만 되면 이러쿵저러쿵 말들이 많다. 촌지가 어떠니 학교 사회가 부패했느니 듣기조차 민망한 말들이 오고 간다.

도대체 선생 하는 사람들은 무엇으로 살겠는가? 그 무엇보다도 명예를 위해서 산다. 명예는 그냥 그대로 저절로 이루어지는 것이 아니다. 그 자신 각고의 노력이 있어야 하고 타인의 인정과 배려 속에서 자라는 것이 명예이다. 또 곱게 아름답게 지켜야만 오래 빛이 나는 것이 명예이다. 이러한 명예가 스승의 날을 맞아 오히려 금이 가고 얼룩이 생긴다는 것은 참 속상한 일이다. 또 아이러니컬한 이야기이기도 하다. 왜들 이러는지 모르겠다. 내둥 잠자코 있다가도 스승의 날만 가까워지면 교육이 어떠니 교직사회가 어떠니 생뚱맞은 얘기를 들고 나오고 선생들이 부패했다느니 아니니, 그래서 영 못쓰겠다느니 따지러 들고 무언가 구린내라도 좀 맡아보자는 식으로 코를 킁킁거리며 덤빈다. 누가 촌지를 달라고 손을 내밀기라도 했단 말인가! 스승의 날에 선생들은 지은 죄 없이도 모두 죄인의 마음 자리에 서게 된다.

촌지가 무언지 그 말뜻조차 깡그리 모르는 순진한 시골 아이들에게까지 촌지 안 주고 안 받기 운동에 대한 훈화를 해보자는 것은 아무래도 지나친 생각이다. 조회시간에 '큰바위 얼굴'에 대한 이야기, 파브르 선생의 어린 시절 이야기, '오세암'에 대한 이야기를 듣고 눈물을 글썽거리기도 하고 안타까운 마음으로 한숨을 내쉬기도 하는 우리 학교 아이들. 학교 홈페이지에 교장선생님으로부터 너무도 좋은 이야기를 들었노라고, 나도 나중에 커서 훌륭한 사람, 착한 일 좋은 일 하는 사람이 되겠노라 다짐하는 길고 긴 훈화 감상문을 적어 넣는 우리 학교 아이들에게 느닷없이 얘들아, 너희들 선생님한테 돈 봉투를 가져다 주면 안 된다는 내용으로 훈화를 들려준다면 그 아이들은 나를 어떻게 생각할 것이며 학교 홈페이지에는 또 무어라고 써 넣을 것인가.

교육이란 그렇게 말처럼 생각처럼 쉽게 되는 것이 아니다. 빠른 시간 안에 큰 효과가 나오는 것도 아니다. 진득하게 참고 기다려야만 그 내밀한 부분을 보여주는 것이 교육이다. 충분한 시간을 요구하는 것이 교육이고 오늘보다는 내일의 꽃으로 피어나는 것이 교육이다. 교육을 위해서는 대결적인 분위기보다는 조화와 상생의 풍토가 중요하다. 네 잘못, 남의 탓을 하기보다는 내 잘못, 내 탓을 하면서 관점을 밖으로보다는 안으로 돌려야 좋은 해결의 실마리가 열리는 것이 교육이다.

나는 올해로 꽉 찬 교직생애 40년을 맞는다. 참 오랫동안 한 가지 직장, 한 가지 일에 매달리며 살아온 세월이다. 여섯 살 어린 나이로 드나들기 시작한 학교를 아직까지 다니고 있다. 물론 앞부분은 배우러 다녔고 뒷부분은 밥벌이로서 다른 사람들을 가르치기 위해서 다닌 학교다. 그러나 앞으로 3년만 지나면 나도 기나긴 학교생활을 졸업하고 교문을 나서게 될 것이다. 그렇게 되면 자동적으로 스승의 날은 과거형이 될 것이고 스승의 날마다 쭈뼛거리는 마음으로 받던 한 송이의 붉은 카네이션도 받지 않게 될 것이다.

그렇지만 그때가 되어도 여전히 나에게 남는 부분이 있다. 제자들이요, 제자들과의 추억이다. 이제는 함께 머리칼이 희어지고 주름살이 늘어가는 제자들. 청년교사 시절 저 경기도 북쪽 마을, 임진강 가까운 궁벽진 시골학교에서 만났던 제자들. 평소에는 깍듯이 선생님이라고 부르다가도 술이라도 한 잔 함께 취하게 되면 은근슬쩍 형님이라고 호칭을 바꾸어 불러주는 제자들. 그런 제자들이 있기에 나의 인생 후반은 쓸쓸하지도 않고 후회스럽지도 않다. 나의 제자들은 가끔 나의 회갑과 정년의 나이를 묻곤 한다. 회갑잔치와 정년 퇴임식 가운데 하나는 자기네들이 꼭 맡아서 챙겨주겠다는 뜻에서다. 선생에게 있어서 제자들은 소중한 재산이요 명예의 뿌리다. 나는 가끔 혼자서 중얼거려보기도 한다. 제자들아, 고맙구나. 그대들이 있어 나는 얼마나 느긋하고 한가롭고 마음 편한 늙은이인가. 그리고 보면 교직이란 것은 또 얼마나 아름다운 것이며 소중한 삶의 터전이겠는가······.

(04.05.14)

2004. 8. 31, 4년 동안 근무했던 상서초등학교를 떠나던 날 아이들로부터 꽃다발을 받고.
왼쪽은 함께 이임한 진양신 선생님이다.

2004 11. 4
따로—룰

제3부

올해도 맹꽁이 울음소리를 들었다

계림桂林에 다녀왔습니다

지난 2월 1일부터 4일까지 3박 4일 동안(2002년), 중국이 아름다운 자연이라 자랑하며 내세우는 계림에 다녀왔다. 실상 계림은 그 동안 그림 그리는 친구들로부터 여러 차례에 걸쳐 귀에 익게 들어온 바 있는 이름이다. 참 아름다운 고장이니 한 번쯤 다녀오는 게 좋겠노라고……. 그래 오랜 세월 마음 속에 간직하고 살면서 언제든 한 번은 가보리라 별러온 마음 속 비경秘境이기도 했다. 이번의 중국 행은 큰맘을 먹고 글 쓰는 후배와 동료들이랑 어울려 찾아나선 여행길이었다.

계림은 중국 대륙의 남부에 위치한 고장으로 베트남과 국경을 맞대고 있는 아열대 지방이다. 비행기에서 내려서면서부터 계림은 사뭇 색

다른 풍광을 앞세워 우리를 맞아주었다. 우선 기온이 달랐고 나무들이 달랐다. 푸른 이파리인 채로 서 있는 야자나무며 파초, 그리고 계수나무 수풀이 유난히 많이 눈에 어른거렸다. 여기저기 대나무 수풀이 많이 보였는데 그 쪽의 대나무는 우리나라의 그것과는 달리 몸통이 무척이나 굵었고 한 포기에서 수십 개가 한꺼번에 나와서 군생群生을 이루는 그런 장관의 대나무였다. 우리나라는 겨울철이 한창인데 그곳은 우리나라의 3월 말이나 4월 초쯤 되는 날씨 가운데 매화나 자두 같은 봄꽃들이 한창 피어나고 있었고 또 농부들은 서서히 농사준비를 서두르고 있는 모습이었다.

천하 제일의 산수답게 계림의〔桂林山水甲天下〕산과 들과 강물은 참으로 빼어나게 맑고도 아름답고 또 기이하기까지 했다. 복파산, 상비산, 첩채산 등 계림 시내 지역의 내노라는 명승이며 천년 수령의 대용수大榕樹, 양삭陽朔과 서가西街, 이프의 풍어암동굴, 관암산동굴, 맑고 맑은 리강漓江의 뱃놀이……. 눈이 가는 곳마다 명승이요 가도가도 절경이었다. 어찌 사람의 말로 계림의 자연의 아름다움을 다 표현할 수 있으랴……. 지금까지 수없이 보아오던 동양화나 병풍 속 그림을 눈앞에서 실지로 대하는 듯 싶었다. 오밀조밀하게 솟아오른 산과 수풀과 강물과 들판이 가로막아서고 또 가로막아서는 것이었다.

흔히 우리가 산이라고 하면 일단 둥시럿이 솟아오른 언덕이나 등성이를 떠올리고 그 위에 서 있는 산을 생각하게 마련인데 계림의 산들은 그냥 지평선 위에 불뚝 솟아오른 그러한 산들이었다. 그것은 지금까지 우리가 지니고 있던 산에 대한 일반적인 개념이랄지 모델 같은 것을 완전히 뒤엎어버리는 그야말로 기상천외의 산이었었던 것이다. 그것은 마치 삼각뿔이나 원뿔을 깎아 세운 것 같기도 했고 전라도 땅에 있는 마이산을 축소시켜 여러 개 늘어놓은 듯한 모습을 하고 있었다. 우리나라의 산이 사람을 감싸안아주고 사람의 가슴속으로 안겨드는 푸근하고 부드러운 모성의 산이라면 계림의 산은 부드럽기는 하지만 하늘을 향해 주먹을 내지르는 듯 공격적으로 솟아오른 산들이었다. 또 그것은 어찌 보면 사람과 맞서는 듯 우뚝 솟아올라 인간의 내부 풍경을 은근슬쩍 기웃거리며 들여다보는[규시窺視하는] 불안하기 짝이 없는 산들이었다.

처음에는 한두 개의 산만 차창에 나타나도 그 새로움과 아름다움에 눈이 크게 떠지고 입이 벌어졌다. 그러나 고만고만 지천으로 다가왔다 사라지는 올망졸망한 산들을 두고서는 한나절이 못 가서 물려버리고 마는 마음이 거기 더불어 기다리고 있었다. 오히려 진기함의 절경이 단조로운 느낌을 주었다고나 할까……. 참, 사람의 마음이란 것은 간사스러운 것이요 변덕스러운 것이구나 하는 것을 다시 한 번 느낄 수 있었다. 그러면서 아, 산이라고 하는 것은 우리나라의 그것이 참으로 어여쁘고 인간적이고 아리따운 게 아닌가 하는 생각이 떠올랐다. 일찍이 누군가 일렀듯이 비단실로 수를 놓은 것 같다는 우리나라의 산과 강물과 들판의 모습이, 그러니까 금수강산錦繡江山이라는 말이 하나도 거짓말이 아니었구나 하는 것을 다시 한 번 실감하게 하고 확인시켜주는 좋은 기회가 되었다. 계림의 자연에서, 사람들의 거리 어디에선가 물큰 비린내 같은 것을 느낀 것은 아무래도 내가 온대 지방의 내륙에서 오랫동안 살아온 사람이라 그러지 싶었다.

외국에 나가면 모두가 애국자가 된다는 말이 있다. 태극기, 애국가, 한복, 우리나라의 말, 우리나라의 노래, 우리나라의 음식 같은 것들이 나라와 민족의 소중한 느낌을 불러온다는 것이겠다. 마찬가지로 이번에 나에게 있어 계림의 여행은 오히려 계림의 빼어나고 아름다운 산과 들과 강물이 반대로 우리나라의 산과 들과 강물의 진정한 아름다움을 다시금 깨닫게 해주는 좋은 기회가 되었던 것이다. 참 그것은 여행의 소득 치고서는 엉뚱한 소득이었다 할 것이다.

요즈음 툭하면 큰길을 낸다고 산의 허리를 자르고 몸통을 자르고 하는 것들을 우리는 우리 주위에서 자주 보게 된다. 참 이건 오늘날 우리가 얼마나 한치 앞만 알았지 내일의 날을 제대로 바라보지 못하는가 하는 것을, 그 어리석음을 단적으로 보여주는 사례라 하겠다. 우리가 진정 우리 것으로 내세우고 자랑하고 사랑할만한 것이 우리의 산과 들과 강물을 제외하고 또 무엇이 있노라 하겠는가. 더 늦기 전에 진정으로 더 늦기 전에 우리 스스로 후회하고 뉘우치고 잘못 가고 있는 길을 돌쳐 바로잡을 일이다. 우리의 산과 들과 강물을, 그러니까 우리의 땅을 다시금 사랑하고 보살펴어 아름답게 가꾸어야 할 일이다. 그리하여 우리의 현명한 조상님들이 우리에게 순결하고 아름다운 땅을 자랑스런 유산으로 물려주었듯이 우리들 또한 우리 후손들에게 아름다운 땅을 부끄럽지 않은 유산으로 물려주어야 할 일이다. 나, 이번에 계림에 다녀왔습니다.

(02.02.14)

2002. 2. 2, 중국 남부지방의 명승지인 계림을 여행하면서의 한 컷. 이국적인 풍광에 온통 넋이 나가 있었다.

살구나무 안집

　내가 살고 있는 공주의 모습도 이제 많이 변했다. 한때 공주처럼 변하지 않는 고장이 없을 거라는 푸념 섞인 말도 했었지만 변하는 세상의 흐름에 공주라고 해서 예외일 수는 없었던 모양이다. 우선 거리가 넓어지고 밝아지고 반듯반듯해졌으며 또 건물도 헌칠해졌다. 시가지를 오가는 사람들의 모습도 활기차 보인다. 하지만 공주의 옛 모습을 아는 나 같은 사람은 왠지 섭섭하고 쓸쓸한 생각마저 든다. 그것은 한 낭만주의자의 복고취향일까. 공주의 옛 모습이, 또 거기에 오래 머물러 살았던 옛사람들이 문득 문득 몹시도 그리워질 때가 있다.

　오늘날 금강을 사이에 두고 금강 남쪽이 구舊 공주이고 북쪽이 신新

공주인데 구 공주에는 시내 중심부를 개울이 하나 가로질러 흐르고 있다. 이른바 제민천濟民川이란 이름의 개울이다. 공주는 이 제민천을 따라 시가지가 형성되어 있다고 해도 과언이 아니다. 제민천을 가로질러 놓여진 다리와 그 길을 따라가다 보면 공주의 구석구석 그 어느 곳에도 다다를 수 있기에 그렇다. 나의 집이 있는 동네는 공주의 금학동. 제민천의 상류 쪽이고 하류 쪽에 시가지와 상가가 밀집되어 있다. 우리 집에서 나와 제민천을 따라 한참동안 시가지 쪽으로 걷다보면 공주여고가 나오고 공주교대가 나오고 공주고등학교가 차례로 나오고 그보다 조금 더 내려가서 제민천 오른쪽길 옆에 유난히 큰 살구나무 한 그루가 우뚝 서 있는 집이 나온다. 나 혼자 속마음으로 '살구나무 안집'이라 이름지어 부르는 집이다.

이 집에 내가 공주에 와서 처음 담임을 해서 가르친 조명주란 아이가 살고 있었다. 그때 그 아이는 공주교대 부속국민학교 4학년. 가냘프고 잔작한 체구를 지닌 여자아이였지만 공부를 곧잘 하고 피아노도 잘 칠 뿐더러 마음씨까지 착하여 학급 어린이들이 좋아하고 잘 따르는 아이였다. 또 그 아이는 내가 처음 부임한 학교의 가을 예술제에서 「숲 속의 대장간」이란 제목으로 동극 지도를 해야만 했을 때 그 주인공 역할을 썩 잘 소화해준 아이다. 이래저래 명주와는 정이 들어 그 아이네 집을 자주 드나들었다. 담임을 했을 때뿐만 아니라 담임이 지난 뒤에도 가끔 명주네 집을 찾곤 했다. 그것은 명주의 부모님이 그럴 수 없이 선량하고 친절하여 늘 나를 반겨 맞아 주었기 때문에 가능한 일이기도 했다.

명주의 아버지는 공주사범대학 물리학과 교수였고 명주의 어머니는
집안 일만 돌보는 전업주부였는데 내가 가기만 하면 꼭 양주를 내놓고
술대접을 해주었다. 그런데 여기서 중요한 사실은 명주 아버지가 술이
라곤 전혀 입에도 대지 못하는 분이라는 사실이다. 그러니까 때마다 내
놓는 술은 순전히 아이들의 담임교사인(때로는 담임교사였던) 나를 대
접하기 위해 내놓은 술이었던 것이다. 어쩐 때 술을 마시다가 술이 남
으면 명주 어머니는 병마개를 곱게 닫으며, "선생님 이 다음에 또 지나
시다가 다시 들러서 남은 술 잡숫고 가시어요"라고 말하곤 한다. 어디
이런 인간관계가 흔하겠는가. 그럴 때마다 나는 얼마나 그 마음 쓰임이
고맙고 고마웠는지 모른다. 아예 학부형의 집이 아니라 먼 일가 친척의
집에 찾아온 듯한 편안한 느낌을 갖곤 하였다. 그래서 그랬던가. 그 뒤
나는 또 명주의 남동생인 정수를 다시 담임하여 가르치게 된다. 뿐이
랴……. 정수가 자라 어른이 되었을 때 정수의 결혼식 주례까지 맡아보
게 되었으니 인연 치고서는 꽤나 길고도 질긴 인연이라 할 것이다.

본래 명주네 집은 허름한 단층 기와집이었다. 기역자 모양으로 안채
가 있었고 조그만 사랑채가 앞쪽으로 튀어나와 있었다. 사랑채는 주로
명주 아버지가 기거하시던 공간이었는데 쪽마루가 딸려 있었고 쪽마루
앞에는 조롱박이 심겨져 있어서 줄을 타고 기어올라가 처마 밑에 조그

만 박 덩이를 그야말로 조롱조롱 매달고 있었다. 또 그 방의 벽에는 명주네 조상 가운데 한 분이신 정암靜庵 조광조趙光祖 선생의 글씨가 한편 정갈하게 표구되어 걸려 있었다. 고만고만한 아이가 셋이나 자라고 있는 집이었지만 언제나 그 집에서는 고요함과 정숙함과 맑은 기운이 흐르고 있었다. 내 얼마나 그 집의 그러한 분위기를 좋아했던가. 또 안방으로 통하는 마루는 널찍한 나무판자로 되어있었는데 그게 많이 낡아서 밟을 때마다 발바닥 아래에서 삐거덕 소리를 내곤 했다. 그래서 나는 곧잘 이 마루를 가리켜 링컨네 마루라고 농담을 던지기도 했다.

그러나 그 뒤 명주네는 아이들이 자라 집이 협소해지고 또 집이 낡고 그래서 그 집을 헐어내고 그 자리에 새로이 2층짜리 벽돌 양옥집을 올리게 된다. 옛집이 헐리게 됨이 조금쯤 섭섭하긴 했지만 그래도 그 자리에서 명주네가 아직 살고 있으니 그런 대로 그렇거니 참을 만했다. 헌데 아주 결정적인 일이 그 뒤에 일어나게 된다. 명주 아버지가 대학에서 퇴임을 하게 되고 명주를 비롯하여 세 아이가 모두 서울 쪽으로 거처를 옮기게 되자 자식들과 더 이상 떨어져 살 수 없게 된 명주네 부모님이 아이들을 따라 역시 서울 쪽으로 이사를 하게 되어 집이 팔리게 되면서부터다.

처음엔 누군가 살림을 들어 살겠거니 싶었는데 새로 집을 사들인 주인이 명주네 새로 지은 2층집을 부수는 것이었다. 그런 뒤 이제는 그 집이 헐린 공간에 건축용 자재를 쌓아두는 것이었다. 집은 헐리고 전혀 다른 풍경이 나타나게 된 것이었다. 누가 저 자리에 세 아이가 예쁘게 자라 어른이 된 집이 있었고 두 부부가 정답게 살았던 삶의 터전이 있었다고 믿겠는가. 다만 마당 한쪽 귀퉁이에 아직도 서 있는 커다란 살구나무 한 그루만이 그 집이 내가 오래전부터 '살구나무 안집'이라 불렀던 집이 있었음을 아주 힘겹게 증언하는 듯 서 있다. 이러고 보면 나도 꽤나 공주에서 오래 머물러 산 사람이 된다. 한 자리에서 집이 두 번이나 헐리는 것을 지켜보았으니 말이다. 날마다 버스를 타고 지나는 길. 명주네 집이 있었던 자리, 하늘 높이 솟아오른 살구나무가 눈에 들어오기만 하면 나는 나도 모르게 눈을 감아버리거나 고개를 돌리는 버릇이 새로 생겼다.

(02.04.24)

1982. 1. 18, 공주교대 부속국민학교 졸업식이 있던 날, 졸업하는 조명주와 함께. 나는 이 아이의 4학년 때 담임이었다.

제주은갈치집

모처럼 딸아이와 함께 버스를 타고 가는 길이었다. 딸아이는 벌써 6년째 서울서 학교에 다니며 공부하고 있는 아이이다. 차창으로는 시울시내의 거리 풍경이 비쳐지고 가지가지 간판들이 오고 갔다. 스쳐가는 간판들 사이에 아주 산뜻하고 특별한 간판이 하나 보였다. 제주은갈치집. 갈치요리를 해서 파는 집이겠거니 하는 생각이 들었다. 그런데 '갈치'란 말 앞에 붙어있는 '은'이란 말과 그보다 더 앞에 붙어있는 '제주'란 말에 신경이 쓰였다. 정말 저 집에서는 제주도에서 잡힌 은갈치 만을 요리해서 팔고 있는 걸까? 간판으로 보기로는 분명 그렇게 해석할 수도 있을 것이다.

제주은갈치집이라? 나는 옆자리에 앉아있는 딸아이한테 말을 걸었다. "민애야? 저기 간판 보이지? 제주은갈치집라구. 저 집에서는 제주도에서 잡힌 은갈치로만 요리해서 음식을 만들어 손님들에게 줄까?" "글쎄." 아이는 별스럽지도 않다는 듯이 시큰둥하게 말을 받아넘겼다. "그게 말이다. 정말 저 집에서는 제주도에서 잡힌 은갈치 요리만 팔까? 아니면 그냥 간판만 제주은갈치집일까?" "아빠는 별 것을 다 가지고 신경 쓰고 그러네. 그러니까 아빠 머리가 자꾸 빠지는 거야." 아이는 이제 나한테 핀잔 투로 말을 받는 것이었다. 몇 마디 이야기를 주고받는 사이, 제주은갈치집 간판은 버스 차창에서 사라져버리고 다른 간판들이 스쳐지나가고 있었다. 그러나 나는 여전히 제주은갈지집에 가면 정말 제주도에서 잡은 은빛 나는 갈치요리를 먹을 수 있는 건지 아닌 건지가 궁금한 마음이었다.

얼마 전 우리 고장에서도 이와 비슷한 일이 있었던 것을 기억한다. 그 집도 역시 음식점이었는데 품목이 돼지고기 요리였다. 헌데, 그 집의 간판에 들어있는 '멧돼지'란 말이 문제가 되었다. 간판에는 멧돼지라고 써놓고 왜 멧돼지 고기를 안 주는 거냐고 손님과 주인 사이에 실랑이가 붙었다. 그러자 주인의 대답이 아주 걸작이었다고 한다. 간판에 멧돼지란 말이 들어간 것이지 우리 집에서 꼭 멧돼지 고기를 판다고 하지는 않았다는 것이다. 참 이렇게 되면 더는 할 말이 없는 것이다.

간판이란 것은 그 가게의 이름이고 얼굴이다. 하나의 약속이기도 하고 상징이기도 하다. 그러므로 간판은 진실해야 하고 믿음이 있어야 한다. 간판에는 이렇게 써놓고 파는 물건이나 내놓는 음식이 저러하다면 그것은 아무래도 곤란한 일이라 하겠다. 간판은 진실해야 하고 물건을 파는 일도 진실해야 한다. 이러한 조그만 일에서부터 우리는 믿음을 키워야 한다. 그날 딸아이와 함께 서울 거리에서 본 제주은갈치집. 그 집에서는 정말로 제주도에서 잡은 은갈치 요리를 팔까? 아니면 원양어업에서 잡은 갈치, 등허리에 둥그스름한 뼈가 두어 개 박힌 국적불명의 갈치로 만든 갈치요리를 팔까? 그것도 아니라면 갈치 요리와 함께 그저 이것저것 해물요리를 섞어서 팔까? 나는 딸아이가 세 들어 살고 있는 원룸으로 향해 가면서도 자꾸만 그것이 궁금해졌다.

(04.02.05)

2003 .3. 2, 대전의 후배시인 김백겸 씨와 시골주막에 들러 마주앉아 막걸리 한 잔. 이 사진은 동행했던 울산의 정일근 시인이 찍어주었다.

뽕나무밭이 변하여 푸른 바다 된다2

상전벽해桑田碧海란 말이 있다. 글자 그대로의 해석이라면 '뽕나무밭이 푸른 바다같이 우거져 있다'가 될 것이지만 사전적인 해석은 '뽕나무밭이 변하여 푸른 바다가 된다', 또는 '세상살이의 덧없음' 정도다. 글자 풀이가 어찌되었든 좋다. 내가 살고 있는 공주시 금학동 짐학골(금학동의 원음이거나 잘못 발음된 표기일 것이다.)의 형편이 그렇다.

처음 내가 이곳에 이사와서 살기 시작하던 70년대 후반만 해도 이곳은 밝은 불빛 대신 달빛이 좋았고, 차 소리와 사람들 소리 대신 개구리 울음소리 여치 울음소리가 장히 좋았던 시골 마을이었다. 집 가까이 맑은 물의 개울이 있어 가지가지 물고기들이 숨쉬고 있었고, 마을 아낙들은 거기 나와 김칫거리도 씻고 빨래감도 헹구었다. 납작납작한 집들이 이마를 마주 대고 이야기를 하듯이 줄지어 서 있었고, 밤이 오면 거기에 알전등불이 켜지고 도란도란 가난하지만 정겨운 이야기들이 구수한 된장국 냄새처럼 골목길까지 번져 나오곤 했었다. 또, 개울 건너로는 여자고등학교가 있긴 했지만 경지정리 안 된 논들이 가로놓여 있었고 드넓은 밭에는 정말로 뽕나무들이 심겨져 있어서 초록빛 바다물결을 이루고 있었다. 골목을 따라 조그만 구멍가게들이 있었고 연탄가게가 있었고 떡방아간 같은 것들이 자리잡고 있었다. 볼일이 있어 외출했다가도 이 금학동 어름에 오기만 하면 후유, 한숨이 저절로 쉬어지고 마음이 편안해지곤 했던 나다.

우리가 살던 집도 그러한 금학동 풍경 속 한 귀퉁이에 있었다. 금학동 186-6번지. 6·25 전쟁 이후 무주택자들을 위해 미국의 구호물자를 받아다가 지었다는 이른바 후생주택이란 이름으로 불리던 집. 조그만 방 세 칸에 부엌이 하나. 그것도 다 헐어져 가는 집을 사서 두 번씩이나 수월찮은 돈을 들여 고쳐서 살던 집이다. 아마도 아파트로 이사오기 전까지 11년쯤 살았지 싶다. 하지만, 우리 네 식구는 그 집에서 가난하고 불편하고 고생스러운 대로 행복했었다. 아내가 한 번을 더 수술을 하고 내가 또 수술을 하고 큰아이가 아파 대학병원에 입원을 했지만 아이들은 그런 대로 잘 자라주었고, 나는 그 집에서 두 번씩이나 문학상을 받았고 통신대학과 교육대학원을 졸업하고 초등학교 교감시험에 합격하여 교감으로 승진도 하였다. 또 장학사가 되기도 하였다.

비좁은 마당 한 모퉁이에는 두 그루의 감나무가 서 있었다. 물론, 전에 이 집에서 살던 사람들이 심어놓고 간 감나무들이다. 지붕의 키보다도 훨씬 높게 자라 있어서 그늘이 좋았다. 봄이면 야들야들 새잎이 나는 것이 그렇게 보기 좋았고 가을이면 단풍이 들어 낙엽 지는 것이 보기 좋았다. 여름이면 가난하고 또 가난한 우리 집 네 식구에게는 그 감나무 아래가 유일한 피서지였다. 부채와 선풍기로 더위를 쫓으며 모기와 파리를 쫓으며 보내던 많은 여름날들의 추억이 거기 있었다.

그런데 지금은 어떠한가? 어디에서도 금학동의 옛 모습을 찾아볼 수가 없다. 개울은 반듯하게 포장되었고 논과 뽕밭이 있던 자리엔 키 큰 양옥집과 아파트들이 들어섰고 넓은 도로가 뚫렸다. 누가 저 개울에서 버들치가 놀았고 메기와 자라까지 잡혔다고 믿겠는가? 초록빛 바다물결을 이루던 뽕나무밭이 거기 있었을 거라고 생각하겠는가? 얼마 전에는 뽕나무밭 자리를 가로지르던 2차선 도로를 4차선 도로로 바꾸었다. 그리고 소방도로를 낸다고 우리가 살던 집, 그쪽 줄에 서 있던 집들을 몽땅 헐어버렸다. 그것은 어느 날 아침에 자고 일어나 보았더니 그렇게 되어 있었다. 우리가 살던 집이 헐린 것은 말할 것도 없는 것이었다. 감나무 두 그루도 베어지고 없었다. 이제는 내 마음 속 기억의 창고에서만 존재하게 된 우리가 살던 금학동 186-6번지, 그 후생주택과 감나무 두 그루.

허긴 나 자신도 이런 소리 막 대놓고 할 자격은 없는 사람이다. 11년 동안이나 살던 집을 팔아버리고 이제는 아파트로 이사와서 살고 있는 게 또 10년 세월이 넘지 않는가! 그리고 보니 내가 공주시 금학동에 와서 살기 시작한 것도 24년째다. 그러니 마을의 모습만 바뀌었다고 투덜대서 무엇하랴……. 상전벽해라! 뽕나무밭이 변하여 푸른 바다가 된다고……. 어린 사람들 자라 어른 되고, 또 늙은이 되어가고 있다고……. 입으로만 종알종알 잘도 외우면서 마음으로는 영판 따라가지 못하는 나 같은 인간은 이 마당에서 또, 얼마나 어리석고 뒤떨어진 인간이겠는가!

(02.07.23)

1993. 4. 5, 한식날을 맞아 고향의 산소에 빗돌을 세우던 날, 내 대신으로 어른들과 일을 하고 있는 아들 병윤이의 의젓한 모습(맨 앞에 서 있는 사내 아이). 이때 병윤이는 고등학교 2학년이었다.

속도를 줄여야 산다

학교 컴퓨터실에서 아이들이 컴퓨터 수업을 하는 것을 보았다. 인터넷으로 학교 홈페이지를 불러내어 이메일도 보내고 게시판에 의견도 올리고 하는 공부다. 컴퓨터에 열중하고 있는 아이들을 바라보고 있는 나의 눈에 놀라운 모습 하나가 들어왔다. 인터넷이 빨리 불려나오지 않으니까 한 아이가 자판기를 심하게 두들기다가 나중에는 컴퓨터 모니터를 탕탕 소리나게 패대는 것이었다. 컴퓨터가 얼마나 빠르고 편리한 기계인가. 그 짧은 기다림의 시간을 참지 못하고 아이가 저러는 걸 보면 우리네 어른들의 빨리빨리, 그 조바심 병이 아이들한테도 얼마나 깊숙이 스며들었는지 짐작하게 된다.

요즘 우리들은 누구든 그 무엇이든 진득하게 참을성 있는 구석이 없다. 그저 빠르게 직선으로 내달려야만 직성이 풀리는 우리들인 것이다. 우리들의 이 조바심병은 길거리에 나가보면 대번에 알 수가 있다. 사거리 같은 데서 신호 대기하던 자동차가 일 초만 머뭇거려도 뒤에 있는 차들이 빵빵거리고 식식거리며 야단을 친다. 그렇게 빨리 서둘러 가서 무엇을 하겠다는 건가. 아스팔트 위에 올라서기만 하면 차들은 으르렁 거리며 내달리는 맹수가 된다. 분노에 이글거리는 총알이 된다. 그건 너나 내나 가릴 것 없이 그렇다. 웬만치 차가 빨리 달려선 빨리 달린다는 실감을 전혀 느끼지 못하는 우리들이다. 우리는 지금 모두 속도 불감증에 걸린 것이다.

속도를 좀 줄일 수는 없을까. 빨리 가고 싶어하는 마음을 조금씩만 포기할 수는 없을까. 요즘 자동차 도로를 새로이 만드는 걸 보노라면 참 가관이란 생각이 든다. 예전엔 마을도 피해서 가고 골짜기도 피해서 가면서 길을 만들었는데 요즘엔 기술이 발달해서 그런지 막무가내기 식이다. 잣대로 줄을 긋듯이 그어 마을이고 산이고 길이고 강이고 할 것 없이 건너 뛰어가고 마구잡이 식으로 잘라낸다. 그저 넓게 곧게 빠르게 하는 것만이 지상 목표다. 요인이야 여러 가지 있겠지만 상당부분 미국식 문화와 정신의 영향이 크다 하겠다. 미국 문화의 근본은 직선과 속도에 있다. 그래서 효과제일주의, 속도제일주의로만 나아간다. 지극히 동물적이고 찰나적, 향락적이다. 또 폭력적이고 외설적이기도 하다.

이것은 헐리우드 영화만 보아도 그렇다. 치고 받고 때리고 부수고 부둥 켜안고 헐떡거리는 동물적 야성만이 가득한 것이 헐리우드 식 영화다. 폭파장면이 나오고 총 맞고 죽는 사람이 나와야만 영화가 끝나는 것이 그들 영화의 전형이다.

그런데 문제가 되는 것은 우리 자신이 이러한 헐리우드식 분위기가 아니면 만족을 하지 못한다는 데에 있다. 어느새 미국식 문화가 우리들 정서 깊숙이 들어와 놀고 있는 것이다. 이런 면에서 우리는 미국 문화의 식민지 백성이 아니라고 우길 재간이 없다. 우리의 문화와 정신은 곡선에 있고 뜯들임과 삭힘에 있다. 모두 굽어가는 길이다. 멈추었다가는 과정이다. 굳이 이런 얘기를 하기 위해 중국 문화는 포옴〔形〕에 있고 일본 문화는 칼라〔色〕에 있고 한국 문화는 라인〔線〕에 있다고 설파한 일본인 학자 야나기무네요시柳宗悅의 묵은 학설을 들출 것까지도 없다. 우선 우리의 산이 둥글고 부드럽고 곡선이다. 그래서 하늘이 둥글고 부드럽고 깊고 강물과 길과 들과 사람의 삶까지도 둥글고 부드럽고 깊숙한 맛이 나는 것이다. 여기서 바로 우리의 태극문양太極紋樣이 비롯되는 것이다.

우리가 오늘날 우리의 산이고 강이고 들판이고 마을이고, 심지어 조상의 무덤이고 할 것 없이 마구잡이로 자르고 타고 넘어가는 큰길 만들기, 그 경쟁과 유행을 우리의 후손들은 과연 잘했다 칭찬해 줄 것인가?

아니면 나무랄 것인가? 그때까지 살아보지 않아서 모르긴 모를 일이로 되 자못 걱정스러운 노릇이다. 우리에겐 우리의 아기자기 금실로 수를 놓은 듯한 산과 강, 그러니까 금수강산만이 재산이요 보배다. 그걸 아직껏 깨닫지 못했다면 우리는 분명히 어리석고 한심한 백성들이다.

언젠가 영국 나들이를 한 적이 있다. 의외로 그들의 도로는 로터리식으로 돌아가는 길이 많았고 외통수길이 많았다. 자동차 한 대가 겨우 지나갈 만한 길들을 그대로 놔둔 채로 중간 중간 오십 미터쯤 간격을 두고 차들이 서로 비켜가도록 공간을 만들어 놓은 걸 보았다. 그건 런던에서 써섹스대학을 찾아가는 지름길이 그랬고 세계적 문호인 세익스피어가 젊어서 글을 썼다는 그의 처갓집, 그 붐비는 관광지로 가는 세계적인 관광도로도 마찬가지였다. 더욱 충격적인 소식은 옥스퍼드로 들어가는 시가지 길을 4차선이었던 것을 오히려 2차선으로 줄이고 나머지 2차선 도로를 인도로 편입, 활용하겠다는 계획이었다. 그 뒤에 영국을 가보지 않았으니 그 계획이 실천되었는지 아닌지는 모를 일이로 되 영국 사람들 나름대로의 고집스럽고 독특한 생활방식, 사고방식을 엿보는 사례라 할 것이다.

참말로 비행기 타고 열 몇 시간 비싼 돈 들여가면서 지구 저편까지 가서 그런 것도 제대로 배우지 못하고 돌아온다는 것은 한심한 일이고 쑥맥 같은 일임에 분명하다. 이대로는 안 된다. 이대로 가다간 우리 모두가 망가지고 만다. 끝내 충돌하고 만다. 지금 우리는 무한궤도를 무제한 속도로 달리는 고장난 자동차들이다. 속도를 줄여야 한다. 쉬엄쉬엄 숨을 돌리며 가야한다. 그 길만이 우리가 살길이다. 우리도 이제는 충분히 그럴 때가 되었다. 생각해 보시라. 넓고 곧은길을 갈 때 차가 더 사나워지는가? 아니면 좁고 굽은 길을 갈 때 차가 더 사나워지는가? 좁은 길, 굽은 길에서는 차들도 사람들도 다 온순해지고 착해진다. 겸손해진다. 우리는 본래 그런 백성이었다. 굽은 길, 좁은 길, 에움길에서 우리의 어질음과 겸손과 염치와 예의가 태어났다. 늦기 전에 돌아가야 한다. 생각을 바꾸고 삶의 방향을 바꾸고 행동을 바꾸어야 한다. 속도를 줄이자. 조금씩만 포기하자. 그렇지 않으면 죽는다. 속도를 줄이는 길만이 우리가 살길이다.

(02.05.26)

2005. 3. 26, 제주도 복수초 군락지에서 아내와의 망중한忙中閑. 언제든지 아내는 나에게 보이지 않는 마음의 동행자요 후견인이었다.

쓰레기통으로 들어가는 꽃다발

　세상이 깨지고 마는 것은 아닐까? 자연은 자연대로 엉망이고 인간의 일 또한 그러하다. 정말 이대로 가다가는 우리들 세상이 그만 깨져버리는 게 아닐까 걱정스럽다. 세상 그 어느 곳에서도 희망의 조짐은 찾을 길이 없다. 지난 겨울 눈다운 눈도 한 번 내리지 아니했을 뿐더러 내리내리 사계절 가물었으니 오는 봄의 가뭄을 어떻게 넘기며 산불의 계절을 어떻게 견딜 것인가. 또 올해는 지방선거에다가 대선이 기다리고 있으니 그 혼란과 먹물의 세월을 어떻게 건널지 걱정이다. 솔직히 말해서 나는 우리나라 사람들 아직은 민주주의 제대로 할 자격이 없는 사람들이라고 생각한다. 지방자치제만 해도 그렇지. 남북통일, 동서화합은 고사하고 시·도 단위, 시·군·구 단위로 갈라져 소왕국의 돌담을 쌓아올리며 으르렁대고만 있으니 도깨비장난이 따로 없지 싶다. 집단이기주의와 지역이기주의만 부풀린 게 또 풀뿌리 민주주의가 그동안 이룩해 놓은 공로다. 나만 좋으면 제일이고 우리 패거리만 배부르면 그만이라는 식이니 이걸 도대체 어찌하면 좋을지 모르겠다.

법을 만드는 사람들이 국회의원들인데 법을 제일로 지키지 않는 사람들이 그들이고, 권력을 지키면서 휘두르는 사람들이 판검사들이요 경찰관들인데 권력 앞에서 제일로 굴절하기를 좋아하는 것이 또한 그들이라고 국민들은 말한다. 또 나라의 앞날을 걱정하며 국민의 봉사자로 자임하는 것이 공무원들인데 나라의 일과는 무관하게 개인의 영달 편에만 눈길이 가 있고 봉사하는 정신과는 제일로 멀게 일하는 사람들이 공무원이라고 국민들은 믿고 있다. 무슨 게이트다 무슨 리스트다 폭죽처럼 터져나오는 일련의 정치적 권력형 사건들을 도대체 높은 자리에 있는 사람들, 권력을 누리는 사람들은 어떻게 설명해 줄지 모르겠다. 오늘날 높은 자리, 권력있는 자리에 앉아있는 사람들 모두가 부정부패와 관련되어 있다고 믿는 게 국민들의 생각임을 그들이 아는지 모르는지 알 수가 없다.

우선 그들에겐 도대체 애국심이라는 게 별로 없는 것 같다. 나라 사랑의 마음 겨레 걱정의 마음이 눈꼽만큼이라도 있었다면 저러지는 않았을 것이다. 아니다. 애국심은 고사하고 인간 신뢰의 기본적인 자질마

저 갖추고 있지 않는 것 같다. 오늘날 우리가 사는 세상이 이토록 어지럽게 흔들리는 것은 무엇보다도 우리에게 인간에 대한 믿음이 없어서 그렇다. 나만 생각했지 다른 사람의 입장과 처지를 생각해 주지 않아서 그렇다. 이기주의 가지고서는 안 된다. 잔뜩 돈독이 오른 우리들. 돈만 된다면 무슨 일이든 서슴치 않는 우리들. 그건 너나 할 것이 없고 높고 낮은 사람 차이가 없는 것 같다. '법은 멀고 주먹은 가깝다.'는 옛말이 있는데 요즘 세상은 '법은 멀고 돈은 가깝다.'이다.

며칠 전 딸아이 대학 졸업식이 있어서 서울에 다녀왔다. 딸아이가 다닌 학교는 서울대학교. 정문을 들어서다가 깜짝 놀랐다. 한 떼의 심상치 않은 사람들이 보였기 때문이다. 축하객으로 법석을 이루고 있는 정문 광장에 그들은 머리에 띠를 두르고 더러는 마스크 차림으로 배낭을 메고 진을 치고 서 있었다. 며칠을 두고 깎지 않았는지 수염이 덥수룩한 얼굴들도 보였다. 철도노조와 발전노조가 민영화에 반대하여 농성을 한다더니 바로 그 사람들이었다. 딸아이와 찾아간 인문대학 건물. 거기에도 그들은 있었다. 대학 구내 구석구석, 휴게실이라든지 강의실이라든지 여기저기에 있었다. 더러는 누워서 잠을 자고 있었고 더러는 담배를 피우고 있었고 또 화장실 세면대 앞에서 세수를 하거나 칫솔질을 하고 있었다. 참으로 딱하다는 생각이 들었다. 남의 학교, 그것도 졸업식이 있는 학교 구내에 들어와 농성을 하다니! 하지만 저들에겐 저 일이 절체절명絶體絶命의 중요한 일일 터이다. 죽느냐 사느냐 갈림길의 일일 것이다. 오죽하면 저러하랴 싶은 생각이 들었다. 이럴 때 정부 편을 들어야 할지 저 사람들 편을 들어야 할지 국민들은 또다시 어리둥절해진다.

　'오랑캐 땅엔 꽃이 없어서 봄이 왔다고는 해도 봄 같지 않네[胡地無花草 春來不似春].' 이것은 중국 한나라 때 오랑캐 왕에게 시집간 왕소군王昭君이란 미인의 처지를 애달피 여겨 누군가가 쓴 글이라지만 우리의 봄은 과연 봄 같은 봄이요, 우리의 마음엔 꽃이 피어있는 것일까? 그날의 서울대학교 졸업식장. 졸업식장으로 향하는 길에는 꽃장수들이 길게 길게 늘어서서 꽃다발을 팔고 있었다. 온갖 어여쁜 꽃들로 만들어진 꽃다발들. 장미, 히아신스, 카네이션, 카라, 후리지아, 아이리스, 튤립, 안개꽃……. 아침나절에 이만 원 하던 꽃다발들이 만 원, 절반으로 값이 떨어져 있었다. 시간이 더 지나면 칠천 원이나 오천 원으로 내려간다고 한다. 그렇게라도 팔리지 않는 꽃다발들은 끝내 쓰레기장으로 쓸려나가고 만다고 한다. 우리네 마음이, 우리네 사는 꼴들이 그러한 꽃다발과 무엇이 다른 것일까……. 졸업식을 마치고 딸아이와 헤어져 시골로 내려오면서 쓰레기장으로 쓸려나가는 꽃다발이 눈앞에 어른거려 나는 내내 속마음이 편치 않았다.

(02.02.27)

2004. 8. 29, 서울대학교 대학원 국어국문학과에서 딸 민애가 석사학위를 받던 날. 아내가 딸을 지켜보면서 앉아있다. 우리 아이들은 이렇게 저의 엄마가 말없이 지켜보는 눈길의 힘으로 자랐다.

나무야 미안하구나

이 땅의 글쓰는 한 사람으로 나는 거의 날마다 다른 사람들로부터 책을 받는다. 주로 우편으로 받고 더러는 인편으로 받는다. 소중한 자신의 정신적 산물이니 부디 정성껏 간직하고 읽어 달라는 뜻으로 저자의 서명까지 들어있는 책들이다. 헌데 나는 이 책들을 가지고 어떻게 하는가? 일단 한 번 훑어보고 난 뒤에 세 단계로 책을 나누어 정리한다. 첫 번째는 더 이상 읽지 않을 책의 부류요, 그 다음으로는 다시 한 번 읽거나 참고할 만하다 싶은 책의 부류요, 마지막으로 두고두고 오래 읽어야 할 책의 부류이다. 이러면 안 되는데……. 책을 보내준 사람의 성의를 보아서라도 이러는 것은 예의가 아닌데……. 허나 책이 많다 보니 보관상 어쩌는 도리가 없는 일이다. 참으로 요즘엔 무엇이든지 부족해서 모자라서 고민하는 것이 아니라, 많아서 흘러 넘쳐서 고민을 하게 되는 이상한 세상이 되어버렸다.

그러면서 나는 되짚어 생각해 본다. 나 또한 그동안(그러니까 30년 동안) 깜냥껏은 열심히 책을 냈고, 또 다른 사람들에게 만만찮게 많은 책을 보내기도 한 축이 아니겠는가. 그렇다면 내 책들은 저쪽에 가서 어떤 대우를 받았을까? 혹시 내가 그랬던 것처럼 첫 번째의 대우를 받지는 않았을까? 생각만으로도 가슴이 쩌릿해 온다. 사람은 이렇게 처음부터 이기적이고 간교하기 이를 데 없는 동물이었던 것이다.

나는 그동안 몇 차례 중국을 여행한 적이 있다. 주로 조선족들이 모여 사는 연길 방면을 중심으로 한 여행이었다. 거기서 나는 중국 조선족들이 우리말과 글을 지켜가면서 눈물겹게 만들어낸 문학 책도 보았지만 더러는 북한 쪽에서 건너온 책들도 심심찮게 펼쳐 볼 기회가 있었다(연길 시내 '신화사서점' 같은 곳에 가보면 북한 책들을 만날 수 있다.). 여기서 책에 실린 문학작품의 내용이나 수준을 이렇다 저렇다 할 입장은 아니지 싶고 다만 책의 체제라 할지 인쇄방법이라 할지 그런 것에 대해서 깜짝 놀라는 바 있었다. 그것은 우리의 60년대 이전 수준 그대로였던 것이다. 더욱이나 놀라운 사실은 지질에 관한 것이다. 분명 신간잡지요 문학 전문잡지인데 그 책들은 누렇게 빛이 바랜 것 같은 막종이, 그러니까 갱지로 만들어져 있었던 것이다. 상식적으로 우리는 남한에 비하여 북한이 임산자원 면에서 풍부하다고 알고 있다. 그런데 그러한 북한에서 나온 책의 지질이 왜 이렇단 말인가.

　나는 여기서 생각을 잠시 굴려 오늘날 남한에서 우리가 흔전만전으로 쓰고 있는 종이, 그 가운데서도 책을 만들어내는 데에 사용되고 있는 고급종이들을 떠올려보게 된다. 이 종이들은 다 어디서 온 종이란 말인가. 분명 그것은 다른 나라에서 비싼 값을 치르고 들여온 수입품 펄프로 만들어진 종이일 것이다. 또 이 많은 종이, 이 질 좋은 종이를 만들어내기 위해서는 수없이 많은 나무들이 베어졌을 것이다. 더구나 나무에서 펄프를 만들고 또 그것이 종이가 되기까지는 아주 많은 양의 공업용수가 필요했을 것이고 또 그것은 필연적으로 환경오염을 가져오기도 했을 것이다.

　그런 걸 모르고 나는 그동안 너무나 흔전만전으로 종이를 써왔던 것이다. 너무나 많은 책을 함부로 아무런 분별도 없이 만들어 냈던 것이다. 그동안 내가 낸 책들을 위해 얼마나 많은 나무들이 도륙屠戮을 당해야 했을까! 우리가 만들어낸 책들과 우리가 쓴 종이들은 나무의 목숨이었고 나무의 육신이었구나! 이런 대목에서도 이 땅의 글쓰는 한 사람으로서 반성하는 바가 없을 수 없다. 앞으로는 함부로 책을 만들어내지 말아야지. 그러려면 글도 조심해서 조금씩 써야지. 그러면서 나는 종이에 대해서 생각해 본다. 더구나 내 책을 위하여 아낌없이(어쩌면 억울

하게) 목숨을 버린 나무들을 떠올려본다. 종이야, 미안하구나. 나무야,

늬들한테는 더더욱 미안하구나.

(01.09.07)

1994. 12. 22, 근무학교 있던 장기초등학교 교장실로 수필가 조은 씨가
취재하러 온 날. 동행한 사진작가 김자경 씨가 찍어준 사진이다. 사진 속
의 내가 들고 있는 책은 1960년대에 나온 강소천 선생의 동화집들이다.

불어터진 잔치국수를 나누어 먹는 기쁨

세상살이는 누구에게나 녹녹치 않고 힘겹다. 알게 모르게 상처를 받기도 한다. 그러므로 사람들은 제각기 마음 속에 자기 나름대로의 슬픔과 고통과 고독을 지니고 살기 마련이다. 그러면서 자주 위로 받고 싶다는 생각을 갖기도 한다. 사람은 마땅히 자기가 진 슬픔과 고통과 고독의 짐을 부릴 곳이 필요하다. 위로 받을 수 있는 방법이 요구된다. 이런 이유로서 교회보다 더 좋은 곳은 없을 것이다. 내가 공주중앙장로교회를 찾은 건 지지난해(그러니까 2001년) 연말의 어느 주일이었다. 아내가 어떻게 좀 교회를 바꾸어보았으면 좋겠다는 생각을 오랫동안 지니고 있어 내가 억지로 등 떠밀다시피 해서 결행한 일이었다. 우선 교회가 헌칠하니 커서 좋았다. 신도들도 많았고 예배공간도 쾌적 했으며 문간에서부터 화사한 한복 차림으로 안내하는 여자 신도들은 처음으로 교회를 찾는 나의 마음을 밝게 만들어주었다. 둘러보니 신도들 가운데에는 협수룩한 차림의 사람들이 대체로 많았고 장애인들도 더러 눈에 띄었다. 결코 교회가 돈 많은 사람들, 상류층 사람들이 주로 다니는 교회 같지는 않았다. 절로 마음이 놓였다. 교회 같은 데서조차 사회적 지위, 경제적 조건을 가지고 사람을 얕잡아보거나 평가하려드는 듯한 사람들을 만나는 것은 애당초부터 질색이기 때문이다.

처음 들어본 목사님의 설교. 지금까지 들어본 그 어떤 설교하고도 다른 설교였다. 우선 진지했다. 간구懇求하듯 애타게 외치듯 하는 목사님의 설교는 잠든 내 영혼을 조금씩 흔들어 깨우기에 충분했다. 신도 입장에서 목사님 설교가 맘에 든다든가 안 든다든가 평가를 하는 것은 말도 안 되는 일이지만 야튼 목사님 설교가 대번에 맘에 들었다. 뭐니뭐니 해도 교회에서 가장 중요한 것은 목사님의 설교다. 흔히들 하느님을 바라보고 교회를 찾아야 한다고들 하지만 그거야 신앙심이 돈독한 사람들 얘기고 나같이 초신자初信者들 입장에선 목사님의 설교를 들으러 교회에 가는 사람들이 많다. 목사님의 설교는 신도들 마음 속에 들어있는 정신의 배터리를 충전해 주는 역할을 해주고, 일 주일 동안 세상살이로 해서 물든 마음의 오물을 세탁해 주는 역할을 해준다. 그래서 신도들은 목사님의 설교를 들은 힘으로 일 주일을 버티게 된다. 다시 또 일 주일이 지나면 세상살이로 해서 방전된 마음의 배터리와 오염된 마음을 가지고 교회에 나와 목사님 설교를 듣고 다시 일 주일 동안 세상을 살아갈 힘을 얻어 갖는다. 새로 찾아간 교회의 목사님 설교야말로 그런 역할을 해주기에 충분한 설교란 생각이 들었다.

그 다음으로 찬송가가 좋았다. 특히 예배가 끝난 뒤, 밖으로 나올 때 등뒤에서 들려오는 찬송가는 목사님의 설교로 충분히 마음의 배터리를 충전시킨 신도들을 세상 속으로 힘있게 밀어 넣어주는 것 같다는 생각이 들었다. 또 있다. 그건 교회의 점심시간이다. 얼마 동안 시간이 지난 뒤, 누군가가 교회에서 점심을 먹고 가라는 말을 해주었다. 서름서름한 마음으로 나는 아내와 함께 교회 식당을 찾았다. 길다란 나무 식탁에 접의자를 펼쳐놓고 이미 많은 사람들이 와서 점심을 먹고 있었다. 마침 메뉴가 잔치국수였다. 반찬은 배추김치와 우뭇가사리무침 두 가지. 국수는 불어서 입에 들어가자마자 씹기도 전에 흐물흐물 끊겼고 배추김치는 무척이나 신맛이 났다. 저만큼 보니 교회의 장로님 몇 분도 그 불어터진 국수와 신 김치를 먹고 계셨고, 구석자리에서 목사님도 교회에 처음 나온 나 같은 신자처럼 혼자 앉아서 후룩후룩 국수를 먹고 계셨다. 나는 꾸역꾸역 국수 가닥을 입 속으로 밀어 넣으면서 이렇게 교회에서 아무런 공로도 없이 국수를 얻어먹는 것이 참 황송하다는 생각이 자꾸만 들었다. 같은 자리에서 같은 음식을 함께 어울려 먹는 것이 어디라 비길 수 없는 평화요 평등이요 그 아름다움의 발현이다. 나는 비로소 내가 와야 할 곳에 왔구나, 진정으로 위로받을 곳, 마음의 짐을 내려놓을 곳을 찾아왔구나, 싶은 생각이 천천히 들기 시작했다.

(03.10.28)

1986. 12. 24, 크리스마스 이브에 전 가족이 다니던 동암교회에 나가 가족찬송을 했다. 왼쪽의 키 큰 여학생은 우리 집에서 잠시 함께 살면서 공주사대부고에 다니던 처조카이며 내가 초등학교 4학년 때 담임을 했던 양금숙이다.

변하는 세상 변하지 않는 사람

'만물은 변한다. 쉬지 말고 정진하라.' 이것은 부처님의 마지막 말씀이다. 사람은 누구나 이 세상을 떠날 때 가장 절실하고 솔직한 심정이 되고 자기 마음 속 깊숙이 숨겨진 말을 하게 된다는데 부처님께서도 아마 그러셨던 모양이다. 이 세상에서 변하지 않는 것이 무엇이 있을까? 생명체가 생명체일 수 있다는 것부터가 변화하기 때문에 가능한 일이다. 뿐더러 자연의 모든 것들, 생명을 갖지 않은 것들까지 변화하게 마련이다. 변한다는 것이야말로 이 세상에서 가장 근본이 되는 현상이요 변하지 않는 유일한 사실인 것이다. 때로 우리가 진리라고 믿던 것들조차도 쉽게 뒤집히고 마는 일이 더러 있는데 만물이 변한다는 사실만이 영원히 변하지 않는 진리였던 것이다.

그러니 우리는 어찌할 것인가? 부처님 말씀에 의하면 쉬지 말고 열심히 공부하라고 하셨다. 그렇다. 만물이 변한다는 사실을 먼저 인정하고 나서 쉬지 말고 부지런히 공부를 해야 할 일이다. 그 길만이 유한한 목숨을 지닌 우리네 인간이 마땅히 해야 할 일인 것이다. 이처럼 우리가 사는 세상은 변한다. 사람들 또한 변하는 세상을 따라 변할 수밖에 없는 운명에 처해 있다. 흔히 우리가 오랫동안 만나지 못했던 친지나 이웃을 만나게 되면 사람이 얼마나 빨리 변하는 존재인가 하는 것을 알 수 있게 된다. 전혀 딴 사람을 만난 듯한 느낌이 들기도 한다. 내가 아는 사람은 결코 저런 사람이 아니었는데……. 아주 많이 낯선 느낌, 섭섭한 느낌을 갖게도 한다.

오직 변한다는 사실만이 변하지 않는 본질인 세상. 자기도 모르게 조금씩 변할 수밖에 없는 인간들. 어찌 혼자서만 변하지 않을 수 있겠는가. 변하는 세상 속에서 변하지 않는다는 것 자체가 고집스러움이요 미련스러움이 될 것이기에 그렇다. 하지만 나는 여기서 변하는 세상 한 가운데서도 변해서는 안 될 것에 대해서 생각해 보고 싶다. 우리네 삶에서 형식적인 면, 표현의 문제는 충분히 바뀔 수 있다고 생각한다. 허나 본질적인 문제는 바뀌어서는 곤란하다고 생각이다. 그러니까 포장은 바뀔 수 있어도 내용만은 쉽게 함부로 바뀌어서는 안 된다는 이야기겠다. 예를 들어 부모가 자식을 사랑하는 마음이라든지 자식이 부모를 섬기는 마음, 이웃이나 친구끼리 나누는 정다움이라든지 믿는 마음, 선배나 후배 혹은 스승이나 제자 사이의 올곧은 관계, 작은 것을 아끼고 옛것을 소중히 여기는 마음들이 바로 그런 것들이 아닐까 싶다. 우리가 누군가를 오래간만에 만났을 때 지나치게 낯선 느낌, 섭섭한 마음, 이질감을 갖게 되는 것은 바로 이와 같이 변해서는 안 되는 부분들이 많이 손상된 경우에서 비롯된다고 생각한다.

내가 좋아하는 고장 가운데 하나인 금산에 가면 고려말기의 충신이라 전하는 야은冶隱 길재吉再 선생의 사당이 있다. 거기에 백세청풍百世淸風이란 글귀와 함께 지주중류砥柱中流란 한문 글귀가 쓰여있는 걸 볼 수가 있다. 백세청풍이야 오랜 세월을 두고서도〔百世〕 맑은 바람처럼 깨끗한 삶을 살자는〔淸風〕 권고일 테고, 지주중류란 물이 세차게 흘러가는 강물 한 가운데〔中流〕 우뚝 솟아있는 숫돌 모양의 돌이란〔砥柱〕 뜻이겠다. 문제는 지주중류란 말이다. 여기엔 까다로운 옛이야기가 숨겨져 있지만 이 말씀의 진의는 흙탕물 흘러넘치는 강물 같은 세상을 살더라도 커다란 돌덩이처럼 변함없이 꿋꿋이 자신의 본질을 지키며 살아보자는 속내가 들어있을 것이다. 세상은 변한다. 변하더라도 눈이 어지러울 정도로 빠르게 모든 것들이 변한다. 사람들 또한 변하는 세상을 따라 변하게 마련이다. 변하는 세상, 변하는 사람들. 하지만 나는 때로 변하는 세상의 중심에서 변해서는 안 될 우리들 정신의 덕목들을 떠올려본다. 사랑, 우정, 신의, 동정, 그리움, 존경, 희생, 봉사, 약속……. 변하는 세상, 변하는 사람들. 하지만 나는 때로 변하지 않는 그 무엇을 마음 속 깊숙이 간직하며 그윽하게 살아가는 한 사람을, 그의 향내를 그리워해 본다. 차라리 내 자신이 그런 사람이었으면 얼마나 좋을까 꿈꾸어 본다.

(02.01.20)

1983년 초겨울 어느 날, 근무하고 있던 공주교대 부속국민학교 정원 야외의자에 일요일을 틈타 조용히 앉아보았다. 배경으로 보이는 건물은 지금은 헐리고 없는 것들이다.

춘마곡 추갑사를 아시는지요

공주를 맨 처음 만나게 된 것은 내 나이 열여섯, 1960년도. 4.
19다 5. 16이다 술렁대던 사회 분위기 속에서 초등학교 선생이 되겠노
라 공주사범학교를 다닐 때부터다. 충남 서천의 산골마을에서 태어나
중학교를 마친 소년이 공주에 오면서 눈이 크게 떠졌다. 그때만 해도
개명공주開明公州란 말이 실감나던 시절이었고 공주는 호서지방 제일
의 문화와 정신을 지닌 고장이었다. 비록 거리는 비좁고 초라했지만 자
연과 인간과 도시 공작물들이 그럴 수 없이 잘 어울려 편안하게 숨쉬며
어울려 있던 시골 소도시였다. 수없이 많은 골목길. 그리고 납작집들.
저녁이면 추녀 밑으로 은은한 알전등 불빛이 켜지고 된장국 끓이는 냄
새가 연기와 함께 번지곤 했을 뿐더러 어느 집에선가는 피아노 소리까

지 부서져 나와 어두운 밤거리에 별빛처럼 깔리곤 했다. 저 피아노 치는 아이는 어떤 아이일까……. 나는 그러한 공주에서 헤르만 헤세를 만났고 라이너 마리아 릴케를 읽었으며 또 한 소녀를 만나 혼자서 애태우는 그리움을 배웠고 더불어 시인이 되겠노라는 가당찮은 꿈까지 갖게 되었다. 내가 좋아하는 소녀를 위해서 기어코 시인이 되리라……. 그것은 얼마나 어이없는 다짐이어서 마땅했던가…….

공주야말로 나로서는 최초로 서구문명의 육체를 접할 수 있게 해준 고장이다. 공주를 통해 나는 서구적 감각에 눈떴고 알프스의 산골마을을 가슴에 품었다. 가을날 오후 같은 때 공주사범학교 2층, 남쪽으로 열린 창변에 서면 쇠리쇠리한 가을볕에 수원지 쪽으로 엎드리고 엎드린 멀고 가까운 산들은 얼마나 많은 색상色相의 변화를 보여주었던가. 옅은 초록에서 진초록으로 또 그것이 연보라빛으로 바뀌다가 군청색에 이르기까지 그것은 얼마나 머나먼 애달픔의 아라베스크였던가. 그 아스무레 블랙홀과 같은 머나먼 색깔의 미궁에 홀려 차라리 나는 조용히 돌아앉아 울고 싶었다고나 할까. 내 이담에 어른이 되면 기어이 내 마음의 알프스, 공주에 와서 살리라, 그것은 또 하나 나의 숙명 같은 소원이 되었다. 드디어 그러한 내가 공주에 와서 자리를 잡고 살게 된 것은 1979년. 시인이 되어서도 한참 뒤의 일이요, 결혼을 해서 두 아이의 아버지가 된 다음이었다. 어찌 공주라고 해서 변화의 물결을 비껴갈 수 있었겠는가……. 어른이 되어 돌아온 공주는 소년이 꿈꾸던 공주가 아니었다. 하지만 나로서 공주는 더 이상 나아갈 수도 물러설 수도 없는 최일선의 도시요 최후의 보루 같은 곳이었다.

공주를 말할 때 시내 권에서 공산성과 왕릉과 곰나루 솔밭을 빼놓을 수 없고, 금강변 모래밭과 공산성 아래 철탑모자를 쓴 금강대교를 이야기하지 않을 수 없겠다. 하지만 나는 공주를 둘러싸고 있는 산봉우리들을 말하고 싶다. 일락산이다 봉황산이다 연미산이다 이름이 뭐 대수겠는가. 요는 울멍줄멍 솟아있는 산들의 곡선이요, 그 곡선의 아름다움이다. 그야말로 공주의 산들은 지극히 여성적인 산이다. 이제 시집을 가 아이를 하나나 둘 정도 생산하고 젖을 먹이는 건강하고 젊으신 육덕肉德이 푸진 아낙의 둥그스름하고 펑퍼짐한 젖무덤을 떠올리게 하는 산들이다. 그러한 산의 젖무덤이나 어깨쯤 어름에 집을 모으고 마을을 이루고 살아가니 사람인들 산천의 모습을 닮아가지 않고 어찌하겠는가. 아무래도 공주의 사람들은 공주의 산과 들과 강을 닮아 겉으로는 어리무던하고 어리숙하되 안으로는 밝은, 그야말로 내명內明한 사람들이라 하겠다.

공주 사람들은 춘마곡春麻谷 추갑사秋甲寺란 말을 곧잘 한다. 봄에는 마곡사 근처에 피어나는 신록과 진달래꽃이 꽤나 볼만하고 가을에는 갑사 골짜기에 물드는 단풍이 또한 그렇다는 얘기겠는데(더러는 춘동학春東鶴 추갑사秋甲寺라고도 한다.) 공주에서 오래 발을 묻고 살아오지 않은 사람이 어찌 그 속내를 다 짐작하겠는가. 가뭄이다 황사바람이다 그러하지만 어쩔 수 없이 이제 뱀눈을 뜨고 스물스물 다가오는 햇볕이 눈부신 봄철이다. 계룡산 동쪽 골짜구니 비구니 스님들만 모여 사는 동학사. 물줄기 잦아든 개울가로 새봄맞이 세상구경 나오신 비구니 스님들의 파르라니 어여쁜 머리 위에도 봄 햇볕은 눈물을 머금고 반짝반짝 빛나고 있을 것이다. 그나저나 기어이 시인이 되리라 다짐을 두며 공주의 골목길을 헤매던 소년은 지금 어디로 갔을까? 흐린 하늘 한 복판을 건너가던 흰 구름이 멈춰 서서 머리칼도 빠지고 후둘후둘 두 다리에 힘도 빠진 나에게 묻는다. '어, 아직도 자네 그 옛날의 주소에서 이사가지 않고 살고 있는가…….' 산 위에 늙은 소나무가 또 알은 체 묻는다. '어, 아직도 자네 그 시라는 것 가슴 두근거리며 쓰고 있는가…….'

(02.03.28)

2003. 3. 2, 공주의 공산성 성벽 위로 난 길을 걷고 있는 김백겸 시인과 나. 길이 영어의 에 스(S) 자 형태로 구부러져 보인다. 이런 태극문양太極紋樣의 선線을 공주에서는 자주 볼 수 있다.

네 번 깨진 항아리의 생각

아내는 그동안 살면서 네 번 수술을 받았다. 그것도 간단한 수술이 아니라 전신마취를 하고 받는 대수술을 그렇게 받았다. 그래서 나는 가끔 아내더러 '네 번 깨진 항아리'라는 말을 하곤 한다. 그런가 하면 나는 또 그동안 두 번 대수술을 받았다. 아내가 네 번 깨진 항아리라면 나는 자동적으로 두 번 깨진 항아리가 되는 셈이다. 그런데 네 번 깨진 항아리와 두 번 깨진 항아리 사이에는 그 회수에도 차이가 크지만 인생을 바라보는 입장에서 커다란 차이가 있음을 보게 된다. 그 깊이와 절실함에서 두 번 깨진 항아리가 네 번 깨진 항아리를 도저히 따라잡지 못하는 곡절이 있는 것이다.

물론 아내는 네 번이나 대수술을 받았으므로 몸이 아주 많이 불편한 사람이다. 마땅히 있어야 할 신체의 기관들이 두서너 가지 없음으로 해서 여러 가지 질병과 신체적 저항을 안고 살아가고 있는 사람이다. 그러나 인생에 대한 그녀의 생각은 범상치 않은 구석이 있다. 늘 몸이 성치 못한 그녀. 사회적 활동도 제대로 못하고 마음까지 우울한 그녀. 그러나 그녀는 몸이 심하게 아플 때에도 결코 조바심을 하는 구석이 없다. 살면 살겠고 죽으면 죽으리라는 것이 그녀의 기본적인 태도이다. 이런 아내를 옆에서 지켜보면서 때로 나 자신의 엄살이 많이 부끄러운 때가 있고 또 알게 모르게 인생에 대해서 한 지혜와 안목을 배우기도 한다.

그런 아내가 입버릇처럼 하는 말이 있다. "나는 그동안 병원 신세를 너무 많이 졌어요. 병원이 없고 의사가 없고 또 약이 없었다면 지금껏 살아있을 수조차 없는 사람이에요. 그러기에 이담에 죽게 되면 나의 몸을 병원에 기증하고 싶어요. 그래서 의사들이 수술도 해보고 연구하는 데 쓰도록 해보고 싶어요. 그리고 내 몸 가운데 혹시라도 써먹을 수 있는 부분이 있다면 다른 사람들에게 주고도 싶어요." 이거야말로 두 번 깨진 항아리인 내가 도저히 이해하지 못할 네 번 깨진 항아리의 특별하고도 깊은 생각인 것이다. 솔직히 말해 나는 아내보다 나이도 많고 책도 많이 읽은 사람이지만 아내의 생각을 따라갈 수가 없다. 또 전폭적으로 지지해 줄 심정적 준비도 아직은 되어있지 못한 형편이다. 아내가 정말 그렇게 하고 싶다고 하더라도 그런 문제는 우리끼리 결정하고 해결할 문제가 아니라, 자식들과도 상의해 보고 그들의 의견도 들어보아야 한다는 것이 내 생각이기에 그렇다. 이런 점에서 아내는 나보다 분명히 한 수 위이고 인생의 선생인 셈인 것이다.

실상 남에게 무엇을 준다는 것은 언제든지 그리 쉬운 일이 아니다. 그것이 조그만 물건이고 금전이라 해도 그러하다. 주기 전에 많이 망설이게 되는 것이고 또 주고 나서도 오랫동안 아까워하거나 후회하게 마련이다. 사랑이란 것도 내가 가진 그 무엇인가를 다른 사람에게 주고 싶어하는 마음이거나 행위에 붙여진 이름이거나 표현이 아닐까 싶다. 그래서 나는 가끔 말하곤 한다. 다른 사람에게 무엇인가를 줄 때에는 좋은 것, 새로운 것, 깨끗한 것을 주도록 하자. 그리고 준 것에 대해서는 그것을 빨리, 깨끗이 잊어버리도록 하자. 그러나 내가 남들로부터 받은 것이 있다면 그것은 오래도록 잊지 않도록 노력하자.

하지만 이런 나의 일상적인 생각이나 의도도 아내가 가진 그 삶에 대한 결연한 태도나 사후에 자기 몸을 병원에 기증하고 싶어하는 생각에는 십분 미치지 못하는 잔챙이 생각일 따름이다. 역시 두 번 깨진 항아리가 네 번 깨진 항아리의 경지를 따라잡지 못하는 인생에 대한 깊이가 거기에 있는 것이다.

(05.02.08)

1975. 2. 11, 구정을 맞아 막동리 고향집 마당에서 아내와 나란히.
결혼한 지 3년째. 우리에겐 그때까지 아이 소식이 없었다.

섬은 우선 외롭다

섬은 우선 외롭다. 저 멀리 바다 한 가운데 떠있는 섬. 거센 파도와 바람에 시달려 날마다 조금씩 작아지고 있을 것만 같은 섬. 왜 저기에 섬이 있는 걸까? 왜 거기에 섬이 그렇게 있는지 모른다. 섬 그 자신도 왜 거기에 그렇게 외롭게 제가 있어야 하는지 모른다. 다만 섬은 그냥 존재할 뿐 설명하지 않는다. 섬은 외롭다고 생각하지도 않는다. 그런 의미에서 섬은 도도한 한줄기 문장文章과도 같다. 다만 사람들만이 섬을 바라보며 섬이 외롭다고 느끼고 생각하고 또 그렇게 중얼거릴 따름이다. 어쩌면 섬은 사람들 마음 속에만 살고있는 그 무엇인지도 모른다. 사람들의 외로움과 슬픔을 갉아먹고 살아가는 조그만 벌레인지도 모른다. 외롭지 않는 사람이 어찌 현실의 섬을 찾아낼 수 있으랴. 섬은 외로운 사람이 자기 마음 속에 감춰진 외로운 비밀 하나를 꺼내어 볼 때 문득 그에게로 다가오는 한 줄기 빛과 같은 존재인지도 모른다.

일찍이 많은 섬에 가 보지 않았다. 많은 섬을 알지 못한다. 제주도도 쉰 살 가까운 나이에 가 보았고 울릉도라든지 독도는 고사하고 서해안의 가까운 섬에도 가 보지 못했다. 다만 외연도란 섬에 두 번 가 보았다. 첫 번째는 1977년이던가. 같은 학교에서 근무하던 고향의 선배님 한 분이 외연도국민학교의 교장으로 발령 받아 근무할 때 그분의 요청에 따라 학교의 교가를 작사해 주기 위해서였다. 대천의 어항에서 통통배를 타고 섬을 찾았다. 활시위처럼 휘어진 모랫벌을 끼고 섬은 아주 깨끗한 모습으로 서해바다 한가운데 혼자 살고 있었다. 마치 그것은 정결한 아낙네의 속살 같았다. 학교도 역시 그랬다. 많지 않은 아이들. 바다로 열린 운동장. 반짝이는 운동장의 모래알들. 아이들은 놀면서 공부하고 있었고 공부하면서 놀고 있었다. 교가 작사를 마치고 돌아오는 길. 기나긴 방파제에 나와 덩치 큰 교장선생님은 뭍으로 떠나가는 나를 보고 길게 길게 손을 흔들어주면서 울먹이고 있었다. 자네도 이런 섬에 갇혀서 한 일 주일만 살아보라고……. 그때에야 내 심정을 알게 될 것이라고…….

그 다음으로 다시 외연도를 찾은 것은 그로부터 20년도 훨씬 지난 1999년도 여름. 대전 KBS방송국 합창단 어린이들과 함께. 그리고 아이들의 부모와 방송국 제작진과 함께였다. 그 무엇도 낯익은 것이 없었다. 모랫벌이 있던 자리는 메워져 도시 분위기가 풍기는 집들이 들어서 있었고 학교의 모습도 영판 달랐다. 다만 마을의 당산堂山에 있는 연리지連理枝로 되어있는 두 그루의 동백나무만 그곳이 아직도 옛날의 그 외연도 임을 증언해 주고 있었다. 3박 4일 동안 나는 그곳에서 아이들에게 시 쓰는 지도를 했고 아이들의 시를 가지고 노랫말로 바꾸는 일을 도와주었다.

그 여름날에 외연도에서 인상적이었던 것은 잠자리였다. 외딴 섬에 웬 잠자리가 그리도 많던지……. 아침에 일어나 산책길에 나섰을 때 잠자리가 발길에 걸려서 워스럭대는 소리를 냈다. 어지럽게 어지럽게 윤무輪舞를 하던 잠자리 떼들. 그게 다 자연의 질서가 깨진 증거였을 것이다. 잠자리 애벌레를 적정 수준으로 그 무엇인가가 잡아먹어 조정해 주어야 하는 건데 그러지 못해서 먹이 사슬이 끊어져서 그렇게도 잠자리가 기승을 부렸던 것이다. 오싹! 잠자리들이 두려운 생각마저 들었다. 이렇게 하여 나에게 외연도는 두 개의 서로 다른 모습으로 새겨지게 되었다.

서둘러 또다시 돌아온 집. 혼자서 집을 지키는 아내가 도통 말을 하려 하지 않았다. 내가 집을 비운 사이, 혼자서 집을 지키며 그녀는 그만 하나의 외로운 섬이 되어있었다. 섬 가운데서도 아무도 살지 않는 무인도가 되어있었다. 이 다음에 다시 외연도를 찾는다면 외연도는 어떤 모습을 하고서 나를 맞아줄까? 이제 와서 돌이켜보니 잠자리가 지천으로 들시글대며 날아다니던 그로테스크한 외연도가 또다시 그리워지는 마음이다. 섬은 언제나 외롭다.

*연리지連理枝: 한 나무의 가지가 다른 나무의 가지와 맞닿아서 나뭇결이 서로 통하게 되어 하나의 나무처럼 되어버린 가지.

(02.05.03)

1973. 10. 23. 혼례식을 올리고 아내와 친정인 부여군 충화면 가화리로 근친을 가는 길에, 가화리저수지 가에서. 바로 손아래 남동생 김석태와 함께 선 아내.

자연은 위대한 스승

　또 다시 겨울이 왔다. 길거리에 자선냄비 쩔렁하는 방울소리 들리고 더러는 크리스마스 캐롤도 들린다. 날이 갈수록 더욱 썰렁해지는 날들. 사람들은 발걸음을 재촉해 어디론가 사라져간다. 지난해 도로확장 공사로 더욱 넓어진 거리. 그러나 사람들의 마음은 더욱 옹졸해져 길거리에서 만나는 그 누구와도 인사 없이 등을 돌리고 제 갈 길만을 간다. 바쁠 것도 없는데 바쁘다고 말하고 중요하게 해야 할 일도 별로 없는데 많은 일들이 기다리고 있다고 생각한다. 아, 또다시 한해가 저물었군. 사람들은 그저 가벼운 마음으로 벽 위에서 묵은 달력을 내리고 새 달력을 내건다. 그래 그래, 올해도 한해 이렇게 잘 살았으니 내년에도 잘 살도록 해야지, 고개를 끄덕이기도 한다.

한 해가 저무는 연말과 겨울이라는 계절이 서로 맞물려 있다는 것은 우리에게 많은 것을 생각하게 해준다. 겨울은 만물이 휴식하는 계절이고 잠드는 계절이다. 지상의 많은 생명체들이 사라지는 계절이다. 색깔로 치자면 흑색 계통이요, 죽음의 숨결조차 가까이 느껴지는 날들의 연속이다. 하지만 겨울은 준비의 계절이고 출발의 계절이기도 하다. 어찌 겨울의 터널을 지나지 않고 새로운 봄을 맞이할 수 있다 하겠는가. 겨울이 모질고 길수록 봄은 찬란하고 반갑고 가슴 벅차기 마련인 것이다. 우리 농악에서는 소리의 흐름을 '기승결해起承結解'로 본다. 이것을 우리말 식으로 본다면 '내고[起], 달고[承], 맺고[結], 풀고[解]'가 되는데 이것은 춘하추동春夏秋冬의 단계와 겹친다고 할 수 있겠다. 그러므로 겨울은 충분히 휴식하면서 푸는 계절이고 준비하는 계절이다. 더 나아가 겨울은 생명이 움트는 탄생의 계절이기도 하다. 이것은 겨울을 잘 넘겨야 돌아오는 봄을 제대로 맞이할 수 있다는 이야기가 되기도 한다.

우리는 이런 면에서 자연한테서 많은 것을 배워야 한다. 우리네 인생은 자연의 변화와 여러 가지로 닮아있다. 유·소년기는 봄이고 청년기는 여름, 또 장년기는 가을이고 노년기는 겨울이다. 유·소년기는 부모나 환경의 영향을 제일 많이 받는 시기이고 청년기는 또 그 연장선상에 있는 시기이다. 그러므로 그러한 시기에 잘 살았다고 해서 정말로 잘 산 것은 못 된다. 그래서 이 시기에는 힘을 기르며 미래를 위해 투자를 해야만 한다. 한 사람이 정말로 잘 살았느냐 아니냐를 알려면 적어도 가을의 계절, 수확의 계절인 장년기쯤 되어 보아야 한다. 한 개인의 참된 능력이 발휘되는 시기도 바로 이 시기이다. 더더욱 그 사람이 정말로 잘 산 사람인가 아닌가를 판가름하려면 은은한 노년기쯤 되어 보아야 한다. 노년기는 모든 것이 정리되는 시기이고 그 사람의 업적이나 행적이 확연하게 드러나는 시기이다. 겨울철도 마찬가지. 겨울철이야말로 지나간 일 년의 세월이 가식 없이 드러나고 결산을 하게 되는 시기인 것이다.

나는 요즘 우리네 인생이 직렬이 아니고 병렬이라는 생각을 가끔 해본다. 이것도 자연에게서 배운 한 조그만 깨달음이라면 깨달음이겠는데 인생에 있어서 한 가지씩 독립적으로 이루어지는 것은 아무것도 없다. 모든 것들이 서로 연결되어 있어서 한 가지가 열리면 다른 것들도 덩달아 열리고 한 가지가 닫히면 다른 것들도 덩달아 닫히게 되어있다. 가령, 농부가 봄에 여러 가지 곡식을 심었다 치자. 가난하고 배가 고픈 농부는 자기가 심은 곡식이 차례대로 익어주기를 바랄지도 모른다. 그러니까 빨리 익는 곡식이 있고 늦게 익는 곡식이 있기를 바랄지도 모른다. 그러나 모든 곡식은 때가 되어야만 익게 되어있다. 적어도 늦여름이나 초가을까지는 기다려주어야 한다. 가을이 오면 모든 곡식들이 다 투어 한꺼번에 익는다. 한 가지 곡식이 익으니 다른 곡식도 덩달아 익는다는 것이다. 인생도 마찬가지다. 한 가지가 잘되면 다른 것들도 잘되게 되어있고 한 가지가 익으면 그 옆의 것들도 덩달아 익도록 되어있다. 그러므로 인생살이는 충분히 기다릴 필요가 있고 섣불리 속단하거나 포기해서는 안 된다. 씨를 뿌릴 때 씨를 뿌리고 가꿀 때 가꾸면서 결실을 기다려야 한다.

    겨울이 되면 나는 가끔 사람들의 길을 버리고 수풀 속을 걷는 버릇이 있다. 걷는다는 것보다 어쩜 그건 헤맨다는 표현이 적당할 지 모른다. 사람들 발자국이 지워진 수풀 속으로 찾아들어 하나의 나무를 골라 그 옆에 서서 하늘을 보면 그럴 수 없이 편안한 마음이 된다. 나무라 해도 여름의 치장을 깡그리 벗어 던지고 깨운한 알몸으로 서 있기 마련인 활엽수. 나무는 겸손하다. 나무는 부드럽고 순하다. 나무는 선량하다. 나무는 억지를 부리지 않고 고집을 부리지 않는다. 나무는 절대로 계절의 약속을 어기지 않는다. 서로 어울려 살되 다투지 않고 부지런하되 서둘지 아니한다. 나무의 방법은 점진적이다. 느리되 확실하다. 우선 자기 스스로를 바꾸면서 자기가 서 있는 땅을 더불어 바꿔 나간다. 지나간 일 년 나는 너무 성급하게 살지는 않았을까. 너무 모질게 살지는 않았을까. 너무나 나 하나만을 생각하면서 동물적으로 살지는 않았을까. 다른 사람들 마음을 아프게 한 일은 없었으며 또 약속을 어긴 일은 없었을까. 나무는 나더러 지나간 한 해를 반성해 보라고 속삭인다. 또다시 돌아올 눈부신 봄을 준비하자고 넌지시 주문하기도 한다. 겨울철의 한때, 한해가 저물고 또 한 해가 오는 길목. 오늘도 자연은 나에게 참으로 좋으신 선생님이다.

(02.12.19)

2003 .11. 2, 경주 남산에 올라 마애불상 앞에서. 이 사진은 정금
윤 시인이 찍어준 것이다.

개울가에서 모자를 벗다

　모처럼 가벼운 마음으로 개울가로 나아갔다. 물가에 두 세 마리의 버들치들이 헤엄치며 노는 것이 건너다 보인다. 언제 저렇게 자랐을까. 살이 통통 오른 버들치들은 힘차게 꼬리를 흔들며 장마비에 불어난 개울물을 거슬러 오르고 또 오른다. 개울길은 노인정 앞 뜨락을 지나게 되어있다. 노인정 비좁은 화단에 심겨진 옥잠화. 옥잠화는 옥비녀꽃. 아닌게아니라 눈부시도록 새하얀 꽃이 길쑴한 옥비녀를 퍽으나 닮았다. 그 옆에 봉숭아와 분꽃. 분꽃은 벌써 지구 모양의 조그맣고 새까만 씨앗을 꽃이 진 자리마다 하나씩 올려놓고 있다. 봉숭아는 또 제 허리춤에 씨앗주머니들을 매달고 어디로인지 어린 생명들을 멀리 멀리 떠나보낼 준비를 하고 있다.

개울을 따라 걷는다. 오늘따라 바람이 설렁설렁 불고 빗방울까지 오락가락 흩뿌리는 날씨다. 물놀이하던 꼬맹이들조차 보이지 않아 흐르는 물소리만 고즈넉한 개울가. 다리를 건너던 발길이 멈추어진다. 수풀 사이 무언가 팔랑팔랑 움직이는 물체가 보였기 때문이다. 물잠자리다. 물잠자리는 날개가 새까맣고 몸통이 가늘고 길며 비취빛을 띠고 있는 아주 예쁘장하게 생긴 잠자리다. 주로 개울가에서 사는데 검은 날개가 다른 잠자리들의 그것보다 넓어서 언뜻 보기론 검은 나비가 아닌가 의심이 되기도 하는 잠자리다. 어렸을 때, 들판 건너 외갓집을 오가던 여름날 한낮, 들판 가운데 개울가를 혼자 걸어가노라면 자주 만나곤 했다. 그 넓고도 새까만 네 개의 비단 천 같은 날개로 하느적하느적 춤을 추며 하늘 속을 오르내리는 걸 볼 때마다 어린 나는 요술에 걸린 듯 와락 무서운 생각까지 들어 발걸음을 재게 놀리곤 했었다.

그 물잠자리가 지금 내 앞에서 떼를 지어 날아오르고 있는 것이다. 이 바람 속에, 빗방울까지 오락가락하는 날씨 가운데 저들은 지금 무엇을 하고 있는 것일까? 다리 난간에 기대어 조심스레 눈길을 모은다. 여러 마리의 물잠자리들이 수풀 사이로, 흐르는 수면 위로 어지럽게 날고 있다. 그들은 서로 쫓고 쫓기는 것처럼 보인다. 조금 뜸을 들인 뒤, 구석진 풀잎 위에 앉아있는 한 마리의 물잠자리가 눈에 들어온다. 그때 재빠른 솜씨로 또 한 마리의 물잠자리가 접근해 온다. 눈 깜짝할 사이, 그들은 가느다란 몸을 서로 휘어 하트 모양을 만든다. 한 마리의 꼬리가 다른 녀석의 머리 위에 닿아있고 또 한 마리의 꼬리는 상대방의 배에 닿아있다. 아, 그렇구나. 그것은 짝짓기였던 것이다. 한참동안 하트 모양을 풀지 않고 있더니 한 마리가 고리를 풀고 훌쩍 날아가버린다. 남은 한 마리는 천천히 그야말로 천천히 휘어졌던 몸을 풀면서 본래대로 반듯한 몸이 되기를 기다린다. 녀석은 두어 번 공중을 솟구쳐 날더니 수면으로 내려와 조용히 앉는다.

　물밑엔 붕어마름이 자라 흐르는 물결에 제 몸을 치렁하게 늘이고 있는 게 보인다. 물잠자리는 꼬리 부분을 살짝 휘어 물에 잠근다. 몸의 균형이 흔들릴 때마다 새까만 날개를 접었다 폈다 한다. 아, 또 저것은 바로 말로만 듣던 잠자리들의 알 낳는 모습이구나. 지금껏 무심히 오가던 개울가. 그토록 평범한 이곳에 이토록 아름답고도 놀라운 생명의 신비가 숨어있을 줄이야! 이 바람 불고 빗방울까지 흩뿌리는 날, 물잠자리들은 나에게 그들의 짝짓기 현장과 알을 낳는 진통 그 모두를 고스란히 들켜버린 것이다. 아니, 스스로 고해성사를 하듯 나에게 보여준 것이다. 물잠자리들이 서둘러 짝짓기를 하고 알을 낳는다는 것은 그들의 일생이 이미 다했음을 묵시적으로 보여주는 증표이리라. 또한 그것은 서둘러 여름이 그 꼬리를 감추고 있음을 말해 주는 암시이기도 하리라. 그러기에 그들은 그들의 미래세대의 생명을 물 속의 물풀 사이에 남기고 세상을 떠날 준비를 하고 있는 것이다.

물잠자리들이 벌이는 목숨의 페스티벌을 지켜보면서 숙연해진 나의 발걸음은 다시 천천히 개울을 거슬러 오른다. 개울물 위에 잠방대는 소금쟁이들이 보인다. 소금쟁이는 물위의 음악가. 기다란 여섯 개의 발가락으로 딩동댕동, 길고 짧은 음표들을 물위에 풀어놓고 있다. 몸집이 작은 걸로 보아 올해에 새로 깨어 자란 어린놈들인가 보다. 개울가를 가득 메우고 있는 풀은 고마리다. 고마리는 물이 있는 땅이라면 어디서나 뿌리내려 잘 자라는 일년생 잡초. 주로 개울가 주변에 군락을 이루며 산다. 돼지가 잘 먹는 풀이라 해서 시골 사람들은 돼지풀이라고도 부른다. 하지만 고마리도 추석 무렵, 가을이 되면 그 줄기 끝에 조그맣고 앙증맞은 꽃송이를 당알당알 매단다. 어떤 것은 분홍색이기도 하고, 하얀색이기도 하고 또 어떤 것은 흰색 바탕에 분홍색 심지를 물기도 한다. 이름을 알지 못하는 사람들은 꽃의 모양이 성냥골처럼 생겼다 해서 성냥골풀이라고도 부르는 것이 고마리다.

　흔하고도 천한 풀, 고마리. 하지만 안목을 달리하고 입장을 달리해서 바라보면 고마리도 아름다운 꽃이 될 수 있다. 눈여겨볼 때 고마리의 꽃도 얼마든지 사랑스럽고 귀한 꽃이 될 수 있다. 세상의 모든 것은 그 보는 사람의 생각과 입장과 시각에 따라 얼마든지 달라질 수 있다는 것을 오늘 나는 이 개울가에서 천하고도 흔한 고마리를 바라보면서 새삼스럽게 배우게 된다. 분명코 이 땅에도 슬픈 전설처럼 가을은 돌아와 줄 것인가. 우리에게 또다시 가을이 허락된다는 것은 하나의 커다란 축복이다. 까치발을 딛고 살금살금 다가오는 가을. 가을은 오히려 구체적인 그 무엇으로 오기보다는 하나의 막연한 느낌으로 오기 십상이다. 버들치. 옥잠화. 봉숭아. 분꽃. 물잠자리. 소금쟁이. 그리고 고마리. 어느날 내가 개울가에 만난 고귀한 생명의 이름들. 내 마음의 친구들. 나는 머리 위에 쓰고 있던 모자를 조용히 벗어 두 손에 받쳐든다. 이 모든 가을의 소중한 생명체들에게 다시 한 번 감사와 정중한 경의를 표시하기 위해서다.

(01.10.04)

2002년 어느 날, 공주문화원에서 열린 한 전시회에 가서 메모를 하고 있는 나. 이 사진은 사진작가 신용희 씨가 찍어준 것이다.

수국을 그리다

　작년 여름철의 일일 것이다 가랑비가 추적추적 내리는 날 오후, 수국꽃을 그려본 적이 있다. 아이들이 교실에서 사용하는 나무 의자를 하나 들고 나가 수국꽃 앞에 놓고 우산을 펼쳐들고 앉아서 꽃을 그렸다.

　우선 나는 수국꽃을 한참동안 들여다보고 앉아있었다. 수국꽃의 모양새며 빛깔이 눈에 들어오기 시작했다. 언뜻 볼 때 수국꽃은 한 송이의 꽃처럼 보인다. 그러나 자세히 보면 수국꽃은 아주 많은 꽃송이가 모여서 한 덩어리의 꽃으로 뭉쳐져 있음을 알게 된다. 그것은 마치 결혼식 날 신부가 들고 있는 부케를 연상시키게 한다. 핵분열 하듯이 큰

줄기가 여러 개의 작은 줄기로 갈라지고 또다시 여러 갈래의 더 작은 줄기로 갈라져 마침내 그 끝에 한 송이 한 송이씩의 수국꽃이 매달리게 된다. 한 송이의 수국꽃은 또 네 잎의 꽃잎으로 나뉘어져 있다. 꽃잎들은 서로 겹쳐져 있는데 유독 한 장의 꽃잎만이 위로 나와 있음을 본다. 그런데 또 어김없이 그 꽃잎은 다른 꽃잎 보다 크기가 작음을 보게 된다. 참 이런 게 다 자연의 한 법칙이고 섭리란 생각이 든다.

나는 천천히 연필을 들어 수국꽃을 그려나가기 시작한다. 줄기를 그리고 이파리를 그리고……. 이파리를 비집고 나온 꽃송이를 그리고……. 그러면서 수국꽃의 색깔에 대해서 생각해 본다. 내가 지금까지 알고 있었던 수국꽃은 연한 물빛, 그러니까 사람들이 소라색이라고 부르는 하늘색 계통의 수국꽃이다. 그러나 그날 나와 마주앉은 수국꽃은 기존의 생각과는 많이 다른 색깔이었다. 또 한 가지 색깔로 통일되어 있지도 아니했다. 연한 물빛, 연두빛, 상아빛(아이보리), 연보라빛으로 수국꽃은 색깔이 아주 다양했다. 한 덩어리의 수국꽃 안에 이토록 많은 색깔이 혼재해 있다니……. 이것은 나로서는 하나의 발견이요 경이다. 눈길이 커다란 수국꽃 덩어리 아래 숨어있는 애기 수국꽃에 가 머문다, 애기수국은 좁쌀 크기 만한 연두빛 꽃송아리를 종알종알 매달고 저도 보아달라는 듯이 나뭇잎새를 비집고 얼굴을 내밀고 있다. 아, 꽃송이가 피기 전의 수국꽃은 또 저런 모습과 빛깔을 하고 있는 거구나.

그날 이후 나는 오고 가면서 수국꽃을 눈여겨보는 사람이 되었다. 그러면서 나는 수국꽃이 한 가지 색깔만이 아니라는 것과 몇 가지 단계를 거쳐 그의 생애를 산다는 것까지 알게 되었다. 꽃의 색깔로 볼 때 수국꽃은 연두빛, 상아빛, 연한 하늘빛, 연보라빛, 진보라빛, 연한 갈색, 진한 갈색의 단계로 변화해 나간다. 마치 그것은 사람의 일생의 변화와 많이 닮아있음을 안다. 젊은 시절 내가 본 것은 한 단계의 수국꽃뿐이었으리라. 사는 일이 바쁘고 생각이 급해서 그랬을 것이다. 그러나 이제는 모든 단계의 수국꽃을 한꺼번에 보게 된다. 수국꽃의 일생을 일목요연하게 보게 된다는 얘기다.

　생각해 보면 이것도 나이 든 사람의 한 여유에서 나온 느긋함일 터이다. 그리고 보면 나이 들어 늙는다는 것이 꼭 나쁜 것만은 아니지 싶다. 나이 들어 들음의 고마움, 나이 들음의 여유를 생각해 본다. 올해도 수국꽃은 피었다. 수국꽃은 꽃이 별로 흔하지 않는 초여름부터 피어나기 시작하는 꽃이다. 그것도 비 오는 날에 더욱 예쁘게 그 자태를 뽐내는 꽃이다. 수국. 물 수水 자에 국화 국菊. 물국화. 아, 그래서 수국이 수국이겠구나. 물이 많은 여름, 장마철에 피어나는 여름국화라……. 올해도 나는 수국꽃을 유심히 바라보면서 또 한 번의 여름을 맞이하고 또 한 번의 여름 강물을 건너게 될 것이다. 역시 나이 들어가면서 만나는 여름과 그 여름의 한 중심에서 피어나는 수국꽃이 나쁘지만은 않은 느낌이다.

(04.06.17)

2003. 8. 16, 섬사랑시인학교에 참석한 길에 보길도 윤선도 유적지를 찾은 날. 이 사진
은 박상건 시인이 찍어준 것이다.

올해도 맹꽁이 울음소리를 들었다

운동장 가에서 이상한 소리가 들린다. 오랜 가뭄 끝에 비가 내리고 반쯤 날이 개인 다음날 한낮 무렵이다. 청개구리 소린가 하면 그것도 아니고 새소리나 벌레 소린가 하면 그것도 아닌 소리. 응악, 응악. 애기가 떼쓰며 보채는 울음소리 같은 소리가 조용한 운동장을 고요히 흔든다. 맹꽁이 울음소리다. 맹꽁이는 운동장 끄트머리 교문의 왼쪽(안에서 볼 때) 기둥 아래의 수채에서 운다. 작년에도 이맘때 그랬고 재작년에도 그랬다. 아니, 내가 이 학교로 온 이래 4년 동안 계속해서 그랬다.

해마다 나는 맹꽁이 울음소리를 들으며 조마조마한 마음이었다. 내년에 저 소리를 듣지 못하면 어쩌나 하는 생각과 아이들이 맹꽁이를 잡아죽이기라도 하면 어쩌나 싶은 걱정에서다. 그래서 나는 학교 아저씨들한테도 학교 운동장에 제초제나 살충제 같은 농약은 절대로 치지 못하게 했다. 올해도 우리 학교 운동장에서 맹꽁이 울음소리를 듣다니 참으로 이건 얼마나 다행스런 일인지 모르겠다. 행운이라면 하나의 행운이지 싶다.

나는 살그머니 신발을 꺼내 신고 운동장을 가로질러 맹꽁이가 울고 있는 교문 쪽으로 향한다. 맹꽁이는 여전히 힘찬 울음소리로 운동장을 고요히 흔들어주고 있다. 발걸음이 운동장 가를 에둘러 가는 하수구 부근에 가까워지자 맹꽁이 울음소리가 뚝 멈춰진다. 아, 녀석이 내가 가까이 가는 걸 눈치 챈 모양이구나. 나의 눈길이 수채를 덮고 있는 철 구조물 덮개의 틈새를 더듬는다. 저기 있다! 어제 내린 비로 제법 불어난 수채의 물 위에 맹꽁이가 보인다. 헌데 맹꽁이는 한 마리가 아니다. 커다란 밤톨 크기만 한 맹꽁이 두 마리가 서로 엉켜 붙어있는 게 아닌가. 두 마리의 맹꽁이는 물 위에서 이리 뒤집혔다 저리 뒤집혔다 하고 있다. 한 마리가 네 다리로 다른 한 마리를 꽉 끌어안고 있다. 여름비가 흠뻑 내리기까지 땅 속에서 늦잠을 자고 있던 맹꽁이 녀석들이 잠에서 깨어 땅위로 나오자마자 댓바람에 짝짓기부터 하고 있는 그 현장을 내가 보아버린 것이다.

이 얼마나 환희로운 생명의 실상인가! 자세히 들여다보니 물 위에 떠 있는 조그만 구슬 같은 물체도 보인다. 맹꽁이 알이다. 맹꽁이 부부는 벌써 아주 많은 양의 알을 생산해내어 물 위에 띄워놓고 있었던 것이다. 운동장 가 수채에서 어른거리는 나를 보고 호기심 많은 아이들 두서넛이 궁금한 생각이 들었던지 가까이 다가온다. "교장선생님, 지금 거기서 뭐 하세요." "응 아무 것도 아냐. 지금 맹꽁이 울음소리를 듣고 있는 중이야." "맹꽁이 울음소리요? 어디요, 어디……." 더욱 많은 아이들이 몰려든다. "애들아, 조용히 하고 한 번 들어보렴. 저 소리, 응악, 응악 하고 애기 우는 것처럼 우는 저 소리, 저게 맹꽁이 울음소리란다." "으응. 저거. 저건 개구리 울음 소린데요." 아이들은 개구리 울음소리와 맹꽁이 울음소리를 분간하지 못한다. 아니, 분간하지 않으려고 한다. "그러면 저리로 가서 너희들끼리 놀으렴." "네." 아이들은 이내 맹꽁이한테 흥미를 잃고 저희들끼리 앞서거니 뒤서거니 뛰어서 운동장 가운데로 달려간다.

나는 알을 낳고 있는 맹꽁이가 아이들한테 들키지 않은 것만 다행으로 생각해본다. 우리 아이들은 순하다. 그렇지만 그 가운데 개구진 아이라도 있어 맹꽁이를 꺼내어 죽이기라도 한다면 큰일이 아닌가 하는 생각이 맹꽁이와 아이들을 떼어놓았지 싶다. 내가 어릴 때 시골마을에는 맹꽁이가 아주 많았다. 하도 많아서 비 온 뒤에 길을 가다 보면 발길에 채일 정도였다. 맹꽁이는 사람이 건드리면 건드릴수록 몸을 크게 부풀리는 성질이 있다. 아마도 적에게 제 몸을 크게 만들어 보여 위협을 주기 위한 하나의 방어수단으로 그런지 모른다. 나중에는 동그란 공 모양으로 바뀌게 된다. 가지고 놀 공조차 변변치 못했던 우리에겐 맹꽁이가 공 대신의 놀이기구였다. 실컷 가지고 놀다가는 발로 밟아 터트려 죽이기도 했으리라.

 아이들이 멀어진 뒤 나는 발길을 돌려 다시 운동장을 가로질러 교실 쪽으로 향한다. 아, 올해도 내가 맹꽁이 울음소리를 들었구나. 그것도 학교 운동장 가에서 아이들과 함께 맹꽁이 울음소리를 들었구나. 학교 운동장 가에서 맹꽁이가 운다는 것은 그만큼 학교 주변의 자연이 깨끗하고 건강하다는 것을 말해 주는 하나의 증표일 것이다. 응악, 응악. 맹꽁이는 다시 내 등뒤에다 대고 그 푸짐한 울음보따리를 풀어놓기 시작한다. 맹꽁아 고맙구나. 올 여름에도 네가 울어주어서 참말 고맙구나.

(04.06.18)

2003. 3. 24. 개구쟁이 사내아이들도 이렇게 얌전하게 한 곳으로 눈길을 모으고 있을 때가
있다. 이 아이들의 진지한 표정 속에 크고 넓은 내일의 세상이 있다.

기다려줄 사람 이미 없으니

—상처받기 쉬운 영혼의 시인, 이성선李聖善

이른 아침이나 밤늦은 시각, 전화벨이 울리면 겁이 난다. 그것도 공휴일일 때 더욱 그러하다. 그것은 분명 보통의 소식이 아니고 특별한 소식일 것이기에 그러하다. 지난 5월 5일, 어린이날 아침. 느닷없이 우리 집 전화벨이 울렸다. 굵고 부드러운 최명길崔明吉 시인의 목소리. 놀라지 말라고 운을 떼고 나서 이성선 시인이 타계했다는 놀라운 그야말로 놀라운 소식을 알려왔다. 이게 웬 날벼락이람! 그러니까 나흘 전 5월 1일 석탄일까지만 해도 아침과 저녁 두 차례에 걸쳐 통화를 했는데……. 여름방학이 되면 어떠한 구실로든 송수권宋秀權 시인이랑 셋이서 만나자 약속까지 했는데……. 하긴 그때 약간은 지쳐있는 듯한 목소리였고 문단의 이런 저런 화제거리에서 떠나서 살고 싶다고 했는데 그것이 마지막 통화가 될 줄은 차마 어리석은 인간인지라 짐작도 못했던 일이 되고 말았구나. 어이없다는 말이 이런 때 해당되는 것이리라. 거짓말 같다는 느낌을 또한 이런 때 갖게 되는 것이리라. 더러 문단에서 신자연파新自然派 시인이라 불리우는 우리 세 사람(송수권, 이성선, 나태주) 가운데에서 가장 꼬장꼬장해서 제일 잘 견딜 사람이 이성선 형일 거라 생각했는데 이건 완전히 역습을 당한 꼴이요, 너무나 예상 밖의 일이 되고 만 것이다.

이성선 시인. 그는 늘 하늘나라를 그리워하며 하늘을 기웃거리며 산 시인이다. 땅의 일보다는 하늘의 일에 관심이 많았던 시인이다. 오로지 하늘의 달과 별과 구름과 바람의 세상을, 그리고 나무와 풀잎의 삶을 시로 써온 시인이다. 달과 별과 구름과 바람의 친구였던 시인. 나무와 풀잎의 이웃이었던 사람. 그리하여 그는 끝내 하늘의 일부분이 되고 싶었고 또 다른 이름의 나무와 풀잎이 되고 싶었던 시인이다. 맑고 깨끗한 영혼을 지녔던 시인. 늘 고결한 정신을 가슴에 품고 살았던 시인. 물고기로 치자면 민물고기요 동물로 치자면 초식동물이다. 민물고기 가운데서도 일급수가 아니면 목숨을 버리고 마는 산천어나 열목어요, 초식동물 가운데서도 깊은 산 깨끗한 풀만 골라서 뜯는 고라니나 산양이다.

하지만 이 세상은 너무나 거칠고 소란스럽고 동물적이다. 너무나 속도가 빠르다. 맑은 영혼 깨끗한 마음을 지닌 사람이 살기엔 너무나 벅찬 세상이다. 이런 일 저런 일로 상처도 받았으리라. 맑고 깨끗한 영혼을 지닌 시인이었기에 더욱 많은 상처를 받기도 했으리라. 서둘러 찾아간 속초. 동서울 버스터미널에서 설악산 미시령을 넘는 버스를 타고 힘겹게 도착한 것은 밤 9시. 친구는 이미 거기 없고 친구의 사진만이 나를 반기고 있었다. 언제나 순한 눈빛, 맑은 미소를 짓던 그 얼굴이 사진틀 속에 들어앉아 나를 보고 있었다. '고故 이성선李聖善 신위神位'라니! 사람의 일이 이렇게 허망하게 갈라설 수 있단 말인가? 너무나 싱겁다는 느낌이 들었다. 더구나 빈소에서는 평소 고인의 주장과 뜻에 따라 일체의 조의금을 받지 않는다는 쪽지가 붙어있었다. 이 또한 이럴 수 없다는 생각이 들었다. 사람의 일이니 얼마간이라도 마음의 표식을 남기고 돌아가야 하는 건데 그 길마저 막혔으니 답답한 일이었다.

현지에서는 최명길, 이상국, 이언빈 시인 등이 수고하고 서울서 성찬경 선생, 최동호, 김선학 교수, 고형렬 시인이 다녀가고 광주의 송수권, 대구의 문인수 시인 등이 달려왔다. 오고가는 이야기 속에 내일(그러니까 6일) 시인을 화장하여 설악산 백담사 계곡에 그 뼈를 뿌린다 했다. 어허, 이럴 수가! 그 또한 충격이었다. 역시 시인의 생전의 뜻에 따라 그런다 하지만 이제 어디 가서 우리 이성선 형의 체취를 찾는단 말인가. 시인은 그렇게 마지막 그의 죽음 이후까지 그 자신의 방식대로 단호했고 간단명료하게 처리하고 싶었던 것이다. 생전에 자신은 지상에

무덤을 남기지 않겠노라던 시인. 하늘에서 왔으니 다시 하늘로 돌아갈 따름이라던 시인. 시인은 그 자신 60의 생애(시인은 지난 1월 회갑을 맞았다.)만으로 지상에서의 모든 인연을 깨끗이, 마치 부채라도 갚아버리듯 마감해 버리고 하늘나라로 떠나가버린 것이다.

돌아오는 길. 강릉에서 태백선 가차를 타고 동해, 삼척, 태백, 사북을 지나 제천, 충주, 청주로 해서 집으로 돌아오는 길. 어찌 그리도 강원도의 산은 높고도 깊고 구비구비 아득하기만 했던지……. 그리고 신록은 또 왜 그리 불타오르듯 푸르기만 했던지……. 무엇보다도 산 골짜기 골짜기를 가득 메우고 피어있는 꽃들, 조팝나무 꽃이랄지 팥배나무 꽃이랄지 그런 5월의 꽃들은 왜 또 그렇게 한사코 눈부신 소복 차림만을 고집하며 나를 넌즈시 건너다보고 있었던 것인지……. '기다려줄 사람 없으니 이 길도 이제는 다시 올 일 없겠다.' 마음 속에 하나의 문장이 떠오르자 나는 와락 참았던 눈물을 다시 한 번 쏟아야 했다. 이미 지상에 시인의 주소가 지워졌으니 내 결단코 다시는 이성선 시인을 찾아 이 길을 되풀이 가고 오지는 못하리라. 그 뻔한 사실 앞에 나는 그렇게도 철부지 막무가내기로 가슴이 메어져왔던 것이다.

시인은 갔다. 그의 시처럼 싱겁게(소금을 치지 않아서), 식물성적으로, 하늘나라의 방식 그대로, 그야말로 시인답게 갔다. 이제 남은 일은 살아있는 사람들의 몫이다. 내년 이맘때 시인의 일 주기엔 시인을 그리워하는 사람들끼리 모여 시인의 시비를 마련할 것이다. 그리고 또 한 가지. 송수권 형이랑 셋이서 3인 시집도 엮어낼 것이다. 다행히 이번에 문학사상사에서 우리의 뜻을 받아들여 시집을 내게 되었으니 이것은 시인의 생전에 가졌던 소망 한 가지를 시인이 돌아간 뒤에 남아있는 두 사람이 받들어 이루어드리는 일이 될 것이다. 거듭 고맙거니와, 이러니 저러니 더러는 말들이 있을 수 있어도 우리 세 사람은 그동안 30년을 한결같이 우정으로 감싸면서 풍진의 8·90년대를 건너왔다. 문단의 외곽 그 변방 지대에서 외롭고도 서럽게, 그렇지만 오로지 시 하나를 종교처럼 부여안고 문단의 어떠한 파당에도 치우치지 않게 살려고 깜냥껏 노력했다고 자부하고 싶다. 앞으로 나오게 될 3인 시집은 우리들의 간절한 영혼의 실상을 서로 다른 무늬로 엮어서 보여줄 것이라 감히 믿고 싶다. 우리 이 형의 그 순한 눈빛과 맑은 미소를 어디 가야 다시 만날 수 있단 말인가! 이런 때 인간의 말과 표현은 너무나 헐하고 무용無用스러워 차라리 입을 닫아버릴 수밖에는 없겠다.

두고 온 것 없지만 무언가
두고 온 느낌
잃은 것 없지만 무언가
잃은 것 같은 느낌

두고 왔다면 마음을

두고 왔겠고

잃었다면 또한

마음을 잃었겠지

푸른 산 돌고 돌아

아스라이 높은 산

조팝나무 꽃 이팝나무 꽃

소복으로 피어서 흐느끼는

골짜기 골짜기

기다려줄 사람 이미 없으니

이 길도 이제는

다시 올 일 없겠다.

— 「태백선太白線」 전문

(01.05)

1991년 어느 날, 서울의 출판문화회관에서 열린 출판기념회에서 이성선 시인과 한 개의 꽃다발을 둘이서 들고.

철없는 기도

여기 한 사내가 울고 있습니다

오직 그 아낙 한 사람만을 위해

울고 있습니다

이적지 한 번도 그렇게 울어본 적이 없는

깊은 울음입니다

여기 한 사내가 울고 있습니다

전라도 순천 땅에서도 울고

서울 여의도 땅 성모병원

1205호실 한 아낙네

맨발을 쓰다듬으며 또 울고 있습니다

울면서 울면서 오직 한 가지
기도입니다
살려주옵소서 부디 저의 아낙을
살려주옵소서
늙어서 비로소 철이 없어진
한 시인의 기도입니다

하느님, 저 철없는 사내의 기도를
부디 버리지 마옵소서
가납嘉納하옵소서.

― 「철없는 기도」 전문

　이것은 얼마 전 내가 오랫동안 좋아했던 시인 친구인 송수권을 위해서 쓴 시이다. 송수권 시인은 나보다 나이는 다섯 살 위이지만 문단 등단은 5년이 늦어 이래저래 앞뒤를 엇심으로 평준해서 동년배, 동시대 시인으로 사귀고 있는 사이이다. 저 강원도 속초의 시인 이성선과 더불어 어깨 나란히 하며 몇십 년의 세월을 정겹게 잘 살았다. 사는 곳이 멀리 떨어져 있고 시의 경향이 많이 다르지만 사람들은 우리 세 사람을 한데 묶어서 신자연파니, 신서정주의 시인이니 좋은 평가의 말들을 해

주었다. 참으로 고마운 일이 아닐 수 없겠다. 그래서 우리 세 사람의 우정은 세월에 따라 더욱 깊어졌고 이성선 시인이 불행하게도 먼저 세상을 떠난 뒤에는 서울의 문학사상사란 좋은 출판사에서 우리 세 사람의 대표작들을 모아서 『별 아래 잠든 시인』이란 이름으로 공동시집을 내주기도 했다. 이 또한 고마운 일이 아닐 수 없겠다.

실상, 이성선 시인과 송수권 시인은 내 인생과 시의 두 날개라 할 수 있는 사람들이다.(이런 표현은 박목월 선생께서 조지훈 선생과 박두진 선생을 두고 이미 오래전에 하신 바 있다.) 그것은 아마도 두 사람에게도 마찬가지일 것이다. 그런 이성선 시인이 먼저 세상을 떠나자 남아있는 우리 두 사람은 큰 충격을 받았다. 그런데 이번에는 송수권 시인 쪽에서 문제가 터진 것이다. 그건 송수권 시인 자신에게 생긴 문제가 아니라, 송수권 시인의 부인에게 생긴 문제이다. 송수권 시인 부인은 송수권 시인이 젊은 시절, 군대에서 제대하고 중등학교 교사로 발령 받아 찾아간 학교에서 만난 제자라고 한다. 두 사람은 스승과 제자로 비밀한 사랑을 키우다가 결혼에까지 이른 전설적인 부부이다. 그러므로 송수권 시인과 부인의 나이는 상당히 차이가 있는 편이다. 송수권 시인이 생각키로 부인은 자기보다 훨씬 나이가 젊으니까 늘 건강하고 씩씩하다고 여겼을 것이다. 그런데 그 젊고 건강하고 씩씩한 부인에게 탈이 생긴 것이다. 백혈병이라는 것이다. 백혈병이 무슨 병인가? 혈액암이다. 그야말로 인생의 교통사고 가운데 대형사고가 아니고 무엇이겠는가! 오랜 고민과 투병생활 끝에 친정 동생들의 도움과 골수 제공으로 수술을 받긴 했다고 한다. 그런데 엄청난 병원비가 문제가 된 것이다. 그런 거액의 돈을 한꺼번에 댈만한 재력이 가난한 시인에게 있을 리 없다. 친정동생이 도와주고 난 나머지가 오로지 시인의 부담으로 떨어졌다는 것이다.

그래 시인은 이것저것 돈이 될만한 것들을 내다 팔고 아내와의 뼈아프면서 아름다웠던 젊은 시절의 사연들을 담아 『아내의 맨발』이란 산문집을 내면서 그 인세를 매절買切로 넘겼다고 한다. 매절이란 책이 팔리는 대로 받기로 되어있는 인세를 한꺼번에 받는 조건으로 그 책에 대한 저자로서의 모든 권리를 포기하는 것을 말한다. 글 쓰는 사람으로서는 상당히 씁쓸하고 우울한 일 가운데 하나라 하겠다. 이런 걸 봐서도 시인의 사정이 얼마나 급박하게 돌아갔는지 짐작이 가는 일이다. 이런 형편을 멀리서 들어 알면서도 한 시대를 어깨 나란히 하며 걸었던 동료 시인으로서 크게 도움을 주지 못하는 스스로의 가난과 주변머리 없음이 한심스러운 생각이 든다. 그래서 내 속마음을 불러내어 앞에 적은 시를 써보았다. 부인의 건강으로 상심하여 떨면서 기도하는 친구 송수권 시인의 마음에 멀리 위로를 드리면서, 그 부인께서 하루 속히 병석에서 떨쳐 일어나 그 맨발에 부드러운 양말을 신고 또다시 눈부신 봄의 뜨락으로 걸어나오시기를 빌어본다.

(03.12.11)

1997. 8. 7, 설악산 백담사에서 열린 만해시인학교에 참가하고 돌아오는 길에 대전역 간판 앞에서 송수권 시인과 어깨동무를 하고. 역사의 시계가 새벽 두 시를 넘기고 있다.

고개 마루에는 정말 휴식이 있는 걸까

인생살이를 산을 오르는 일에 비유하여 말하는 경우가 있다. 그래서 사람들은 더러 산은 올라가기도 어렵지만 내려가기가 더욱 어렵다고들 말을 하기도 한다. 그건 일생살이도 마찬가지일 것이다. 일찍이 괴테 같은 이는 「나그네 밤 노래(2)」란 시에서 다음과 같이 노래한 바 있다. 〈기다리라 / 모든 고개 마루[산정山頂]에는 휴식이 있다. / 그대도 머잖아 쉬게 되리니…….〉 그렇다. 산은 올라가기도 어렵고 내려오기는 더 어렵겠지만 일단 올라가서 고개 마루에는 휴식이 주어지기 마련이다. 고개 마루는 오름길과 내림길의 중간지점에 자리해 있다. 인생살이에서 고개 마루는 무엇일까? 그의 인생 최고의 시기인 정점을 말할 수도 있겠고, 정점이 없다 하더라도 하향길이 시작되는 그 어떤 지점이 될 것이다. 그러나 정말 인생살이에서 고개 마루는 있는 것이며 휴식이란 것도 있는 것일까?

인간도 자연의 일부인지라 세월이 가면서 변하게 되어있고 나이를 먹게 되어있고 낡아지게 되어있다. 만으로 60살. 회갑의 나이다. 회갑이란 한 인간이 태어난 해로 한 바퀴 돌아 제자리로 찾아왔음을 의미하는 동양적 표현법이다. 그러니까 원점으로 돌아온 해, 즉 원년이 되는 것이다. 개인차야 있겠지만 사람이 환갑 나이쯤 이르면 몸도 쇠약해지고 그에 따라 마음도 물러지고 이래저래 다감해지도록 되어있다. 사실 많이 살았지. 기계로 쳐도 망가질 때가 되지 않겠는가. 그렇지만 생명에의 욕구는 만족이 없어 사람들은 그쯤에서 멈출 줄을 모르고 더욱 욕심을 내어본다. 인생은 60살부터가 시작이라는 말이 그것이다. 솔직히 나는 그런 말에 동의同意하지도 않고 기대도 하지 않는다. 과연 60살부터 시작할 일이 무엇이 있단 말인가! 모름지기 60살부터는 마무리 수순에 들어가야 하고 줄여야 하고 펼친 일들을 접어야 한다. 돋보기 신세를 지지 않고서는 컴퓨터 자판기도 읽지 못하는 사람이 무얼 다시 시작하겠단 말인가. 이거야 말로 허튼 욕망이요, 만용이다. 조금씩 줄여서 보고 줄여서 듣고 줄여서 읽고, 또 조금씩 아끼면서 말하고 글을 써야 할 일이겠다. 그것이 완벽하게 되지 않는다 해도 그렇게 되도록 노력하면서 살아야 할 일이겠다.

산을 오르거나 내릴 때 사람들은 곁에 있는 사람에게 신경 쓸 여유가 없다. 주위에 있는 사물들을 눈여겨보거나 귀 기울여 들을 수 있는 시간도 없다. 오르는 일, 내리는 일이 힘겹기 때문일 터이다. 하지만 산마루에 올랐을 때는 사정이 많이 달라진다. 옆에 있는 사람들을 유심히 바라볼 것이며 웃음 지으며 말을 걸기도 할 것이다. 또 많은 것들이 눈에 들어오기도 할 것이고 들리기도 할 것이다. 이것이 바로 산마루에 올라선 사람의 승리요 도취겠다. 나는 인생살이의 60살이 바로 산마루에 올라선 시기라고 생각한다. 산을 오르는 길이 여러 갈래이듯이 인생살이에서 삶의 방법도 여러 갈래가 있을 것이다. 산을 오르는 것이 그렇듯 살아온 방향이나 방법이 각기 다를 것이다. 하지만 일단 60살의 나이에 이른 사람들은 다르다. 구차하게 묻고 따지고 밝힐 이유가 없는 것이다. 서로 힘들게 산을 올라왔다는 대 명제 앞에 무슨 소소한 변명거리가 필요하리요. 인생의 고개 마루에 올라온 사람들만의 여유와 휴식이 거기에 주어지는 것이다. 이제는 많은 것들을 되돌려주고 놓을 일만 남아있다. 그동안 잘못된 일들을 바로잡을 수 있는 기회가 주어진다면 더 없이 고마운 일이겠지. 진정 우리네 인생살이에서 고개 마루는 있는 것이며 휴식이란 것 또한 있는 것일까? 다시 한 번 자문해 보면서 회갑나이에 이른 동갑내기 시인들 이름을 떠올리며 써본 졸시 한 편을 옮겨 적을까 한다. 강은교, 김명수, 문인수, 박제천, 신대철, 이명수, 이해인, 정희성, 허형만⋯⋯ 해방둥이 시인들이여. 만난 일이 있건 없건, 친하게 지냈건 그렇지 아니했건, 정다운 이름들아.

티각태각 싸운 일도 있었다

남의 밥에 든 콩이 더 크게 보여 눈을 부라리며

부러워 한 적도 있었다

내가 먼저라커니 네가 나중이라커니 따지기도 했었다

그러나 이제 저도 모르는 사이

산꼭대기에 발을 딛어버리고 만 우리

무얼 더 싸우고 무얼 더 부러워하고

무얼 더 따지려 들겠는가

돌아보아 땀 흘리며 서로 다르게

올라온 길을 밝혀 말하지 마세나

그저 여기저기, 서거니 앉거니 모여서

잠시 이마에 솟은 땀이나 씻어 보세나

가쁜 숨 고르면서 구름구경 바람구경

조금 더 하다가 앞서거니 뒤서거니 올라왔던 산

되짚어 내려갈 생각이나 해 봄세나.

— 「또래」 전문

(04.12.25)

2004. 9. 18, 진해에서 열린 김달진문학제에 가서 1945년 생 또래인 문인수 시인(중앙), 허형만 시인(오른쪽)과. 이 사진은 중소기업청 경남지청에서 근무하던 아들 나병윤이가 찍어준 것이다.

밤에도 뻐꾸기는 운다

아침의 일이다. 출근 준비를 서두르는데 아내가 누군가와 통화를 하고 있었다. 귓등으로 들어보니, 오전에 참석하기로 되어있는 교양강좌에 갈 수 없게 되었노라는 내용이다. 요즘 아내는 감기 몸살을 호되게 앓고 있다. 그래서 맘대로 외출을 하지 못할 형편이다. 그러나 한편으로 아내는 그런 거창한 모임이나 얼굴 드러내기를 좋아하는 사람들과 만나기를 좋아하지 않는 사람이기도 하다. 어쩌면 오늘의 모임엔 가지 못하기도 하거니와 가고 싶지도 않아서 저러지 싶다. 몸이 약한 아내. 평생을 앓으면서 살고 있는 사람. 간단한 여행이며 외출 같은 것조차 시원스레 자기 뜻대로 하지 못한다. 안됐다는 생각이 있긴 하지만 이편에서 어찌해줄 방법이 없으니 그저 지켜볼 밖엔 딴 도리가 없다. 언제고 힘들어하는 얼굴이고 그 입에서는 아프다는 말이 습관적으로 새오나오게 되어 있다. 아프지 않은 아내를 보는 일이 오히려 내겐 이상하게 보일 정도다.

"왜, 안 갈 거야? 그래, 그것도 좋겠어. 한 번 가면 계속 와 달라고 조를 테니까 말야." "그래요. 몸도 안 좋지만 집에 그냥 조용히 있고 싶어요." "오늘은 산에도 안 갈 거야?" 같은 아파트 아낙네들이랑 어울려 부근의 산을 오르는 짧은 산행을 알기에 하는 말이다. "오늘은 산에 가는 것도 쉴 거예요." "그래?" 이런 때 나는 더 이상 할말이 없다. 웃옷을 걸치고 천천히 구두를 신으려고 현관 쪽으로 향하는 나에게 아내가 또 다른 이야기를 꺼내놓는다. 시내버스를 타러 가는 시간이 약간 남아 있음을 알고 아내는 가끔 이렇게 두서 없는 이야기를 꺼내놓을 때가 있다. "글쎄 말예요. 며칠 전에는 함께 산에 다니는 사람에게 요즘은 밤에 깨어 가끔씩 뻐꾸기 울음소리를 듣는다는 얘기를 했어요. 그전엔 몰랐는데 요즘에사 밤에도 뻐꾸기가 운다는 사실을 알게 되었다는 얘기도 했어요." "그랬더니?" "그랬더니 글쎄, 그 사람이 나보고 사모님이 요즘 많이 외로우신가 보다고 그래요. 그러면서 그렇게 외로우면 주부학교에라도 나가보라고 그러는 거예요." "그래서?" "안 나갈 거예요. 이 나이에 공부는 무슨 공부? 나는 혼자 집에 들어앉아 있는 게 좋고 또 외로움을 느끼며 사는 게 오히려 좋아요. 말하자면 정리를 하는 거지요. 길게 길게 정리를 하면서 살고 싶어요."

'허어. 이 사람이 별 것을 다 알게 되었군 그래. 그것은 좋은 일이지. 쓸쓸함을 사랑하는 것도 중요하고 외로움을 느끼면서 사는 것도 필요한 일이겠지.' 나는 아내의 말에 전적으로 동의하지만 아무 말도 하지 않고 신을 신고 현관으로 나와 엘리베이터 문을 열었다. 아내가 열려진 아파트 문짝을 붙잡고 얼굴만 내놓고 내게 출근 인사를 했다. "잘 다녀오세요." "그래. 그쪽도 오늘 아프지 마라." 이런 때 나는 아내가 아주 어린애처럼 느껴져서 가끔 반말을 던지기도 한다. 아닌게아니라 얼굴만 빼꼼히 내놓고 웃으며 내게 인사하는 아내의 표정이 영판 어린아이의 그것이다. 천진하달까? 대책이 없다고나 할까? 아무 것도 걸치지 않은 저 맨 얼굴! 무너질 대로 무너져버린 저 표정! 그것은 나만이 알아볼 수 있는 것들이다. 아내 또한 내 앞에서만 보여주는 자기의 숨겨진 속사람으로서의 일부분일 것이다.

뻐꾸기가 밤에도 운다는 것을 아는 사람이 몇이나 될까? 내가 그것을 알게 된 것은 20대 후반의 일이다. 먼 고장으로 외출했다가 밤늦게 돌아오던 길. 6월의 어느 날이라고 기억되는 어느 밤. 막차까지 끊겨서 터덜터덜 시골길을 걸어서 집으로 돌아오고 있었다. 마침 하늘에는 휘영청 밝은 달이 떠 있었다. 모내기를 마친 논에는 철렁하니 물이 잡혀서 일렁이고 있었고 개구리들이 자욱하게 그 논에서 소낙비처럼 울고 있었다. 달빛 또한 논바닥 가득 고여 일렁이고 있었다. 늦은 밤 시간이라서 졸리기도 하여 논두렁길을 걷는 발길이 허둥거렸다. 마치 꿈결 속을 헤매는 느낌이 들었다. 그때 어디선지 뻐꾸기 울음소리가 들렸다. 그것은 한 마리가 아니라 두 마리가 쌍으로 주고받는 울음이었다. 밤에도 뻐꾸기가 우나? 나도 그때 그것을 처음 알았다. 실상 뻐꾸기가 밤에도 운다는 것을 알지 못하는 건 사람들이 그 시간 잠에 빠져 있기 때문에 그런 것이다. 밤에 혼자 깨어있는 사람만이 밤에 우는 뻐꾸기 울음소리를 들을 수 있는 것이다.

아내 또한 뻐꾸기 우는 밤에 혼자 깨어있었기에 뻐꾸기가 밤에도 운다는 사실을 알게 되었으리라. 그러고 보면 늘상 몸이 안 좋아 앓으며 살고 있는 아내, 더러는 밤에 잠도 설치는 아내는 공짜로 그 긴 세월을 허송한 것이 아니다. 그런 질병과 고통의 시간을 통해 다른 사람들이 알지 못하는 삶의 일부분, 그 은밀한 속내를 스스로 알게도 되었으니 말이다. 일찍이 내가 20대 후반에 알게 된 일을 아내는 50대 후반에야 뒤늦게 알게 된 것이다. 차이야 많이 나겠지만 한 가지 사실을 아내와 내가 똑같이 알게 된 것은 여간 다행스러운 일이 아니다. 여기서 아내와 나의 공유된 감정의 영역이 출발하게 된다. 친밀감과 동지애도 생긴다. 밤에도 뻐꾸기가 운다는 것을 아는 사람이 많지 않은 것처럼 쓸쓸함을 즐기고 외로움을 스스로 다스리며 살 줄 아는 사람 또한 많지 않다. 시내버스를 타러 가면서 나는 아내가 참 요즘 들어 더욱 커 보이고 깊어 보인다는 생각을 해본다. 그 철없어 보이고 대책 없어 보이는 아내가 여간 대견스럽지 않다는 생각도 해본다.

2005. 3. 26, 나의 회갑을 기념하여 함께 떠난 제주도 여행길에서의 아내. 아침 산책길, 현지 농부로부터 부로콜리를 선사받고 좋아하고 있다.

아내와 여자

2005년 7월 15일 1판 1쇄 인쇄
2005년 7월 20일 1판 1쇄 발행

지은이 나 태 주
펴낸이 한 봉 숙
펴낸곳 푸른사상사

등 록 제2-2876호
서울시 중구 을지로3가 296-10 장양B/D 701호
대표전화 02) 2268-8706~7 팩시밀리 02) 2268-8708
메일 prun21c@yahoo.co.kr / prun21c@hanmail.net
홈페이지 www.prun21c.com
ⓒ 2005, 나태주

값 13,000원
ISBN 89-5640-352-X-03810

☞ 푸른사상에서는 항상 양서보급을 위해 노력하겠습니다.
   저자와의 합의하에 인지 생략함.